못생긴 고양이가 있었네.

눈이 처지고 코도 납작해 사람들은 그렇게 불렀지.

못생긴 고양이는 버려졌다네. 작은 손수건에 싸여

어딘지도 모를 곳에 혼자 남겨졌지.

못생긴 고양이는 아직 세상을 보지 못했네.

눈을 떠본 적이 없었으니까.

드디어 눈을 떴을 때 고양이는 보았네. 어떤 사람의 눈을.

그 눈은 따뜻했지.

고양이는 그 사람과 함께 살게 되었다네.

고양이는 예쁘게 변했네.

눈은 똘똘해졌고 코는 오뚝해졌으며 털도 북슬북슬해졌지.

고양이는 신나게 뛰어다녔다네.
따뜻한 눈을 가진 사람도 고양이를 보며 행복했지.
그러나 행복한 시간은 잠시뿐이었다네.
아무도 막을 수 없는 병에 걸린 고양이는 세상과 이별을 하
고 말았지.
운명은 가혹하고도 단호한 것.
따뜻한 눈을 가졌던 사람의 눈은 슬픔 가득한 눈으로 변했네.
그 고양이의 이름은 반도.
무지개다리를 건너 떠나고 말았네.

그 세계는 눈이 있으나 보지 못했고 귀가 있어도 듣지 못했던
곳이다. 쓸쓸하고 괴로운 곳이자 슬픔이 가득한 곳이다. 우리는
알고 있지 않은가. 타인의 죽음보다 내 손톱 하나가 부러지는 것
이 더 고통스럽다는 사실을. 또한 우리는 알고 있다. 눈을 감고
타인의 죽음을 보려고 하지 않는다면, 부러진 내 손톱이 내 심장
을 찔러 나 역시 똑같이 되리라는 것을.

이 이야기는 '인간으로 하여금 동물들이 겪는 고통의 지옥'이
라는 미지의 세계를 경험했던 사람이 기록한 것이다.

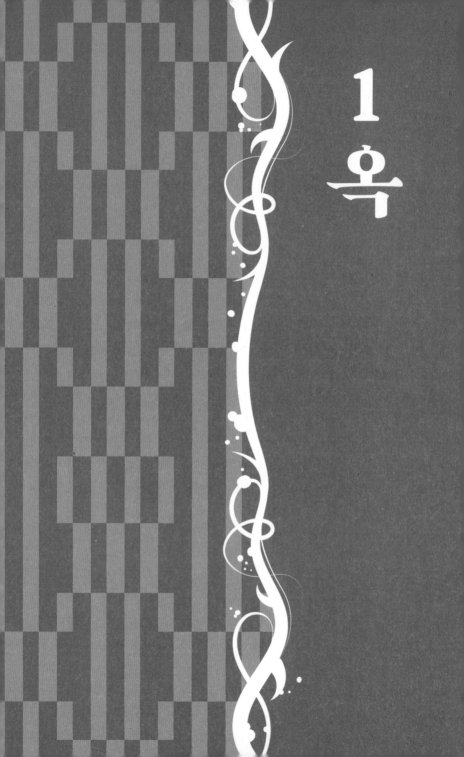

무지개다리를 건너다

삶의 고통이란 무엇인가. 인생의 고단함이란 무엇인가. 생에 대한 오랜 경험을 하지 못했으나 나에게 찾아온 괴로움은 견딜 수 없었다. 근육은 마른행주처럼 갈라지고, 피는 심장에서 나가 돌아오지 않는다. 눈물이 얼굴에서 흘러내려 바닥을 적시고, 목소리는 흙이 되어 공기 속으로 날아오르지 못한다.

그곳은 작은 방이었으며, 아무도 없었으나 그 안은 무언가로 가득했다. 정체를 알 수 없는 그 안의 공기는 내 몸을 짓누르는 고통의 실체일지 모른다.

아, 신이 있다면 들어주소서. 나는 왜 이런 슬픔 앞에 무릎 꿇어야 합니까. 왜 이 고통 앞에 아무런 저항 없이 무너져야 합니까. 무엇을 해야 이 공기의 무게를 이겨낼 수 있는 겁니까. 나의

가련한 '반도'는 왜 그토록 빨리 이 세상을 떠날 수밖에 없었던 것입니까.

고개를 들어 내가 있는 곳이 어딘지 확인했다. 그곳은 작은 방이었고 내 앞에는 사진 하나가 놓여있었다. 사진 속에는 사진 밖을 응시하는 고양이의 얼굴이 보였다. 검은색 털로 뒤덮인 얼굴 아래로 하얀 털이 턱을 받치고 있는 모양이었다. 그 표정은 아무리 길고 긴 말을 걸어와도 자신의 평화로운 공상 시간을 방해할 수 없다는 듯 단호했다. 고양이는 한때 '반도'라 불렸으며 나와 같은 집에 살았고 더 이상 세상에 없는 존재였다. 우연한 기회에 나에게 왔으며 삶에 대한 태도를 가르쳐줬고, 3년이라는 시간을 머물다 너무도 빨리 떠나버렸다.

동물 장례식장에서는 추모의 시간을 주는 의미로 작은 방에서 충분한 시간을 가질 수 있도록 배려했다. 눈물이 멈춘 눈을 닦으며 반도의 사진과 그가 들어있는 작은 상자를 바라보았다. 반도는 입을 약간 벌린 채 눈을 감고 누워 꼼짝도 하지 않았다. 그의 볼에 내 손을 대보았다. 몇 시간 전까지만 해도 부드러운 털과 말랑말랑한 촉감이 있었던 그의 피부는 차갑게 식어버렸고, 아름답게 빛나던 털도 메말라있었다. 나의 귀를 반도의 가슴에 대보

왔다. 가느다란 생명의 신호라도 느낄 수 있지 않을까 하는 바람 때문이었다. 그런 일은 일어나지 않았다. 차갑게 식은 심장은 돌이 되어 굳은 듯 딱딱했고, 사막의 모래처럼 변한 코에서는 숨이 흘러나오지 않았다.

둘만의 시간은 끝나고 진짜 이별이 남아있었다. 잠시 후면 추모의 시간이 끝났음을 알리는 방송이 나올 것이고, 반도와 나만이 함께했던 공간의 문이 열릴 것이며 반도는 돌아올 수 없는 곳으로 떠날 것이다. 그런 생각을 하니 이 방을 나가는 것이 어려운 일로 느껴졌다. 세상 저편으로 떠날 자여. 그리고 한 줌의 재가 될 자여. 나를 용서하라. 나의 나약함을 용서하라. 나의 게으름과 매정함을 용서하라. 그대의 숨소리 다시 듣지 못할 터이지만 언젠가 지나가는 바람이 내 심장을 울린다면 그대인 줄 알리라.

둘만의 시간이 끝났음을 알리는 신호음이 울렸다. 방문이 열렸다. 직원이 들어와 반도의 굳은 몸이 담겨있는 작은 상자를 들고 나갔다. 반도의 몸은 화장되어 가루로 날아갈 것이다. 그 영혼은 무지개다리를 건너 평온을 찾으리라. 직원이 나간 후 나는 반대편 문을 열고 나갔다. 이로써 생사의 길은 완전히 갈라지는 것으로 끝났다. 적어도 그렇게 믿었다. 문을 열고 나가기 전까지는

말이다.

발걸음은 떨어지지 않았다. 문을 열었어도 밖으로 나갈 수 없었기 때문이다. 정확히 말하면 나간다기보다 올라가는 것이 더 어울릴 만한 것이 문앞을 가로막고 있었다. 그것은 계단 같기도 하고 바람 든 풍선 같기도 하고 마시멜로 같기도 했다. 알록달록한 색으로 채워진 그것은 나를 위한 것이 맞는지 확신이 들지 않았다. 나는 그것을 손가락으로 한 번 눌러보았다. 지우개보다 조금 더 말랑하고 쫀득한 촉감이 들었다. 이것은 무엇이란 말인가?

순간 먹을 수 있는 것인지 궁금해, 살짝 떼어 입에 넣으려 했으나 쪼가리가 쉽게 떨어지지는 않았다. 포기할 수 없는 마음에 혀를 살짝 대보았다. 푹신하고 텁텁한 감촉만 혀를 싸고돌았다. 그래서 이번엔 두 손으로 감싸 안아보았다. 그랬더니 이상한 느낌이 가슴속으로 파고들면서 두 손이 붕 뜨는 느낌이 들었다. 마치 중력이 잘 느껴지지 않는 외계 행성에 착륙한 느낌이었다. 호기심이 생긴 나는 발을 올려보았다. 발 역시 가벼운 깃털이 되어 공중으로 뜨는 느낌이 들었다. 그리고 두 발을 올리자 내 몸은 공중으로 붕 떠올랐고 그대로 하늘을 향해 쭉 뻗은 알록달록한 계단을 따라 올라가기 시작했다. 그렇게 나는 반도가 먼저 간 무지개다리를 건너 저편으로 멀리멀리 날아갔다.

고양이 행성의 한때

여정은 순식간에 이루어졌다. 몸이 붕 뜨는 느낌으로 날아올라 무지개다리를 가로질러 날아왔지만, 내 두 다리가 적응하기도 전에 이 행성 어딘가에 도착했다. 심지어 착지와 같은 일은 일어나지 않았다.

무지개다리를 건너 도착한 곳은 작은 행성이었다. 소설 『어린 왕자』(1943)에 나오는 왕자가 살던 곳과 비교할 수 없을 정도로 크지만 지구보다는 분명 모든 것이 작았다. 작은 나무들이 있었고 끝없이 펼쳐진 풀들도 잔디처럼 키가 작았다. 마치 거대한 카펫을 깔아놓은 것처럼 보였다.

도착한 곳에는 아무도 없었다. 그야말로 아무것도 없었다. 아니, 하나 있기는 있었다. 내 키의 절반 높이로 땅에 꽂혀있는 작

은 표지판이었다. 나무로 만든 기둥에 손수건 같은 것을 붙여놓은 그 표지판에는 나비 모양 같기도 하고 무한대(∞) 표시 같기도 한 것이 그려져 있었다. 나는 할 수 있는 일이 생각날 때까지 그대로 서있을 수밖에 없었다.

시간개념이 없어 정확히 알 수 없었지만, 짧지 않은 시간이 지나고 작은 변화가 일어났다. 멀리서 뭔가 다가왔던 것이다. 그것은 내가 알고 있는 상식 안에서 판단할 때 냉장고와 비슷한 모양을 하고 있었다. 잠시 후 냉장고와 비슷한 그 뭔가는 내 앞에 도착했고 손수건 같은 것이 붙어있는 표지판 앞에 멈춰 섰다. 그것은 냉장고 크기 정도의 상자였는데, 그 안에는 고양이 한 마리가 들어있었다. 눈을 감은 채로 꾸벅꾸벅 졸던 고양이는 내 존재를 눈치챘는지 순간 눈을 떴고, 동공이 커지더니 놀란 듯 한참 동안 나를 바라보았다. 나 역시 시선을 피할 기회를 놓친 채 고양이의 놀란 눈을 맥없이 바라보았다. 고양이와 나의 눈싸움 아닌 눈싸움은 오래가지 못했다. 동그란 눈으로 쳐다보던 고양이는 금방 흥미를 잃었는지 자신의 몸을 핥기 시작했다. 나 역시 재빠르게 시선을 돌리며 어색한 상황에서 빠져나왔다. 그리고 선택의 여지없이 상자 안으로 들어갔다. 내가 들어가는 순간, 상자 안에 있던 고양이가 놀라기도 하고 불쾌하기도 한 표정을 지은 것 같았

지만 그런 것들을 신경 쓸 처지가 아니었기에 상자 안으로 몸을 구겨 넣었다. 상자는 밖에서 볼 때와 달리 내가 들어가도 충분할 정도로 넓었다. 고양이가 나를 애써 외면한 채 상자 구석으로 몸을 돌린 것은 모른척했다.

상자는 눈 위를 미끄러지는 스키처럼 매끄럽게 움직였다. 진동도 소음도 없었다. 알 수 없는 방향으로 주저 없이 나아갈 뿐이었다. 고양이는 눈을 지그시 감은 채 꼬리로 감싼 앞발을 세우고 앉아있었다. 눈을 감고 있었지만 나의 존재가 생각난 듯 가자미 눈으로 나를 쳐다보기도 했다. 나에 대해 말할 것 같으면 무릎을 세우고 바닥에 앉았으나 고개를 들 수는 없어 상자 천장에 목이 꺾인 상태로 고양이를 내려다보는 모양새였다. 내가 고양이 입장이었어도 상당한 수준의 경계를 하거나 상대하기 싫었을 것이다. 다행이었던 것은 그런 시간은 길지 않았고 상자는 어딘가에 멈췄다.

상자가 멈춘 곳에는 작은 나무들이 가득한 가운데 돌로 만든 근사한 건물이 자리 잡고 있었다. 그 건물은 박물관처럼 보이기도 하고 세무서처럼 보이기도 했지만, 작은 크기였다. 중요한 일을 처리하는 곳이라는 것만은 확실했다. 동행한 고양이는 나를

흘끔 쳐다보고는 상자에서 내렸다. 고양이가 내린 후 나도 상자에서 빠져나왔고 당연한 듯 건물 안으로 들어가는 고양이를 따라 나도 건물로 들어갔다. 건물 안은 밖에서 볼 때보다 넓었고 가운데 탁자가 있었으며, 담당자로 보이는 고양이가 앉아있었다. 나보다 앞장서서 갔던 고양이는 담당자 고양이와 몇 마디 대화를 나누는 것처럼 보였다. 그리고는 담당자 고양이 뒤에 있는 문으로 나갔다. 신속한 절차였다. 엉거주춤 뒤에 서있던 나는 고양이가 나가는 것을 보고는 담당자 고양이 앞으로 다가갔다. 담당자 고양이는 나에게 눈길을 주지 않고 탁자에 있는 문서를 보고 있었다. 상자에서 만난 고양이에 비해 나의 등장이 그렇게 놀랍지 않은 느낌이었다. 나로서는 그쪽이 훨씬 마음 편했다.

"당신은 고양이입니까?"

담당자 고양이가 나에게 한 첫마디였다. 나는 아니라고 대답했다. 누가 봐도 아니지 않은가. 믿을 수 없다는 듯 담당자 고양이는 다시 한 번 "확실합니까?"라고 물었다. 그래서 나는 다시 그렇다고 대답했다. 질문은 반복되었다. 이번에는 "고양이가 아니라는 것을 증명할 수 있습니까?"라고 물어왔다. 아직 나를 못 본 것인가. 아니면 보지 못하는 것인가. 그래서 나는 내가 고양이가

아님을 증명하기 위해 팔과 다리를 쭉 뻗은 채 담당자 고양이 앞에서 한 바퀴 돌아보았다. 머리부터 팔과 다리까지 명백히 인간이라는 사실을 알리려고 했다. 담당자 고양이는 그런 나를 아무 반응 없이 지켜보고 있었다. 직접 보여주는 것 이상 내가 고양이가 아님을 증명하는 더 좋은 방법은 없을 것이다. 잠시 침묵을 지키던 담당자 고양이는 나에게 이렇게 말했다.

"고양이가 아님을 증명하지 못했으니 당신은 고양이. 통과!"

그렇게 나는 인간임을 증명하지 못하고 고양이로 판정 받은 채 먼저 간 고양이가 나갔던 방식대로 담당자 고양이 뒤에 있는 문으로 나가게 되었다.

문을 통과하자 가운데로 넓은 길이 나있었고, 길 양쪽에는 빌딩처럼 높은 나무들이 있었다. 나뭇가지에는 고양이들이 느긋하게 명상을 하거나 그루밍grooming(고양이가 자신의 털을 핥으며 관리하는 행동) 하는 모습이 보였고 뭔가를 먹는 고양이도 보였다. 중간에는 동그란 방석이 둥실둥실 떠다녔는데, 빌딩을 오르내리는 엘리베이터 같은 느낌을 주었다. 나는 가운데로 뻗은 길을 따라 걷기 시작했다. 특별한 목적이 없었기 때문이다.

갑자기 내 옆을 쏜살같이 뛰어가는 몇 마리의 고양이가 보였다. 잠시 뒤 또 다른 몇 마리가 엄청난 속도로 먼저 간 고양이들을 따라 쫓고 쫓기는 추격전을 벌였다. 쫓기던 고양이들은 나무 위를 타고 올라가 엄청난 점프를 보여주었고 뒤따르는 고양이들도 뒤쳐질세라 놀라운 속도로 그들을 따라잡고 있었다. 나는 그들이 보여주는 신기하고 짜릿한 퍼포먼스를 넋 놓고 쳐다보고 있었다. 그때 추격자 무리의 맨 뒤에 있던 고양이가 갑자기 그 자리에 멈췄고 얼어붙은 것처럼 나를 쳐다보았다. 한 마리의 고양이가 나를 바라보자 모든 고양이들이 나에게 눈을 돌리기 시작했다. 움직임도 없고 소리도 없었다. 모두가 나를 바라볼 뿐이었다. 나의 존재가 고양이가 아니라는 것은 담당자 고양이 빼고는 모두 알고 있는 사실이었던 것이다.

적막이 흐른 후 턱시도를 입은 고양이 둘이 나에게 다가왔다. 둘 중 하나는 가슴에 하트 무늬가 있는 턱시도였고 다른 하나는 배에 하트 무늬가 있는 턱시도였다. 배에 하트 무늬가 있는 고양이가 나에게 따라오라는 신호를 했다. 그렇게 나는 배에 하트 무늬가 있는 고양이를 따라갔다. 아까 쫓기던 고양이가 오히려 추격자가 되어 쫓던 고양이들의 뒤를 쫓아가는 모습이 보였다. 알 수 없는 일이지만 이것이 고양이 세계였다.

두 고양이는 그럭저럭 친절했지만 배에 하트 무늬가 있는 고양이는 내가 어떤 상황에 처해있는지 자세히 가르쳐주지 않았다. 고마운 것은 내 옆에 끝까지 있어줬다는 것이다. 턱시도 고양이들은 나를 데리고 나무들이 우거진 작은 길로 빠져 오두막처럼 생긴 곳으로 갔는데, 거기에는 나무로 된 소파가 있었고 물이 흘러나오는 주전자 모양의 도자기가 있었다. 흘러나온 물은 오두막의 한쪽 구석으로 빠져나갔다. 내가 소파에 앉자 가슴에 하트 무늬가 있는 고양이는 어디론가 사라졌고 배에 하트 무늬가 있는 고양이는 주전자에서 나오는 물을 마신 후 문옆에 자리를 잡고 앉았다. 나를 감시하려는 것인지 지키려는 것인지 몰랐지만 혼자 있는 것이 외롭고 무섭게 느껴져서 그와 함께 있는 것이 나았다. 문에는 고양이 키보다 조금 높은 위치에 끈이 하나 있었는데 그 끈은 문을 가로질러 묶여있어서 어떤 표시를 해주는 것 같았다. 가령 '출입 금지' '잠시 외출 중'과 같은 의미일지 몰랐다.

한참의 시간이 지난 후, 밖에서 어떤 고양이 하나가 나를 부르는 소리가 들렸다. 나는 가로로 묶여있는 끈을 피해 밖으로 나왔다. 나를 부른 고양이는 노란 줄무늬가 있는 통통한 치즈 고양이였다. 치즈 고양이는 나에게 옆에 있는 푹신하게 생긴 방석에 타라고 말했다. 표정으로 보아 나를 잡아가려는 것 같지는 않아 순

순히 방석에 올랐다. 치즈 고양이도 폴짝 뛰어 방석 위로 올라왔다. 그러자 방석은 공중으로 붕 뜨는가 싶더니 놀이기구 자이로드롭처럼 순식간에 튀어올랐다. 그대로 공중에서 멈추자마자 이번에는 야구방망이에 맞은 것처럼 한쪽 방향으로 날아갔다. 그리곤 다시 멈춰 다른 방향으로 훅 하고 날아갔다. 안전장치 하나 없는 방석 위에서 롤러코스터를 타고 있으니 무섭기도 했지만, 그렇다고 몸이 떨어질 것처럼 휘청거리지도 않았다. 방석의 안전을 증명이라도 하는 것처럼 치즈 고양이는 '식빵 굽는 자세(고양이가 네 발을 몸 안으로 넣고 엎드려 편히 쉬는 자세)'로 가만히 정면만 응시하고 있었다. 그리고 어느 시점에 방석은 어딘가에 멈췄다. 그곳은 나무 위에 있는 동그란 모양의 집 앞이었다. 그 집은 커다란 짐볼처럼 보였다. 짐볼과 다른 점이 있다면 문처럼 보이는 구멍이 있다는 점이었다. 치즈 고양이의 안내에 따라 나는 동그란 집 안으로 들어갔다. 거기에는 나를 기다리던 고양이가 있었다.

"안녕?"

나를 기다리고 있던 건 고양이 '반도'였다.

'반도'를 보자 나는 눈물부터 흘렸다. 그리고 반도를 안았다. 반도 또한 나의 품에 안긴 채 자신의 얼굴을 내 얼굴에 비볐다. 얼마나 꿈만 같은 일인가. 얼마 안되는 시간 전, 반도를 죽음의 세계로 보내고 고통스러워 하지 않았는가. 지금 내 앞에 나타난 반도가 그 고통을 사라지게 만드는 존재라면 더 이상 무엇을 바라겠는가.

"반도야, 괜찮니?"

나의 말에 반도는 부드러운 미소를 지으며 말했다.

"괜찮습니다. 저는 괜찮지만 빠또야는 괜찮나요?"

나도 괜찮다고 답했다. 그런데, '빠또야'라니. 그게 나를 의미하는 것인가? 이상한 생각이 들어 물었다.

"빠또야는 나를 말하는 거니?"

반도는 그렇다고 말했다. 내가 늘 자신을 '빠또야'라고 불렀기 때문에 내 이름을 빠또야라고 생각했다는 것이다. 아마도 내가 반도를 "반도야." 하고 부르는 것이 반도에게는 '빠또야'로 들렸고, 그대로 그것을 내 이름으로 기억하게 된 것 같았다. 그래서 반도는 나를 빠또야로 알고 있었다. 이름이야 어쨌건 괜찮았다. 반도가 근사해보였기에 나는 안심했다.

"반도야, 너도 너무 좋아보인다. 다행이야."

그런데 반도가 뜻밖의 말을 나에게 해주었다.

"그런데 빠또야, 나는 반도가 아닙니다."

이건 또 무슨 말인가. 반도가 반도가 아니라니. 반도가 반도가 아니면 무엇이란 말인가. 반도는 말을 이었다.

"나는 고양이 행성에서 지구로 가는 고양이들을 관리하고 안내하는 일을 하는 미요 메테 갸르노 파쏘 메롱*입니다. 그냥 '메테'라고 불러주세요, 빠또야."

그랬구나. 이름을 붙여주기 전에 이미 이름이 있었어. 그런데 그렇게 따지면 나 역시 빠또야가 아니란다. 나에게도 이름이 있단다. 그러나 그건 중요한 일이 아니었기에 반도에게 나의 진짜 이름을 말하지 않았다. 반도, 아니 메테가 말했다.

"빠또야. 여기는 고양이 행성입니다. 고양이들이 사는 곳이죠. 원래는 지구가 고양이들이 사는 곳이었지만 인간들과 살기 힘들어진 고양이들이 살 곳을 새롭게 만들어야 했어요. 바로 여기랍니다. 하지만 고양이들은 지구를 완전히 떠날 수 없어요. 지구는 우리가 살아갈 곳이니까요. 그래서 고양이들은 지구의 삶을 마감한 후 이곳 고양이 행성에서 머물다가 자신의 내면과 영혼의 세계를 꽉 채운 후 지구로 돌아가요. 그게 우리 고양이들이 고도의 정신 세계를 유지하는 비결이랍니다. 하지만 빠또야는 고양이 행성에 있어서는 안 돼요. 빠또야는 인간의 세계로 돌아가야 합니다. 저와 같이 가시죠. 제가 안내할게요."

메테는 나와 살 적에는 어리광쟁이였으나 여기서는 그렇지 않았다. 중요한 일을 맡은 위엄 있는 관리 같았다. 나는 메테를 따라 잠시 머물렀던 고양이 행성을 떠나게 되었다. 메테와 나는 아까와 같은 방석으로 이동했고 한 건물에 도착했다. 거기에는 뚱뚱한 턱시도 고양이와 아까 만났던 담당자 고양이도 있었다. 나는 담당자 고양이가 반가운 마음에 미소를 지었지만 담당자 고양이는 내가 그렇게 반갑진 않은 것 같았다. 턱시도 고양이가 분명히 인간인데 왜 고양이 행성의 문을 통과시켰냐는 듯 담당자 고양이를 나무라고 있었다. 턱시도 고양이가 담당자 고양이보다 높은 위치에 있는 것 같았다.

메테의 설명은, 고양이 행성에 도착하는 것은 고양이들의 정신 세계 즉 영혼과 같은 것이기에 겉으로 보이는 구체적인 형체보다는 뿜어내는 아우라를 통해서 존재를 파악한다는 것이다. 아무래도 고양이 외에는 올 일이 없는 행성이니 내가 가지고 있는 아우라만 가지고 어떤 존재인지 담당자 고양이가 판단하지 못했을 가능성이 높다고 했다. 그리고 한마디 덧붙였다.

"빠또야는 사실, 우리와 비슷하니까."

메테는 그렇게 말하면서 싱긋 웃어보였다.

 턱시도 고양이는 나에게 사과의 말을 했다. 내가 무지개다리를 건넌 사건부터 냉장고처럼 생긴 상자를 타고 담당자 고양이가 있는 행성의 입구를 통과해 일어난 모든 불편이 자신에게 책임이 있다는 말이었다. 그래서 돌아가는 길은 안전하고 문제없도록 하겠다는 것이었다. 그런데 한 가지 문제가 있었다. 인간의 영혼으로 이곳에 왔기에 고양이 영혼이 가는 길로는 지구로 돌아갈 수 없다는 것이었다. 한 가지 방법은, 모든 생물의 영혼이 가는 길로 가는 것인데, 그 길을 지나려면 반드시 거쳐야만 하는 것이 있다고 했다. 그것은 많은 동물들이 지구에서 겪었던 고통을 잊기 위해 머무는 기나긴 동굴을 걸어가야 하는 것이다. 그 동굴은 똬리를 튼 뱀을 거꾸로 놓은 것처럼 둥근 원을 그리며 아래쪽으로 향해있는데 그 동굴의 끝이 지구와 닿아있다고 했다. 그 동굴 안에는 지구에서의 삶을 살고 있는 동물들의 영혼이 머물고 있으며, 마치 판도라Pandora의 항아리가 깨진 것처럼 수많은 고통의 잔재가 동굴 전체를 안개처럼 채우고 있다고 했다. 바로 그 길을 지나야 했다.

 턱시도 고양이는 메테가 훌륭한 직원이기에 내가 가는 길에

서도 훌륭한 안내자가 될 거라며 나를 안심시켰다. 기회가 된다면 다시 만나기를 고대한다는 말도 덧붙였다. 나 역시 기대까지는 아니더라도 다시 만난다면 턱시도 고양이를 단번에 알아볼 것 같다는 생각이 들었다. 그렇게 메테와 나는 고양이 행성과 작별하고 냉장고 같은 상자에 다시 올랐다. 처음 탔던 것 보다 조금 더 큰 사이즈라 편하게 앉을 수 있었고 메테 역시 타본 경험이 있는 듯 자리를 잡았다. 상자는 올 때처럼 부드럽게 미끄러졌다. 멀어지는 고양이 행성을 보았다. 고양이가 자신의 내면을 채우는 곳. 조용하고 단순하지만 그들만의 질서가 있는 곳. 무엇보다 방해가 없는 곳. 고양이들은 자신들이 필요한 최소한의 것만 가지고도 불평 없이 행복하게 그들만의 세계를 만들어 살고 있었다. 나는 이곳을 여행한 인간으로서 이곳을 잊고 싶지 않다고 생각했다. 다시 이곳에 오는 것은 불가능하겠지만, 고양이들이 행복하기 위해 인간은 어떻게 하는 것이 좋을지 궁금했다. 시간이 허락한다면, 메테에게 물어보고 싶다. 고양이들이 지구에서 살려면 인간이 어떻게 해야 되는지 말이다.

공상의 시간은 빠르게 흘러갔고, 어느 순간 상자는 멈춰있었다. 메테와 나는 상자에 내려 동굴 입구에 섰다. 거기에는 이런 문구가 있었다.

여기를 통과하는 자, 고개를 숙이라

이 안의 고통은 너를 향하고

이 안의 슬픔은 너의 가슴을 채우리라

원통한 자여, 귀를 기울여 축복받지 못한 삶의 목소리를 들
으라

분노한 자여, 눈을 크게 떠 복수하지 못한 영혼의 눈을 보라

그리고 온몸으로 사라져가는 영혼을 위로하라

나보다 먼저 이 길을 지나간 자에게 존경을 표하라

나보다 먼저 세상의 무게를 견딘 자에게 예의를 다하라

이제 막연하게 가졌던 희망은 모두 버리라

미요 메테 갸르노 파쏘 메롱

고양이 반도의 진짜 이름인 이것은 고양이의 모습을 상징적으로 나타내는 것으로 해
석할 수 있다. '미요'는 고양이가 사랑하는 사람을 부를 때 내는 소리. '갸르노'는 고양
이가 기분 좋을 때 내는 소리. '파쏘'는 기분이 나쁘거나 화났을 때 내는 소리. 그리고
'메롱'은 즐거울 때 아무 생각 없이 혀를 내밀고 있는 모습이다. 고양이의 희로애락이
담긴 의미를 더해, '메테'라는 이름은 인간에게 불을 전해주었다는 그리스 신화의 프로
메테우스Prometheus의 이름에서 유래해 인간에게 동물 세계를 볼 수 있는 새로운
눈을 선물한다는 의미를 담고 있다.

세상에서 가장 운이 좋은 개

동굴 입구에 있는 문구를 보면서 오싹한 마음이 들었다. 조금은 겁이 났다. 그걸 눈치챘는지 메테는 미소를 지으며 나에게 들어가자고 손짓했다. 동굴 안은 모든 생명이 겪은 고통의 시간이 있을 뿐 우리에게는 어떤 해도 끼칠 수 없다고 나에게 위로를 해주었다. 다만 수많은 동물이 살면서 겪는 괴로움과 고난이 쌓여 있는 만큼 그 목소리를 듣고 마음에 담으라는 말을 덧붙였다. 그렇게 하리라 약속했다. 그리고 메테는 한마디 덧붙였다.

"이곳은 동굴의 가장 바깥쪽이자 지구에서는 가장 먼 곳인 1옥입니다. 갇혀서 답답하고 숨 막히는 일상을 살았던 동물들이 있는 곳이지요."

나는 메테의 말을 들으면서 그것이 어떤 의미인지 생각하지 못했다. 그 안으로 들어가기 전까지는 말이다.

동굴은 좁았지만 안쪽으로 걸어가자 조금 넓은 공간이 나왔고, 공간 한쪽으로 길을 안내하듯 작은 등이 하나 걸려있었다. 그쪽 방향을 바라보니 개 한 마리가 바닥에 엎드려 있는 것이 보였다. 개는 나를 보더니 반가웠는지 고개를 일으키며 제자리에서 뛰어올랐다. 그러면서 혀를 내민 채 웃으며 제자리에서 빙글빙글 돌았다. 그리고 다시 총총 뛰어올랐다. 그러나 내가 있는 쪽으로 뛰어오지는 않았다. 나는 걸음을 멈추고 개를 보았다. 개는 제자리에서 몇 번 뛰더니 처음처럼 엎드린 채 턱을 앞발에 대는 자세로 돌아갔다. 개의 표정도 실망감인지 무력감인지 모를 어떤 것으로 바뀌어 있었다.

혹시나 하는 마음으로 개를 불렀다. 나의 손짓을 본 녀석은 다시 귀여운 표정으로 반기며 몸을 일으켜 제자리 뛰기를 했다. 역시 나에게 다가오지 않았다. 두 발로 일어서 상체를 이쪽으로 내밀면서도 마찬가지였다. 마치 눈에 보이지 않는 마법 상자에 갇힌 것 같았다.

"저 자의 이름은 '누렁이'라고 합니다."

메테가 말했다. 그리고 누렁이에 대해 이야기를 시작했다.

누렁이는 어느 시골에서 자신과 비슷한 털을 가진 엄마에게서 네 마리의 형제와 함께 태어났다. 누렁이 엄마는 건강했고 아기 강아지들에게 젖을 충분히 줄 수 있었다. 누렁이는 형제들과 엄마 젖을 빨며 강아지의 모습을 갖춰나갔다. 얼마 후 누렁이는 형제들과 함께 한 고무 대야에 담겼다. 엄마 품속에서 잠들고 잠에서 깨면 젖을 빠는 행복한 나날과 이별하는 순간이었다. 고무 대야는 차갑고 딱딱했다. 형제들의 털이 엄마의 온기를 간직하고 있어 서로가 엄마의 품을 대신해 위로가 되었다. 그런 시간도 한순간에 지나가 버렸다. 누렁이 엄마의 주인은 동네에서 인심 좋은 할머니로 통했다. 주인할머니는 집에 있는 먹을 것들을 동네사람들에게 나눠주었다. 어려운 이웃들에게 돈도 주었다. 교복 살 돈이 없는 학생에게 교복을 사줬다. 그래서였는지 주인할머니는 누렁이와 형제들도 고무 대야에 담아 동네사람들에게 나눠주었다.

누렁이가 간 곳은 착한 할아버지네였다. 할아버지는 법 없이도 살 사람이라는 말을 일생 들으며 살았다. 실제로 할아버지는 누구를 해한 일도 없고 잘못할 일을 만들지도 않았다. 작은 흠이 있다면 할아버지가 주인할머니에게 누렁이를 달라고 하지 않았다는 사실이었다. 할아버지가 억지로 누렁이를 맡은 것인지는 확실

하지 않았다. 어쨌든 할아버지가 누렁이를 원했던 건 아니다.

할아버지는 누렁이를 잘 보살펴 주었다. 겨우 걷기 시작한 누렁이에게 할아버지의 방 한 켠에 종이 상자 집도 만들어주고 그 안에 버리는 옷도 깔아주었다. 비록 할아버지가 먹고 남긴 것이지만 밥도 잘 챙겨주었다. 어떤 때는 가지고 놀라고 그런 것인지 먹으라고 그런 것인지 바퀴벌레를 잡아주기도 하고 지렁이를 잡아주기도 했다. 누렁이는 바퀴벌레나 지렁이를 좋아하지 않았지만 좋았던 것도 있었다. 그런 것을 가져다줄 때 할아버지는 누렁이와 놀아주었던 것이다. 할아버지는 흐뭇한 얼굴로 누렁이가 노는 모습을 바라보았다. 할아버지의 눈길을 느낄 때 누렁이는 한없이 행복했다. 바퀴벌레가 싫었지만 할아버지에게 보여주려고 가지고 놀았고 어떤 때는 먹는 시늉을 했다. 그렇게 하면 할아버지는 누렁이가 가장 좋아하는 미소를 짓고는 했으니까.

누렁이의 행복한 시간은 오래가지 못했다. 몇 개월이 지나 누렁이의 덩치가 커져 더 이상 강아지로 보기 어려워졌을 때, 할아버지는 누렁이를 안고 집 밖으로 나갔다. 누렁이에게 목줄을 걸고 기둥에 묶었다. 할아버지는 말없이 집 안으로 들어갔다. 누렁이는 자신이 어떤 상황에 처한 것인지 이해하지 못했다. 처음에는 할아버지가 자신에게 새로운 장난감을 준 것이라 생각했다. 집으로 들어간 할아버지는 다시 나오지 않았다. 누렁이는 할아버지가 자신을 집으로 데리고 들어가는 것을 깜빡했다고 생각했다. 그래서 집 안으로 들어가려 했다. 하지만 목줄은 질기고 짧았

다. 누렁이는 집 쪽으로 두 걸음조차 걸을 수 없었다. 한참의 시간이 지나 어둠이 찾아왔다. 집 밖은 어둡고 무서웠다. 누렁이는 집 안으로 들어가고 싶었다. 집 안에서 자신이 좋아하던 종이 상자에 눕고 싶었다. 할아버지가 준 장난감을 가지고 놀며 할아버지의 미소를 보고 싶었다.

그러는 사이 할아버지가 나왔다. 누렁이는 짧은 목줄이 팽팽해지도록 일어서서 꼬리를 힘차게 흔들었다. 할아버지는 누렁이를 쓰다듬어 주지 않고 남은 밥을 누렁이 앞에 놓고 집으로 들어갔다. 누렁이는 서운한 마음이 든 나머지 입맛도 사라져 버리고 말았다.

집 밖에 묶여 살던 누렁이는 그날 이후로 죽는 날까지 단 두 걸음도 움직이기 힘든 목줄에서 벗어나지 못했다. 자리에서 일어났다 앉고, 그 자리에 눕고, 할아버지가 남겨온 밥을 먹고, 다시 앉아있다가 한 바퀴 돌고 다시 눕는 일의 반복이었다. 그렇게 살던 어느 날, 할아버지는 어떤 인간에게 누렁이를 보냈다. 누렁이는 마당 기둥에 묶인 후 처음으로 목줄을 풀게 되었다. 낯선 아저씨의 자동차에 있던 철창에 갇히고 집에서 멀어질 때 할아버지는 같이 가지 않는다는 사실을 알게 되었고, 그것이 할아버지를 본 마지막이었다. 할아버지는 누렁이가 쳐다보는 것도 보지 않고 집 안으로 들어갔다.

"누렁아, 이리 와. 같이 놀자."

나는 누렁이에게 말했다. 누렁이는 나에게 이렇게 말했다.

"무서워. 그리고 나 누렁이 아니야."

누렁이가 한 뜻밖의 말에 나는 당황했고, 메테는 그럴 줄 알았다는 표정이었다. 아무래도 우리가 부르는 이름은 그의 진짜 이름과 다른 것 같았다.

"나의 이름은 '바람의 물결'이야. 태어났을 때 엄마가 지어줬어. 내 이마에 바람이 지나간 모양이 있어서 그렇게 지어준 거래. 형제들에게도 엄마가 이름을 주었어. 예쁜 코, 깊은 눈망울, 사자 이빨, 부드러운 털."

누렁이, 그러니까 바람의 물결은 형제들과 함께 있던 시절이 떠오른 듯 먼 곳을 바라보며 앉아있었다. 그리고는 이어 말했다.

"나는 무서워. 이 자리를 떠나기가 무서워. 묶여있던 곳을 벗어나면 무서운 일이 일어나. 할아버지가 있다면 갈 수 있겠지만

무서워. 할아버지가 없으면 무서워."

바람의 물결은 자신을 묶어두었다가 팔아버린 인간이었지만 자신을 키워줬던 할아버지를 여전히 그리워 하는 것 같았다. 메테는 팔을 들어 큰 원을 그리는가 싶더니 발레를 하는 것 같은 모양새로 왔다 갔다 하며 팔을 휘저었다. 그러자 할아버지가 모습을 드러냈다. 할아버지는 연필로 그린 것처럼 흐릿하게 보였지만 바람의 물결은 상관없다는 듯 반가운 마음에 꼬리를 흔들어 댔다. 그리고는 자신이 한 발자국도 떼지 못했던 곳에서 벗어나 할아버지에게로 달려갔다. 할아버지는 바람의 물결을 따뜻한 눈길로 바라보면서 머리를 쓰다듬어 주었다. 그리고는 함께 동굴의 한쪽 방향으로 걸어갔다. 바람의 물결은 기분이 좋은지 꼬리를 흔들면서 중간중간 토끼처럼 깡충깡충 뛰기도 했다.

메테는 나를 보며 말했다.

"마법이죠."

그리고 말을 이어나갔다.

"잠시 후면 할아버지는 사라질 거예요. 바람의 물결은 있던 자리로 와 기나긴 시간을 그 자리에서 지내겠죠. 이렇게라도 바람

의 물결에게 선물해주고 싶었어요."

　바람의 물결은 할아버지와 함께 걷다가 우리 쪽을 한 번 돌아
보았다. 감사의 표시라도 하는 것 같았다. 그리고는 할아버지와
함께 걸었다. 그것은 바람의 물결이 세상에 나와 처음이자 마지
막으로 하는 산책이었다.

개는 인간과 교감하며 살아가는 것에 행복감을 느끼는 동물입니다.
무리를 이루고 그 속에서 집단생활을 하는 먼 조상의 기억이 아직
남아있기 때문이겠죠. 그래서 개에게는 사랑하는 보호자와 함께하
는 산책이 중요합니다. 산책을 하며 냄새를 맡고 세상을 보고 사랑
을 확인하는 것이 그들 삶의 큰 즐거움이죠. 하지만 여전히 수없이
많은 개들이 움직이기 힘들 정도로 짧은 줄에 묶여 삶을 살고 있습
니다. 그들의 고립된 삶을 자유롭게 만들 수 있는 것. 그것이 인간이
할 수 있는 일 아닐까요?

동물보호법 제3조(동물보호의 기본원칙)

누구든지 동물을 사육, 관리 또는 보호할 때에는 다음의 원칙을 준수하
여야 한다.

제1호 동물이 본래의 습성과 몸의 원형을 유지하면서 정상적으로 살 수
있도록 할 것
제3호 동물이 정상적인 행동을 표현할 수 있고 불편함을 겪지 아니하도
록 할 것

돼지 삼형제의 복수

길고 긴 괴성이 이어졌다. 그 소리는 송곳처럼 귀에 꽂혔다가 폭풍처럼 몸을 휘감았다. 나는 온몸에 돋는 소름으로 몸서리치며 메테에게 그 소리의 정체가 무엇인지 물었다. 메테가 말하길 그 소리는 비통함과 억울함의 소리라고 했다. 자신의 죽음을 받아들일 수 없는 영혼이 내는 소리. 자신의 억울함을 호소할 곳이 없어 내는 소리. 죽음의 공포와 숨 쉬지 못하는 괴로움. 그리고 살을 파고드는 고통에 울부짖는 소리라고 말했다. 무엇이 저들을 괴로움과 한스러움에 통곡하게 만드는가.

메테와 걷는 사이, 갑자기 땅이 꺼지며 깊은 바닥으로 떨어지고 말았다. 깊은 구덩이 같은 것이었다. 구덩이 바닥은 질척하고 끈적끈적한 무엇인가로 가득 차 메테와 나의 온몸을 뒤덮었고 금세 우리는 알 수 없는 것들로 범벅이 되고 말았다. 메테도 이런

상황을 처음 겪는지 어리둥절한 표정을 짓고 있었다. 나는 쓰러진 몸을 일으키려고 바닥에 손을 짚었으나, 물컹물컹한 바닥으로 손이 쑥쑥 들어가는 바람에 몸을 일으키는 것조차 쉬운 일이 아니었다. 문제는 그것만이 아니었다. 냄새가 지독했던 것이다. 그 냄새는 살면서 맡아본 기억이 없어 표현하기 어렵지만, 군이 말하면 오래전 공룡들이 토해낸 음식물을 밀폐된 항아리에 넣었다가 열어버린 것 같았다. 그때 메테는 나에게 작은 목소리로 말했다.

"돼지 똥이에요."

메테 역시 불쾌한 표정을 지으며 자신의 몸에 묻은 그 정체 모를 물질을 닦아내려 애썼다. 그러는 사이 우리가 빠진 구덩이 위쪽으로 어두운 실루엣이 모습을 드러냈다. 그 실루엣은 세 개였는데, 그것은 아기돼지들이었고 형제들로 보였다. 그중 하나가 말했다.

"이것 봐. 오늘 대단한 횡재를 한 것 같아. 인간이 있다구."

그 말을 듣자 다른 돼지 둘도 나를 집중적으로 쳐다보는 것처럼 보였다.

"정말 그러네. 우리한테 인간이 제 발로 걸려들다니."

다른 돼지 하나가 이렇게 말하자 또 다른 돼지는 이렇게 말했다.

"우리에게 복수의 시간이 이렇게 빨리 올 줄이야. 이건 신이 우리에게 준 기회야. 복수할 기회를 이렇게 준 거라구."

말을 끝낸 돼지들은 힘을 합쳐 뭔가를 힘차게 돌리기 시작했다. 그러자 바닥이 들리면서 끈적한 물질 속에서 그물망이 올라왔다. 그물망은 메테와 나를 천천히 옭아매며 올려졌다. 꼼짝없이 그물에 잡힌 신세가 된 우리는 천천히 구덩이 위로 올라와 돼지들 앞에 도착했다. 돼지 삼형제는 그 상태에서 그물망을 기다란 나뭇가지에 꿰어 우리를 통째로 들어올렸다. 메테와 나는 돼지 삼형제에게 잡혀 어딘가로 끌려가는 신세가 되고 말았다.

메테와 내가 끌려간 곳은 신전 같이 생긴 곳이었다. 그곳은 파르테논Parthenon 신전처럼 하나의 얇은 지붕에 여러 기둥이 촘촘히 세워져 있었는데, 금속으로 만든 것 같이 반짝거렸다. 그 안에는 거대한 엄마돼지가 옆으로 누워있었다. 엄마돼지는 붉은 눈을 하고서 메테와 나를 쳐다보았다.

"저들은 무엇이냐."

엄마돼지의 말에 삼형제 중 하나가 말했다.

"우리의 함정에 빠진 인간이에요, 엄마. 우리에게 복수의 기회가 왔어요. 우리가 저 인간을 처단할 수 있도록 허락해주세요, 엄마."

이 말을 들은 메테가 아기돼지의 말을 막고 엄마돼지에게 말했다.

"돼지의 어머니신이자 모든 생명의 근원이시여. 여기 있는 나약한 두 생명을 어루만지소서. 제 옆에 있는 인간은 자신이 사랑했던 영혼을 잊지 못해 우연히 이 세계에 들어온 것이며, 원래 세계로 돌아가려는 여행자일 뿐입니다. 어찌 죄 없는 인간에게 복수라는 섬뜩한 칼날을 들이대시는 겁니까."

엄마돼지는 메테의 말을 듣고는 입을 열었다. 그 소리는 공간을 울리는 장엄한 것이었다.

"그대는 저 소리가 들리지 않는가. 고통에 울부짖는 소리를. 산 채로 구덩이에 떨어져 지옥보다 더 끔찍한 죽음을 맞는 소리

를 말이다."

그러자 아까 들었던 길고 긴 괴성이 들리기 시작했다. 엄마돼지는 말을 이었다.

"너희들은 나의 몸을 가두고 내 자식들을 먹기 위해 더럽고 냄새나는 곳에서 뒹굴게 한 것도 모자라 병에 걸리자 산 채로 구덩이에 쳐넣었다. 비명 소리를 들으면서도 할 말이 있느냐."

메테는 나에게 말해주었다. 돼지의 어미들은 좁은 곳에 갇혀 새끼 낳는 기계로 살아간다. 어미돼지가 갇혀 지내는 곳을 스톨 stall이라고 하는데, 철제로 된 감옥처럼 생긴 일종의 케이지다. 어미돼지는 새끼를 낳을 때 돌아눕기도 어려운 스톨 안에서 생활하면서 새끼 낳는 것 외에는 아무것도 할 수 없는 구속의 삶을 살아간다는 것이다. 어미돼지만 고달픈 삶을 사는 것은 아니다. 어미돼지가 낳은 새끼돼지들은 고기라는 상품이 되기 위해 태어난 지 6개월 정도면 생을 마감한다. 돼지의 평균수명이 15년인 것을 감안하면 참으로 짧은 시간인 셈이다(머릿속으로 계산해보니 인간으로 치면 3~5살 정도 되었을 때 죽는 것과 같았다. 그래서 돼지 삼형제도 어린 티가 났다). 그 짧은 생을 살면서도 돼지들은 자유롭지 않다. 좁은 곳에 모여 살기에 움직이지 못하고 먹고 자는 공간에서 배설해야 하니 생활공간은 더럽고 더더욱 좁아진다. 그래서

돼지들은 쓸데없이 뚱뚱해지고 예민해진다.

돼지 삼형제 역시 예민했다. 나는 그물망 속에서 몸을 뒤틀며 빠져나와 내 사정을 말하며 설득해보려는 생각에 엄마돼지에게로 다가갔다. 그러자 삼형제가 나에게 소리를 지르며 뛰어왔다.

"어딜 감히!"

그들은 무섭게 달려들어 첫째는 내 오른쪽 팔을, 둘째는 허벅지를, 셋째는 귀를 물었다. 나는 비명을 지르며 뒤로 나자빠지고 말았다. 삼형제는 쓰러진 나에게 관용 없이 계속해서 여기저기를 깨물었다. 그럴 때마다 나는 비명을 질렀는데 그러면서도 이상한 점이 있었다. 삼형제가 깨무는데도 하나도 아프지 않았던 것이다. 죽음의 세계에 와서 그런 걸까. 아까 구덩이에 빠질 때는 불쾌한 냄새와 더러운 촉감이 그대로 느껴졌는데 어떻게 된 일일까.

나의 생각을 간파한 메테는 삼형제의 입을 잘 보라고 말했다. 메테의 말을 듣고 그들의 입을 봤더니 이상한 점이 하나 있었다. 돼지들 입안에는 이빨이 없었다. 그래서 그들이 나의 온몸을 물어대도 별다른 느낌이 없었던 것이다. 내가 비명을 지른 것은 아플 것으로 지레 겁먹고 스스로가 만들어 낸 공포감 때문이었다. 그 모습을 보고 있던 엄마돼지가 그만하라고 말했다. 엄마돼지의 말이 떨어지자 삼형제는 행동을 멈췄다. 그리고는 원래 자리

로 돌아갔다. 삼형제의 엉덩이를 보니 그들은 꼬리 또한 없었다. 꼬불꼬불한 꼬리 대신 꼬리의 자국만 있었다. 엄마돼지는 나에게 말했다.

"보았느냐. 나의 자식들은 너희들이 본 것처럼 이빨이 없다. 인간이 우리 아이들의 이빨을 잘랐기 때문이지. 우리 아이들에겐 꼬리도 없다. 인간이 또한 잘라버렸기 때문이다. 태어나자마자 내 자식들에게 너희 인간들이 한 짓이다. 인간들 때문에 내 자식들은 세상에 빛을 보자마자 괴로움에 울부짖어야 했다. 그뿐이냐. 고기 맛을 더 좋게 하겠다고 산 채로 거세去勢했지. 끔찍한 고통의 소리가 지금도 울려퍼지는 것이다. 그 소리가 들리느냐."

나는 멍한 상태로 고개를 끄덕였다. 엄마돼지는 이어서 말했다.

"나는 작은 틀에 갇혀 새끼를 낳고 또 낳았다. 아이들을 낳을 때마다 자식들이 그 꼴을 당하는 것을 지켜볼 수밖에 없었다. 나중에는 새끼들을 숨기기도 해보았다. 하지만 소용없었지. 인간들은 똑같은 짓을 저질렀다. 내 자식들이 게을러 보이느냐? 내 자식들이 더럽고 뚱뚱해 보이느냐? 화장실도 없는 곳에 몰아넣고 돌아다니지도 못하게 좁은 곳에 몰려 살게 된다면 너희 인간이라도 더럽고 뚱뚱해지지 않을 재간이 있을 줄 아느냐?"

나는 엄마돼지의 말을 들으며 평생을 출퇴근길 지하철 안에서 화장실 없이 살아가는 상상을 했다. 엄마돼지는 말을 이었다.

"그래놓고 내 자식들이 병에 걸리자 너희들은 어떻게 했느냐. 치료는 말할 것도 없고 안락사 할 돈이 아깝다며 산 채로 구덩이에 몰아넣어 생매장시켰지. 그때 구덩이 속에서 자식들은 허우적거리며 죽어갔다. 그런데도 인간이 나에게 죄 없다 말할 수 있느냐."

나는 그 공간을 울리며 절규하는 소리에 소름이 돋으며 돼지들을 생각하니 괴로워 숨이 막힐 것 같았다. 그때 메테가 엄마돼지에게 말했다.

"어머니신이시여. 왜 분노하셨나이까. 이 자는 인간이지만 어머니신과 자식들이 어떻게 살고 있었는지 모르는 평범한 인간에 불과하나이다. 돼지들의 삶을 알게 된 자는 돼지들을 다시 보게 될 것이며 돼지들을 위해 마음을 쓸 것입니다. 제발 인간을 향한 복수의 칼날을 죄 없는 인간에게 향하지 마시고, 넓고 관대한 마음으로 이 자가 자기의 길을 갈 수 있도록 허락해주옵소서."

엄마돼지의 붉은 눈은 흥분을 가라앉힐 생각이 없는 듯 나를 쏘아보며 말했다.

"어린 내 자식들이 자유롭게 돌아다니지도 못하고 마음껏 냄새도 맡지 못했으며, 진흙 목욕 한 번 못한 채 갑갑한 삶을 살다가 남긴 살과 피를 너 역시 먹지 않았느냐?"

엄마돼지의 말에 나는 할 말이 없었다. 나는 삼겹살을 좋아했다. 그러나 그것이 돼지가 죽어 만들어진 고기라는 생각은 해본 적이 없었다. 고기가 되기 전, 한때 살아서 숨 쉬었을 그들이 어떤 삶을 살다가 삼겹살이 되었는지 궁금해본 적이 없었던 것이다. 메테는 엄마돼지에게 다시 말했다.

"어머니신이시여. 여기 이 자뿐 아니라 모두는 먹지 않으면 살 수 없는 존재입니다. 어머니신과 자식들에게 고통을 준 자들에게 잘못이 있을 수는 있으나 아무것도 모르고 먹은 자에게까지 그 죄의 무게를 지우려 한다면 이 자뿐 아니라 생명체 전부는 그 죄에서 벗어날 수 없을 것이나이다."

엄마돼지는 메테의 말을 듣고 잠시 생각에 잠기는 듯했다. 삼 형제 중 하나가 엄마돼지에게 소리쳤다.

"엄마, 저 고양이의 말은 믿을 수가 없어요! 저 간지러운 혓바닥을 가진 고양이는 저 인간과 함께 살았죠. 그리고 저 인간이 주는 것을 먹으며 편히 살았을 거예요. 그러니 저 고양이는 우리가

당했던 일을 절대 모를 것이고 그래서 고양이의 말을 믿어서는 안 돼요!"

　엄마돼지는 그 말을 듣자마자 메테와 나를 향해 손을 휘저었다. 그러자 그 힘으로 거대한 파장이 일어나면서 메테와 나의 몸을 날려버렸고, 우리는 또다시 구덩이에 빠지고 말았다. 그런데 그 구덩이는 어딘가로 통하는 통로처럼 보였고 끝이 보일 때까지 굴러떨어졌을 때 우리는 아주 좁은 감옥에 갇히고 말았다. 메테와 나 단둘이었지만 그 비좁은 감옥은 몸을 돌리기도 힘들 정도로 우리를 옴짝달싹하지 못하게 만들었다. 다시 보니 위아래와 좌우, 사면이 쇠창살로 된 감옥이었다.

엄마돼지들은 임신 및 출산 기간에 스톨stall이라는 곳으로 넣어집니다. 인간이 관리하기 편하도록 만든 곳이지만 돼지들은 꼼짝하기도 힘든 곳이지요. 스톨이라는 존재는 인간의 입장에서는 편리하지만 돼지 입장에서는 움직이기 힘든 상태로 지내는 고통을 견뎌내야 하는 것이기도 합니다. 또한 새끼돼지들은 스트레스로 엄마의 젖을 물기도 하고, 다른 새끼돼지의 꼬리를 씹어버리기도 해 어렸을 때부터 이빨을 잘라버립니다. 왜 이빨을 뽑지 않고 자르냐고요? 뽑는 것보다 자르는 것이 훨씬 쉽고 빠르기 때문이지요.

돼지는 똑똑하고 냄새를 잘 맡으며 깨끗한 동물입니다. 만일 농장에서 살지 않았다면 돼지들은 어떻게 살았을까요? 여기저기 돌아다니며 냄새를 맡고 먹이를 찾아다니며 가끔 물이나 진흙이 있는 곳에서 목욕하며 살았을 거예요. 인간이 고기를 만들기 위해 많은 돼지들이 농장에서 살게 되었지만 돼지가 살아있는 동안이라도 이런 삶을 주는 건 어떨까요? 인간에게는 선택의 문제이지만 돼지에게는 간절한 희망일지도 모릅니다.

동물보호법 제3조(동물보호의 기본원칙)

누구든지 동물을 사육, 관리 또는 보호할 때에는 다음의 원칙을 준수하여야 한다.

제4호 동물이 고통, 상해 및 질병으로부터 자유롭도록 할 것
제5호 동물이 공포와 스트레스를 받지 아니하도록 할 것

닭의
바벨
탑*

기독교 구약성서에 나오는 탑. 대홍수 사건 이후, 인간들이 하늘에 닿고자 바벨Babel
에서 탑을 쌓기 시작했으나 신 여호와가 노하여 인간들 사이에 쓰는 언어를 다르게 해,
서로 말이 통하지 않도록 하여 탑 쌓기에 실패하게 만들었다고 전해진다. 인간이 동
물들의 고통에 눈과 귀를 닫을수록 그들과의 소통 역시 갈수록 불가능할 것이다.

"빠또야! 괜찮나요?"

　메테는 나에게 물었다. 그것은 내가 메테에게 하고 싶은 말이
기도 했다. 하마터면 비좁은 감옥에서 메테가 내 몸에 깔릴 뻔했
기 때문이다. 나는 간신히 몸을 돌려 메테를 보면서 괜찮다고 말
했다. 다행히 메테 역시 다치지는 않은 것 같았다. 이 감옥은 비
좁을 뿐만 아니라 사방이 쇠창살로 되어있어 어딘가를 딛고 앉

거나 자세를 고치기 힘든 것이 문제였다. 쇠창살이 얇아 힘을 주면 손바닥 사이로 파고들 것처럼 아팠기 때문이다. 메테는 작은 발가락 사이로 쇠창살이 끼어 불편한지 일단 고양이의 '식빵 굽는 자세'를 취하고 있었다. 고양이의 날렵하면서도 유연한 신체 능력도 이 감옥에서만큼은 소용없는 것 같았다.

메테는 뭔가를 생각하는 듯 무표정하게 앉아있었고, 나야말로 할 수 있는 것이 없었기에 메테의 결정을 기다리고 있었다. 그사이에도 나는 몸을 움직이지 못하는 고통에 등뼈가 부러지는 것 같은 통증을 느꼈지만 잠자코 견뎠다. 혹시나 하는 마음에 메테에게 어떻게 할까, 물었지만 메테는 생각을 해야 될 것 같다는 말만 남겼다. 핸드폰만 있었어도 구조 요청을 했겠지만 당연히 없었다. 혹시 몰라 주머니에 손을 넣어봤지만 역시 없었다.

얼마의 시간이 지났을까. 시계가 없어 정확히 알 수 없었지만 시간은 꽤나 흘렀을 것으로 느껴졌다. 그때 쇠창살 감옥의 위에서 똑, 하고 뭔가 떨어지는 것이 보였다. 그것은 감옥 천장에 난 틈을 통해 메테의 등으로 떨어졌다. 메테는 자세를 고정한 채 깊은 생각에 빠졌는지 자신의 등 위로 뭔가 떨어졌다는 것을 눈치 채지 못한 듯했다. 그것은 까만 공 같았는데 양옆으로 약간 길쭉한 것이 럭비공을 축소시킨 느낌도 들었다. 그 까만 럭비공을 등에 붙인 채 사색에 잠긴 메테가 우습기도 하고 귀엽기도 해서 럭비공을 등에서 떼주려고 했다. 그때 갑자기 커다란 뭔가가 나타

나 우리 감옥을 들여다보기 시작했다. 그것은 커다랗고 둥근 풍선 같은 것이었는데 얼마나 큰지 메테와 내가 있는 감옥 전체를 집어삼킬 정도였다. 나는 깜짝 놀라 몸을 움직이려 했고, 메테의 동공은 빠르게 커졌다.

자세히 보니 그것은 그냥 풍선이 아니라 닭의 머리 모양을 하고 있었다. 거대한 닭의 머리가 동동 떠있었는데 그것이 우리를 날카롭게 쏘아보며 입을 벌렸다 오므렸다 반복했다. 그러더니 닭의 머리는 메테의 등에 있는 럭비공에 시선을 집중하더니 그것을 향해 돌진했다. 쿵! 거대한 닭의 머리는 쇠창살에 막혀 감옥 안으로 들어오지 못하고 쇠창살에 부딪히고 말았다. 가뜩이나 좁은 감옥이 흔들려 나는 소리를 질렀다. 닭의 머리는 포기하지 않고 다시 럭비공을 향해 돌진했다. 또다시 쿵! 럭비공은 그냥 공이 아니라 그 닭의 알이었던 것 같다. 신기하게도 닭의 머리가 쇠창살에 세게 부딪혀서 감옥 전체가 흔들렸는데도 메테의 등 위에 있는 알은 떨어지지 않고 딱 붙어있었다. 닭의 머리가 이번에는 제대로 한 방 먹이려 했는지 좀 더 멀리 뒤로 물러났다. 예상대로 우리 쪽을 향해 돌진했다. 이대로 있다가는 감옥만 아니라 메테와 나까지도 산산조각 나게 생긴 상황이었다.

그때, 감옥의 한쪽 문이 열렸다. 순간 메테와 나는 서로를 쳐다보았고 눈이 마주치자 지체 없이 열린 문으로 용수철처럼 튀어나갔다. 우리가 나오자마자 닭의 머리는 감옥과 부딪혔고, 닭의 머리와 부딪힌 쪽은 완전히 찌그러졌다. 계속 감옥에 있었으면

나 역시 찌그러졌을 것이다. 찌그러진 쇠창살 사이로 럭비공처럼 생긴 그 알은 굴러나왔고, 닭의 머리는 알을 부리로 물고는 천천히 사라졌다. 메테와 나는 그제야 안심하고는 주위를 둘러보았다. 거기에는 우리를 가뒀던 감옥 문을 연 동물이 서있었다. 돼지 삼형제 중 하나였다.

"아니, 너는 아까 그 돼지 아냐?"

나는 반갑기도 하고 놀랍기도 한 마음에 소리쳤다.

"그래, 무사한 것 같아 다행이구만." 돼지가 말했다.

"아까는 미안했다구. 엄마나 형제들이 너희에게 한 것에 대해서는 내가 대신 사과한다구. 나는 그렇게까지 할 생각은 없었다구." 돼지는 이런 말도 했다.

"왜 너는 우리를 구해준 거지?"

메테가 돼지에게 물었다. 메테는 돼지의 호의에 대해 의구심이 큰 것처럼 보였다.

"우선, 내 이름은 '난벌'이라고 해."

돼지가 자기 이름을 말했다. 그 말을 듣자 메테가 말했다.

"그래, 우리도 소개하는 게 맞겠네. 나는 미요 메테 갸르노 파쏘 메롱이고, 이쪽은 빠또야."

나는 다른 이름이 있다고 말하고 싶었지만, 돼지 난벌이 이야기를 시작해서 그럴 수가 없었다.

"이야기를 들어서 알겠지만, 우리는 인간들이 우리에게 한 짓에 대해 복수하려 한다구. 그렇다고 인간을 싫어하는 건 아니라구. 인간과는 즐겁게 놀 수도 있고 우리의 몸짓과 말을 이해할 수도 있어 좋은 친구가 될 수 있지. 다만 우리를 고기로만 볼 때는 잔인하고 무자비하게 돌변하는 것이 무섭고 화날 뿐이라구. 그러니까 빠또야 같은 인간에게는 복수가 아니라 우리가 얼마나 고통스럽게 사는지 보여주고 싶은 게 나의 생각이라구."

난벌은 메테와 나에게 따라오라는 손짓을 했다. 우리는 난벌이 시키는 대로 그를 따라갔다. 우리가 갇혀있던 곳에서 위쪽으로 올라가자 어두운 공간이 나타났다. 매우 어두운 편이라 잠깐 동안은 그 안에 뭐가 있는지 알아차리기 어려웠다. 잠시 후 눈이 어둠에 적응되자 풍경이 서서히 보이기 시작했다.

그곳은 거대한 공간으로 되어있었는데, 누군가 바벨탑이라도

지으려 한 것처럼 보이는 끝도 없이 높은 건물이 있었다. 그 건물은 양옆으로도 위로도 끝없이 뻗어있어 그 규모가 어느 정도인지 가늠할 길이 없을 정도였다. 엄청난 규모와 달리 건물을 구성하고 있는 것은 의외로 작았다. 수많은 작은 블록들이 쌓여있는 것 같았다. 언뜻 보기에는 사물함의 탑 같기도 했다. 그 하나의 사물함은 노트북 모니터 크기였는데, 정면은 쇠창살로 되어있었고 사이사이로 닭의 머리가 나와있었다. 한 칸에 머리가 세 개가 나와있는 것으로 봐서는 최소 그 정도 개체가 들어있는 것 같았다. 닭들은 좁은 곳에 갇힌 것이 괴로운지 고오오오, 하는 소리를 목청껏 내면서 계속해서 자리를 고쳐 잡았다. 그러면서 옆에 있는 닭을 자기 몸으로 밀었다. 하지만 여유 공간이 없었기 때문에 밀어도 갈 곳은 없었고 비좁은 상황에 밀고 밀리면서 서로를 쪼아대고 있었다.

"저 닭들은 알을 낳는 닭이라구. 우리 돼지들도 좁은 곳에 갇혀 지내지만 여기 있는 닭들은 더 가혹하다구. 여기를 '통곡의 탑'이라고 부르는 데는 이유가 있다구. 그래서 엄마도 너희들을 여기에 가두려 한 것이라구. 저기를 보라구. 바닥에 깔려있는 닭도 있다구."

난벌이 말하는 쪽을 보니 정말로 다른 닭의 발밑에 깔려 멍한 눈빛을 한 닭도 있었다. 닭들이 서로 공간을 더 차지하기 위해 경

쟁하다가 밀려나게 된 것으로 보였다.

"그래서 닭들의 입이 저 모양이 된 거라구."

난벌의 말을 듣고 닭의 부리를 보았는데 뭉툭하게 잘려있었다. 비좁은 곳에서 서로 밀고 밀리면서 스트레스로 서로를 쪼기 때문에, 상처가 나지 않게 인간이 부리를 잘라버렸던 것이다.

"넓은 곳에 살았으면 안 그래도 되겠지만, 좁은 곳에 가둬서 키우다보니 우리 돼지들은 인간들에게 이빨과 꼬리를 잘리고 닭들은 부리를 잘리는 거라구."

난벌의 말은 힘없는 메아리처럼 울렸다.

그때 위에서 하나둘 아래로 떨어지는 무언가가 있었다. 툭. 툭. 땅에 떨어져 구르는 것은 아까 보았던 까만 럭비공 모양의 알이었다. 알이 땅바닥에 나뒹굴자 어디선가 소리가 들렸고 그 소리는 우리 쪽으로 가까워지고 있었다. 소리가 나는 쪽을 보니, 아까 우리를 공격했던 닭의 머리가 날아오고 있었다. 나는 깜짝 놀라 그 충격에 뒤로 나가떨어지고 말았다. 닭의 머리가 또다시 공격하는 것으로 생각했다. 그러나 닭의 머리는 메테와 나 그리고 난벌에는 관심 없는 듯 떨어진 알을 하나씩 집어올렸다. 그러더니 천천히 내 쪽으로 다가오고 있었다. 그리고는 내 앞에 멈춰 서서

말했다.

"꼬오이 꼬이 꼬이 꼬로이. 꼬로 꼬로 꼬로이."

나는 닭의 머리가 하는 소리를 알아들을 수 없었다. 그 소리는 닭의 건물 끝까지 울릴 정도로 웅웅 거렸다. 닭의 머리가 말을 끝내자 건물 가득 갇혀있던 닭들이 저마다의 소리를 멈추고 일제히 똑같이 말했다.

"꼬오이 꼬이 꼬이 꼬로이. 꼬로 꼬로 꼬로이."

메테는 닭의 머리를 대신해서 그 말이 무엇인지 나에게 말해주었다.

"인간이여. 닭에게는 닭의 것이 있다. 자유와 자유는 닭의 것이다."

나는 그 말을 들으며 좁은 곳에 가득 갇혀있는 닭들을 올려다보았다. 닭들은 다시 한 번 외쳤다.

"꼬오이 꼬이 꼬이 꼬로이. 꼬로 꼬로 꼬로이~"

그 말을 듣고 메테와 나는 그들의 말을 존중하는 의미에서 잠시 묵념했다. 난벌은 우리에게 가는 길을 알려주었고, 메테와 나는 그곳을 떠났다. 하지만 귀에서는 닭들이 입을 모아 했던 말이 계속해서 울리고 있었다.

알을 낳는 산란계는 만원버스와 같은 환경에서 알을 낳는 일만 하면서 살아갑니다. 그러다 보니 스트레스로 다른 닭을 쪼거나 밟아 서로 다치는 일이 발생해요. 그래서 암컷 닭은 새끼 때 부리가 잘립니다. 부리는 인간으로 따지면 이빨과 같아요. 그러니까, 태어나자마자 생니가 잘리는 고통을 당하는 셈이지요. 넓은 공간에서 살아간다면 스트레스가 적어 서로가 서로를 공격할 일이 없으니 부리를 자를 일도 없겠죠.

요즘 마트에서 판매하는 '동물복지란'은 넓은 곳에서 원래 닭이 사는 방식에 최대한 가깝게 배려한 농장에서 낳은 알이랍니다. 닭들은 잘리지 않은 부리로 바닥도 쪼고 횃대라 불리는 가로 막대에 올라가서 쉬기도 해요. 원래 살았던 방식대로 말이죠. 인간이 바뀌면 동물들은 고통에서 벗어날 수 있을지도 모릅니다.

동물보호법 제3조(동물보호의 기본원칙)

누구든지 동물을 사육, 관리 또는 보호할 때에는 다음의 원칙을 준수하여야 한다.

제3호 동물이 정상적인 행동을 표현할 수 있고 불편함을 겪지 아니하도록 할 것
제4호 동물이 고통, 상해 및 질병으로부터 자유롭도록 할 것

탈출한 광어와 껍데기 없는 킹크랩

메테는 나보다 앞서 걷고 있었다. 나보다 동작이 빠른 메테는 길의 상황도 보고 위험 요소도 확인하는 것 같았다. 몇 번의 모험을 겪다보니 메테도 긴장하는 것처럼 보였다. 메테가 나를 안내하고는 있지만, 인간을 원래 살던 세계로 데려다주는 일은 그에게도 낯설 뿐이었다.

나는 발을 멈추었다. 발에 뭔가 닿는 느낌이 들었다. 뭔가 하고 봤더니 놀랍게도 물이었다. 그냥 물이 아니라 빠르게 차오르는 물이었다. 메테 역시 발이 물에 잠겼고, 물을 싫어하는 고양이답게 고공 점프를 하는 중이었다. 나 역시 물이 차오르는 상황이 달가울 리 없었기에 피하려 했지만 물은 금방 차올라 나의 허리를 넘겨 가슴을 지나 곧 얼굴까지 차올랐다. 메테는 홀딱 젖은 얼굴로 수영을 하고 있었다. 그 모습이 지금까지 근사한 메테와 어울

리지 않아 웃음이 났다. 그러나 그 웃음 역시 물이 얼굴까지 삼켜 버리는 바람에 오래가지 못했다.

말 그대로 동굴 안은 전부 물로 꽉 차고 말았다. 메테와 나는 물속에 완전히 빠졌다. 이제 나는 머리끝까지 차오른 물속에서 숨을 참느라 애를 쓰고 있었다. 잠수에는 소질이 없는 터라 나는 몇 초도 견디지 못하고 한계가 오고 말았다. 더 이상 숨을 참을 수 없었던 나는 모든 걸 포기하고 입을 파, 하며 벌렸는데 이상한 일이 일어났다. 목구멍과 기도로 물이 밀려들어올 것으로 생각 했지만 전혀 그렇지 않았다. 턱 밑에 아가미라도 생긴 것처럼 물 속에서 숨 쉬기가 편했다. 그러고 보니 메테 역시 털이 젖어서 볼 품없었을 뿐 평정심을 유지한 채 나를 똑바로 쳐다보고 있었다. 화가 난 표정이지만 아무래도 화가 났다기보다는 내가 물속에서 죽지나 않을까 확인하는 것처럼 보였다.

나는 메테에게 괜찮냐고 물었고 메테는 괜찮다고 했다. 그러 면서 생각보다 물속이 마음에 든다고도 했다. 그러고는 앞으로 헤엄쳐 갔다. 나는 다리가 바닥에 닿았으므로 수영한다기보다는 물속을 걸어서 앞으로 나아갔다. 그러다 우리 앞에 알 수 없는 생 명체가 헤엄쳐 다가오는 것이 보였다. 그것은 바닥에 붙어있다 가 공중을 비상하는 날개처럼 솟구쳐 올랐고 다시 바닥으로 가 라앉았다. 그것은 물고기였다. 그것도 내가 잘 아는 물고기 광어 였다. 광어는 동굴 바닥에 있다가 다시 힘차게 몸을 살랑살랑 흔 들며 물속을 유영했다. 그런데 광어에게는 특이한 점이 있었다.

헤엄치는 모습을 봐서는 어딘가 문제가 있지 않았지만 자세히 보니 몸 중간에 작은 구멍 하나가 있었고 그 구멍은 몸통을 완전히 관통하고 있었다. 메테는 광어에게 인사를 했고 광어는 그 인사를 받고는 우리 쪽으로 헤엄쳐 왔다.

"저는 미요 메테 갸르노 파쏘 메롱이고 이쪽은 저와 함께 여행 중인 빠또야입니다. 저는 메테라고 불러주세요."

"저는 '누리성'이라고 해요."

광어 역시 자기 이름을 이야기했다. 나도 진짜 내 이름을 말하려 했으나 기회를 놓치고 말았다. 메테가 누리성에게 몸에 있는 구멍에 대해 이야기했기 때문이다. 누리성은 몸에 난 구멍에 대해 조금 있으면 괜찮아질 것이라 말했다. 나의 상식으로는 그런 일이 일어나기 쉽지 않을 거라 생각했지만, 누리성은 대수롭지 않게 생각하는 것 같았다. 정말로 대화를 하는 사이 구멍은 점점 작아지더니 흔적도 남지 않고 사라져 버렸다. 신기한 일이었지만 한편으로는 다행이라고 생각했다. 메테는 누리성에게 어쩌다 그런 일을 당했는지 물었다.

누리성은 자신에게 많은 친구들이 있다고 했다. 넓지는 않지만 아침저녁으로 먹잇감이 수면 위로 날아드는 곳이었다. 그 안

에 자신과 같은 친구들이 잔뜩 모여 함께 생활했다는 것이다. 좁고 불편했지만 견딜만했던 건 먹을 것이 있어서였다고 했다. 그런데 어느 날, 그물로 만든 국자가 자신과 몇몇 친구들을 떠서 올렸고 영문도 모른 채 어디론가 가게 되었다는 것이다.

휘이이이익! 퍽!

누리성이 이야기하는 사이 갑자기 물속을 가르며 뭔가 날아와 누리성의 몸통에 꽂혔다. 그것은 나무로 된 긴 꼬챙이였는데 끝이 뾰족하고 까만 것으로 되어있었다. 그것이 누리성의 몸통을 한번에 관통했다. 순간 누리성의 입이 쩍 벌어지면서 놀란 듯 눈도 커졌고 그는 외마디 비명도 지르지 못한 채 꼬챙이와 함께 순식간에 사라져 버렸다. 메테와 나는 너무 놀라 서로를 쳐다봤지만 어떻게 할 방법을 찾지 못해 멍하니 있었다.

그런데 어두운 저편에서 뭔가 우리 쪽으로 다가오는 것이 보였다. 그것은 동그란 몸통에 여러 개의 다리를 가지고 있었는데, 물결에 이리저리 흔들리면서 우리에게 다가오고 있었다. 그것이 움직이는 모양은 바람 빠진 풍선이 흐물거리며 떠돌아다니는 것 같았다. 메테와 나 역시 그쪽으로 다가갔다. 그랬더니 놀랄만한 일이 벌어졌다. 그것의 정체는 우리가 상상도 못한 존재였기 때문이다. 그것은 킹 크랩이었다. 다만 킹 크랩 치고는 맥없어 보였다. 그 이유는 금방 알 수 있었다. 킹 크랩은 맞는데 단단한 껍데

기는 없고 속살만 남아있었기 때문이다. 탈피脫皮를 한 것인지 모르겠지만 힘은 없어보였다. 킹 크랩은 우리에게 말했다.

"혹시, 광어 하나 못 봤소? 이름이 누리성이라고 합니다만."

킹 크랩은 말하는 게 힘겨워 보였지만 조금 전 우리 눈앞에서 사라진 광어를 말하는 것이 확실했다. 그 말을 듣고 메테는 자신과 나를 소개한 후 우리가 본 것에 대해 이야기했다. 킹 크랩은 자신의 이름을 '구사리마'라 말했다.

"나를 도와줄 수 있겠소?"

구사리마는 우리에게 도움부터 요청했다. 구사리마에 의하면, 누리성은 가끔씩 알 수 없는 꼬챙이에 찔려 끌려가는데, 자신의 힘으로는 도와주기 여간 까다로운 것이 아니라고 했다. 그러던 참에 메테와 나를 만났고 구사리마는 그것을 행운이라고 생각하는 것 같았다. 우리는 앞장서 헤엄쳐 가는 구사리마를 따라갔다. 껍데기가 다 벗겨진 구사리마는 빠르게 헤엄칠 수 없는 것 같아 나는 두 손을 모아 물을 밀어 구사리마가 좀 더 편하게 헤엄칠 수 있도록 도왔다. 구사리마가 그런 모습을 하게 된 사연도 궁금했지만 일단 누리성을 돕는 것이 먼저였다.

누리성은 동굴벽에서 솟아나온 나무 꼬챙이에 몸이 꿰인 채 축 처져있었다. 구사리마는 누리성에게 다가가 위로하는 듯 보였으나 내가 봐도 구사리마의 힘으로 누리성의 몸에 박힌 꼬챙이를 해결할 수는 없을 것으로 보였다. 메테와 나는 누리성에게 다가가 어떻게 하면 그 꼬챙이를 빼버릴 수 있을지 관찰했다. 이래봬도 나는 인간이 아닌가. 고양이나 광어나 킹 크랩에 비하면 힘도 세고 덩치도 크다. 그렇기에 이 문제를 해결할 주인공은 나라고 생각했다. 메테가 오른손을 번쩍 든 건 그때였다. 그리고 메테는 자신의 손을 주저 없이 꼬챙이를 향해 뻗었다. 메테의 손에서 나온 작은 빛이 꼬챙이 중간을 갈랐고, 그 힘에 꼬챙이는 둘로 쪼개졌다. 어쩌면 메테는 초능력 고양이가 아닐까 하는 생각이 순간 지나갔다. 꼬챙이가 제거된 누리성은 조금씩 기력을 찾았지만 처음 보았을 때처럼 몸통에 구멍이 나있었다.

누리성은 거대한 양식장에서 살았다. 그곳이 양식장인지 몰랐던 누리성은 세상이란 참으로 단조롭다는 생각을 했다. 자신과 똑같이 생긴 물고기들이 가득한 곳에 하루에 두 번 수면 위로 먹잇감이 떨어지는 곳이 그에게는 세계의 전부였던 것이다. 그때 누리성은 생각했다. 하늘에서 떨어지는 먹이는 어디서 오는 것일까. 먹이를 주는 존재는 무엇일까. 여기를 벗어난다면 좀 더 넓

은 곳에서 살아갈 수 있을까.

어느 날, 그물 모양의 국자가 자신과 몇몇 친구들을 잡아 어디론가 갔다. 그렇게 누리성은 어느 도시의 한 횟집 수조로 들어가게 되었다. 같이 온 친구들은 어디로 갔는지 알 수 없었다. 그 수조는 누리성이 살던 곳보다 더 작았고 불편했으며 결정적으로 먹이가 없었다. 그래서 수조 안에 먼저 와있던 다른 동료들은 힘이 없어보였고 멍한 눈으로 아무 말도 하지 않은 채 가만히 있기만 했다. 처음에는 누리성이 말도 걸어보았지만 대답하는 물고기는 없었다. 그리고 배가 너무도 고파 견딜 수 없을 때까지 수면 위로 떨어지던 먹이도 없었다.

수조 안에 같이 있던 동료들은 하나둘 사라지고, 어느새 누리성은 수조에 혼자 남게 되었다. 수조 밖은 화려한 불빛으로 반짝였다. 그 불빛 때문에 누리성은 편히 잠들지 못했다. 혼자 남은 외로움과 잠들지 못하는 괴로움 그리고 배고픔이 누리성을 괴롭혔다. 누리성 역시 기력이 약해졌다. 무엇보다 누리성을 힘들게 했던 건, 자신과 같이 수조에 있던 동료들이 하나둘 수조를 나가 어떻게 죽어갔는지 아는 것이었다. 자신도 그렇게 죽어가리라는 생각을 할 때마다 누리성은 견딜 수 없이 괴로웠다.

누리성이 혼자 남아있는 수조 옆에 다른 수조가 들어왔고 거기에는 자신과는 완전히 다르게 생긴 친구들이 잔뜩 들어가 있었다. 그것은 킹 크랩들이었다. 그중 하나가 구사리마였다. 킹 크랩들 중 가장 활기차고 힘이 넘치는 이가 바로 구사리마였다. 구

사리마는 혼자 남은 누리성에게 힘이 되어주는 존재가 되었다. 구사리마는 누리성에게 어떤 일이 있어도 희망은 있고 방법은 나온다고 말했다. 자신도 이대로 끝나지 않을 거라 했다. 누리성이 배가 고프다는 말을 했을 때도 수조 안을 찾아보면 먹을 것이 있을지 모른다는 말을 했다. 정말로 수조 안에는 먼저 간 동료들의 것으로 보이는 잘린 지느러미가 있었다. 누리성은 배고픔을 견디다 못해 그것을 먹었다.

그런데 어느 날, 누리성의 마지막 희망이 무너지는 일이 일어나고 말았다. 인간이 구사리마를 수조에서 꺼냈던 것이다. 구사리마는 필사적으로 발버둥 쳤으나 소용없었다. 인간의 손에 구사리마는 산 채로 찜통에 넣어졌고 얼마 후 껍데기는 벗겨지고 살이 발라진 채 생을 마감했다. 그를 본 누리성은 수조에서 탈출하기로 마음먹었다. 아무도 없는 밤, 헐거운 수조의 덮개를 열고 누리성은 탈출에 성공했다. 그러나 수조 밖은 물도 없는 도시의 길거리일 뿐이었다. 누리성은 숨을 쉴 수도 없고 헤엄을 칠 수도 없었다. 그러는 사이 술에 취한 인간들이 누리성을 붙잡았고, 누리성은 살기 위한 반격으로 인간의 손을 물어버렸다. 그러자 그 인간은 그에 대한 복수로 가지고 있던 물건 중 가장 뾰족한 것으로 누리성의 몸통을 찌른 후 쓰레기통에 처넣어 버렸다. 누리성은 그렇게 생을 마감했다.

"구사리마는 저의 유일한 친구였습니다."

　수조에서 횟감으로 죽을 날만 기다리던 누리성에게 구사리마
는 외로움과 허기를 채워주었던 존재였다. 그 역시 비참한 최후
를 피할 수는 없었지만 말이다.

　누리성의 이야기가 끝나자, 메테는 그의 몸통을 관통했던 꼬
챙이를 동굴벽에서 완전히 뽑아낸 후 꼬챙이가 솟아나온 벽의
구멍을 완전히 막아버렸다. 그러자 누리성의 몸에 있던 구멍이
사라진 것은 물론 구사리마의 흐물거리던 몸에도 갑옷 같은 껍
데기가 생겨났다. 둘에게 반복되어 왔던 저주가 풀린 것처럼 보
였다. 광어 누리성과 킹 크랩 구사리마는 메테와 나에게 가벼운
인사를 한 후 동굴 저편으로 떠났다. 그들이 벗어나기 힘들었던
그 순간과도 영원히 이별했으면 좋겠다는 생각이 들었다.

한국에서 법적으로 보호받는 동물은 포유류, 조류, 파충류, 양서류, 어류가 있어요. 하지만 어류의 경우 인간이 먹는 목적으로 하는 행위에 대해서는 법적인 보호를 받지 못해요. 그렇기에 수산시장의 수조에 있는 물고기들은 먹이를 주지 않아 배고픔에 시달려도 산 채로 무슨 일을 당해도 법적으로는 아무 문제가 없는 거예요. 비록 법으로 정해지지 않았더라도 살아있는 생명이 고통받지 않는 방법이 있다면 우리가 실천할 수 있지 않을까요?

동물보호법 제2조(정의)

이 법에서 사용하는 용어의 뜻은 다음과 같다.

제1호 "동물"이란 고통을 느낄 수 있는 신경체계가 발달한 척추동물로서 다음 각 목의 어느 하나에 해당하는 동물을 말한다. 다만, 식용을 목적으로 하는 것은 제외한다.

가. 포유류

나. 조류

다. 파충류, 양서류, 어류

두꺼비와 맹꽁이의 바둑 게임

메테와 나는 좁은 길로 들어섰다. 나는 메테에게 너무 지쳤다고 말했다. 실제로 그랬다. 이제 여행의 시작일 뿐이었지만 지구 반 바퀴는 돈 것처럼 몸이 무거웠다. 메테는 길 앞쪽에 있는 바위에서 쉬어가자고 했다. 길이 꺾어지는 쪽에 커다란 바위 두 개가 있었는데, 그곳에서 잠시 머물면 좋겠다는 생각이 들었다. 몸이 얼마나 무거웠는지 길바닥 한가운데라도 눕고 싶다는 생각뿐이었다.

우리는 바위에 다가가 그 옆에 잠깐 눕기로 했다. 나는 길에서 잔 적은 없지만 나쁘지 않을 것 같았다. 땅바닥에 눕자마자 그대로 잠들고 말았다. 얼마나 잠들었을까. 그곳은 아늑하고 따뜻했다. 바위 옆 땅바닥이라고 하기에는 너무 포근했다. 이곳은 어디이기에 이토록 몸을 녹게 하는가. 나는 더 눕고 싶었지만 더 이상

그럴 수는 없었다. 메테의 목소리가 들렸기 때문이다.

"저희에게 이런 온정을 베풀어 주셔서 감사할 따름입니다."

메테는 누군가에게 감사 인사를 전하고 있었다. 나는 일어나 메테가 누구와 대화하는지 보았다. 놀랍게도 메테와 이야기하는 대상은 내가 누웠던 커다란 바위였다. 순간 메테가 여행길에 지쳐 정신이 나갔나 싶어 걱정스러운 마음에 메테에게 정신 차리라 말하려 했다. 그 순간, 바위가 천천히 움직이더니 내가 있는 쪽으로 방향을 돌렸다. 나는 깜짝 놀라 뒤로 물러섰다. 혹시 바위가 내 쪽으로 넘어오면 깔릴지도 모른다는 생각이 들었기 때문이다. 그런데 다시 보니 그것은 바위가 아니라 거대한 두꺼비였다. 그러니까 나는 따뜻한 바위가 아니라 두꺼비의 발 위에서 잠을 자고 있었던 것이다. 나는 한 번 더 깜짝 놀라 폴짝 뛰어 그 자리에서 일어났다. 메테는 우리가 두꺼비의 발을 안식처 삼아 쉬게 된 점에 대해 감사 인사를 전하고 있었다. 나 역시 그에 대해 감사 인사를 전했다. 그러자 거대한 두꺼비는 말했다.

"두 과객께서는 어쩐 일로 그리도 지쳐있소이까?"

그 말을 들은 나는 기가 막힌 여정에 대해 말하고 싶었지만, 메테가 그것을 눈치채고 나를 막았다. 대신 메테는 자신들이 이 동

굴 저편에 있는 인간 세계에 가는 것에 대해 설명했다. 그러자 두 꺼비는 가야 할 방향을 알려주었고, 우리는 감사 인사를 전하고 다시 길을 나섰다.

얼마 되지 않아 우리 앞에 특이한 것이 나타났다. 그것은 철판으로 된 것 같이 반짝거리면서도 단단하고 매끈하게 다듬어진 길이었는데, 가로로 길게 뻗어있었다. 지금까지 돌과 흙으로 된 길을 걷다가 갑작스레 나타난 낯선 길에 당황했지만, 그것이 위험한 상황으로 보이지 않았기에 우리는 천천히 가로질러 가기 시작했다. 길을 반쯤 횡단했을 때, 한쪽에서 엄청난 굉음과 뭔가가 빠른 속도로 우리에게 다가오는 느낌이 들었다. 순간 나는 그쪽으로 고개를 돌렸고, 얇은 쇳덩어리가 빙글빙글 굴러오는 걸 보았다. 마치 정육점에서 고기를 자를 때 쓰는 칼날처럼 생긴 원반 모양의 쇳덩어리였다. 메테와 나는 그 괴물체가 우리를 덮치기 전에 서둘러 몸을 날렸다. 날쌘 고양이 메테는 다행히 그것을 피했으나 나는 피하지 못하고 쇳덩어리에 깔리고 말았다.

"으아아악!"

나는 비명을 지르며 옆으로 몸을 날렸다. 그나마 쇳덩어리는 나를 깔아뭉개지 않고 빠른 속도로 지나갔다는 것을 행운으로 생각해야 할까. 몸을 일으켜 보니 나의 두 다리는 완전히 잘려 내 몸에서 분리되어 있었다. 나는 그것을 보고 또다시 비명을 지르

고 말았다. 메테는 누워있는 나의 배 위로 뛰어올라 동그란 눈을 하고 어쩌지 못한 채 당황스러워 했다. 메테의 덩치로는 나를 업거나 안을 수 없었기 때문에 난감하지 않을 수 없었으리라. 나 역시 충격이 너무도 컸고, 다리가 잘려 일어서지 못한 채 상체만 일으켜 나의 몸을 떠난 다리를 넋 놓고 쳐다보고 있었다.

그때, 우리가 걸어온 쪽에서 바윗덩어리 같은 몸을 가진 거대한 두꺼비가 등장했다. 그리고는 우리에게 다가오더니 나를 등에 태웠다. 메테에게도 두꺼비가 등에 타라고 이야기했는지 모르지만 메테도 내 옆에 있었다. 우리 둘을 등에 태운 두꺼비는 어딘가로 걸어갔다. 아주 빠르지는 않았지만 두꺼비가 서둘러 이동하는 느낌이 들었다. 이동하면서 두꺼비는 자기가 아는 곳에 객사客舍가 하나 있으니 거기서 치료도 하고 쉬면 다시 좋아질 것이라 말했다. 나는 그 이야기를 들으면서도 위로하기 위함일 뿐이라는 생각을 했다. 외과 수술조차 할 수 없는 이런 곳에서 잘려나간 다리가 원래대로 돌아가리라는 기대를 어떻게 한다는 말인가. 결국 나는 머나먼 곳에서 생을 마감하는 것인가. 그런 생각을 하니 비통한 마음이 끝도 없이 일어났다.

나의 마음을 알았는지 두꺼비는 나에게 깜짝 놀랄만한 말을 했다. 나의 다리를 다시 붙여주겠다는 것이었다. 종합병원도 없는 이곳에서 어떻게 그런 일을 할 수 있단 말인가. 하지만 나에게는 선택의 여지가 없었기에 비록 두꺼비의 말이었지만 믿고 싶은 심정이었던 것은 분명했다. 이윽고 두꺼비는 객사라는 곳에

도착했다. 객사에는 대문이 하나 있었고, 그 문을 통과하면 작은 마당이 있는 단독주택 같은 모양을 하고 있었다. 지붕은 기와로 올렸고 중간중간 나무 기둥이 보였는데 대형 두꺼비들이 이용하는 곳인지 고양이인 메테나 인간인 내가 사용하기에는 무척이나 커보였다. 메테와 나를 객사 안으로 데리고 들어간 두꺼비는 우리를 등에서 내린 후 잠시 사라졌다. 나는 그대로 누워있었고 메테는 내 옆을 지키고 있었다.

잠시 후, 돌아온 두꺼비는 장갑을 끼고 있었고 나의 잘린 두 다리를 들고 있었다. 그리고 누워있는 내 옆으로 와서 나의 다리를 나의 몸에 맞게 적절히 위치를 잡고서는 장갑 낀 손으로 꽉 붙잡아 다리를 끼워 맞췄다. 그러면서 두꺼비는 눈을 잠깐 감았는데, 그때 두꺼비의 손과 나의 다리에서 약간의 빛이 주위를 밝게 했다가 사라지는 것이 보였다. 그랬더니 나는 다리에 감각이 생기고 발가락을 움직일 수 있게 되었다. 메테는 두꺼비에게 들은 이야기를 나에게 해주었다.

두꺼비의 이름은 '난달'이었다. 난달은 다른 두꺼비들처럼 산에서 살았다. 봄이 오면 산에서 내려와 자신이 태어난 웅덩이로 내려가 알을 낳았다. 그러면 새로 태어난 두꺼비는 다시 산으로 올라왔고 봄이면 다시 고향으로 돌아갔다. 두꺼비들은 이것을

'생명의 순례'라고 불렀다. 어느 날, 산과 웅덩이 사이에 새로운 길이 놓였다. 그것은 아스팔트로 된 낯선 길이었다. 새로운 길이 산과 웅덩이 사이를 가로막은 첫해에 새로 태어난 아기두꺼비들은 아무것도 모른 채 산으로 가기 위해 낯선 길을 가로질러 건넜다. 그 길은 낯설기만 한 것이 아니었다. 아기두꺼비들은 갑자기 굴러온 거대한 바퀴에 깔려 죽었다. 아기두꺼비들은 새에게도 잡아 먹히고 뱀에게도 잡아 먹힌다. 두꺼비들은 그것을 생명의 순례의 한 부분으로 여겼다. 생명의 순례가 자신들의 운명이라고 생각했던 것이다. 하지만 바퀴는 아기두꺼비들을 깔아뭉갤 뿐 잡아먹지 않았다. 두꺼비들은 이것 역시 생명의 순례가 내린 운명인지 지진이나 태풍과 같이 어쩌다 쏟아진 비극인지 알 수 없었다. 그렇게 계절이 한 번 지나고 다시 산에서 웅덩이로 두꺼비들이 고향을 향해 갈 때도 그 낯선 길을 지나야 했고, 이번에는 아기두꺼비가 아니라 어른두꺼비들이 바퀴에 깔려 죽어갔다. 바퀴의 무서움을 눈치챈 몇몇 두꺼비들은 최대한 빠른 속도로 그곳을 지나가려 했지만 바퀴들은 두꺼비들이 상상할 수 없을 정도로 빨랐기에 그 속도를 당해낼 재간이 없었다. 결국 난달뿐만 아니라 난달의 친구와 가족들 대부분이 그 길에서 배가 터지고 다리가 잘려 죽어갔다.

나는 나의 다리를 움직여 보았다. 다리는 원래 그랬던 대로 멀쩡했고, 나는 다시 일어설 수 있었다. 난달에게 나는 감사의 마음을 표했다. 난달은 원래 나처럼 다리가 잘렸다가 이곳에서 다시 붙였다는 말을 해주었다. 그렇게 한시름 놓았을 무렵, 우리가 있던 객사의 반쪽이 쩍 갈라지면서 흙더미가 쏟아져 들어오기 시작했다. 난달은 우리를 데리고 재빠른 동작으로 객사를 빠져나왔다. 나와서 보니 객사의 반은 흙더미에 묻혀 완전히 사라지고 나머지 반도 무너지기 직전으로 보였다. 만약 난달이 나의 다리를 붙여주지 않았다면 나는 저 밑에 깔려 생을 마감했으리라. 그런데 우리 말고도 그 모습을 지켜보는 이가 있었다. 난달과 비슷한 크기의 대형 맹꽁이였다.

　"맹…. 맹…. 맹….."

　메테는 그 맹꽁이에게 다가가 대화를 나눈 후, 나에게 그와 나눈 이야기를 해주었다.

　맹꽁이의 이름은 '맹도'였고 우리가 탈출한 객사의 주인이었

다. 무너지는 객사를 바라보며 허탈감에 싸여있었지만 상당한 충격을 받은 건 아니라고 했다. 왜냐하면 맹도가 이런 일을 당한 것은 한두 번이 아니었기 때문이다. 원래 맹도가 살던 곳은 인간이 사는 곳과는 거리가 먼 어느 습지였다. 어느 날, 습지가 개발되면서 아파트 공사가 시작되었는데, 그 일로 맹도뿐만 아니라 맹도의 가족들과 친구들도 집을 잃고 다른 곳으로 쫓겨났던 것이다. 인간이 집을 얻는 대신 맹꽁이들이 집을 잃은 셈이었다. 맹도와 가족들 그리고 친구들은 다른 집을 찾아야 했고, 그렇게 힘겹게 새로운 집을 찾으면 어김없이 그곳은 인간이 집을 지으려 들어왔다. 또다시 맹꽁이들은 집을 빼앗기고 말았다. 맹꽁이들은 소리를 낼 때 한 마리가 "맹…."하고 외치면 다른 맹꽁이가 "꽁…."하면서 운다. 그러면 맹, 꽁, 맹, 꽁, 하면서 맹꽁이 울음소리가 완성되는 것이다. 그런데 "맹…." 부분을 맡았던 맹도는 "꽁…." 부분을 맡았던 친구를 집에서 쫓겨날 때 잃으면서, 지금도 혼자서 "맹…. 맹…. 맹…." 하면서 울고 있었다.

난달은 맹도 옆으로 가 그를 위로했다. 맹도는 난달의 위로에 감사하면서도 멍한 표정을 지으며 "맹…. 맹…. 맹…." 혼잣말만 반복했다. 난달은 맹도를 위로한 후 우리에게 한 가지 이야기를 들려주었다.

"두 분은 두꺼비와 맹꽁이의 바둑 두기에 관한 신화를 알고 계신가요? 인간이라면 들어본 적 없을 겁니다. 그 신화는 이런 것

입니다. 우리 두꺼비 중에는 자신이 살던 고향에서 인간 때문에 쫓겨나 신이 된 자가 있었습니다. 그 옆에는 역시 인간 때문에 자신의 집이 망가져 다른 집을 찾으러 방랑 생활을 하다가 신이 된 맹꽁이도 있었죠. 두 신은 함께 모여 인간의 집을 파괴하기로 의기투합했습니다. 두 신은 바둑판을 만들고 바둑돌도 구해와 바둑을 두기 시작했죠. 바둑판을 인간이 사는 곳으로 설정하고 서로의 집을 뺏고 뺏는 바둑의 규칙을 적용하여 인간의 서식지를 차례로 빼앗으려 한 겁니다. 자신들이 인간들에게 당했던 것처럼 말이죠. 두 신이 바둑을 두며 집을 빼앗을 때마다 인간 세계에는 태풍이 오기도 하고 지진이 나기도 하면서 커다란 자연재해가 재앙으로 다가왔고, 그럴 때마다 수없이 많은 인간들이 삶의 터전을 잃고 엄청난 피해를 입게 되었습니다. 인간은 자신의 집을 지으려 우리의 집을 빼앗고, 우리의 두 신은 바둑에 저주를 담아 인간이 사는 곳을 망가뜨립니다. 서로의 집을 망치는 비극을 우리는 언제까지 해야 하는 걸까요?"

나는 두꺼비와 맹꽁이의 바둑 게임에 관한 이야기를 듣고 할 말이 없었다. 인간은 그들에게 무슨 짓을 하고 있었던 것일까. 인간에 비해 작기만한 그들의 존재가 우리에게 얼마나 중요하며 그들이 없을 때 어떤 재앙이 다가오는가. 나는 감당할 수 없는 그 이야기에 어지럽기만 했다.

동물들은 살던 곳에서 대대로 살아왔고, 지금까지도 살아가고 있어요. 거기에 인간의 도로나 집이 생겼어도 자신의 터전을 떠나지 않고, 그것이 무엇을 의미하는지 동물들은 잘 모른답니다. 심지어 그것이 그들의 생명을 빼앗아 갈지 모른다는 사실조차 말이죠. 인간에게도 집이나 도로가 없어서는 안 되겠지요. 그러니 동물들도 예전처럼 살면서 인간도 함께 살아갈 수 있는 방법을 끊임없이 생각하고 고민해야 하는 것이죠. 인간이 필요한 것만 생각한다면, 결국 인간은 지구에서 외로운 존재로 남게 될 거예요.

야생생물 보호 및 관리에 관한 법률 제3조
(야생생물 보호 및 이용의 기본원칙)

제1항
야생생물은 현세대와 미래세대의 공동자산임을 인식하고 현세대는 야생생물과 그 서식환경을 적극 보호하여 그 혜택이 미래세대에게 돌아갈 수 있도록 하여야 한다.
제2항
야생생물과 그 서식지를 효과적으로 보호하여 야생생물이 멸종되지 아니하고 생태계의 균형이 유지되도록 하여야 한다.

석상이 된 돌고래의 변신

메테와 나는 물속을 헤매고 있었다. 물속에서 숨을 쉴 수 있었지만, 고양이와 인간은 결코 그곳에서 안락함을 느낄 수 없었다. 그렇기에 우리는 헤엄을 치든 걸음을 옮기든 서둘러 앞으로 나아갔다. 짧지 않은 시간이 흐른 어느 시점에 우리는 머리 위로 난 커다란 구멍을 발견하였고, 그것이 물속에서 빠져나갈 수 있는 길임을 직감했다. 그런데 거기에는 장애물 하나가 있었다.

구멍 앞에 커다란 돌고래 석상이 있었다. 누가 어떤 목적으로 그곳에 돌고래 석상을 만들었는지는 짐작할 수 없었다. 신기한 것은 석상임에도 물에 가라앉지 않고 수중에 떡하니 자리를 잡고 꼼짝하지 않는다는 사실이었다. 메테는 석상 주위에 다른 단서가 있는지 둘러보는 것 같았다. 그사이 나는 손가락으로 석상을 살짝 찔러보았다. 그것은 돌로 되어있어 딱딱했다. 혹시나 하

는 마음에 두 손으로 석상을 밀어보았지만 손가락 한 마디만큼도 움직일 기미는 없었다.

메테는 석상 뒤로 난 틈을 통해 밖으로 나갔다 왔다. 석상 뒤쪽에 있는 구멍이 밖으로 나갈 수 있는 통로가 맞았던 것이다. 문제는 고양이가 겨우 드나들 수 있는 작은 틈으로는 인간인 나는 나갈 수 없다는 것이었다. 혹시나 인간의 손으로만 석상을 움직일 수 없는 건 아닌지 의심이 들어, 메테도 석상을 밀어보려 했으나 소용없었다.

그때 이상한 일이 일어났다. 석상의 입에서 작은 것 뭔가가 튀어나오는 것이 아닌가. 그것은 엄지손톱만한 크기였는데, 놀랍게도 석상과 똑같이 생긴 돌고래 모양을 하고 있었다. 그 작은 돌고래는 석상에서 나와 준비운동이라도 하는 것처럼 석상의 입 주위를 한 바퀴 돌더니 아래쪽을 향해 헤엄쳐 갔다. 메테와 나는 작은 돌고래를 따라가기로 했다.

작은 크기에 비해 동작이 엄청나게 빠른 돌고래는 순식간에 바닥에 도달하더니, 여기저기 산책하는 듯 혹은 뭔가를 찾기 위해 둘러보는 듯 돌아다녔다. 그러더니 바닥에 나있는 구멍 속으로 쏙 들어가 버렸다. 메테와 나는 작은 돌고래를 겨우겨우 따라가 그가 들어간 구멍에 다가갔다. 그 구멍은 너무 작아 인간인 나는 물론이고 고양이 메테에게도 들어가는 것이 불가능해보였다. 하는 수 없이 나는 작은 돌고래 추적을 포기했다. 그런데 메테는 바닥에 엎드린 자세로 구멍 속을 들여다보았다. 그리고 메테의 동공이 동

그렇게 변했다. 무엇을 봤는지 놀란 메테는 나에게 말했다.

"빠또야, 여기를 한 번 봐요!"

메테의 말을 듣고 나 역시 엎드린 자세로 구멍에 눈을 가져갔다. 내가 본 것은 믿기 힘들 정도로 놀라운 것이었다. 그 구멍 속에는 또 다른 세상, 또 다른 바다가 있었다. 넓은 공간에 푸르고 밝고 맑은 바다에는 수많은 물고기들이 헤엄치고 있었고, 해초들이 물결을 따라 넘실거리고 있었으며 하얗고 밝은 산호가 가득했다. 그 아름다운 바닷속을 작은 돌고래는 신나게 헤엄치고 있었다. 자유로움과 아름다움 그 자체였다. 나는 그 모습이 황홀해 눈을 구멍에 댄 채 정신을 놓고 말았다.

간신히 정신을 차린 건 메테가 자신도 구멍 속을 보고 싶다는 신호를 보내서였다. 그제야 나는 구멍을 메테에게 양보했는데, 마침 작은 돌고래의 유영도 끝나 메테는 구멍에서 황급히 눈을 뗐다. 잠시 후 작은 돌고래는 구멍을 통해 나왔고, 석상 쪽을 향해 빠르게 헤엄쳐 갔다. 메테는 곧바로 작은 돌고래를 쫓았고 나는 혹시 몰라 구멍 속을 다시 봤으나 그 안에는 아까와 같은 풍경은 사라지고 아무것도 보이지 않았다. 나 역시 메테를 따라 석상 쪽으로 갔다.

작은 돌고래는 석상 속으로 들어가 버렸다. 메테는 석상 앞에 있었고, 나는 별도리 없이 메테 옆으로 다가갔다. 메테는 작은 돌

고래가 석상을 움직일 수 있는 열쇠인 것 같다고 말했다. 그렇다면 우리는 작은 돌고래를 다시 만나야 했다. 작은 돌고래가 구멍속 또 다른 바다에 다녀온 것으로 봐서는, 다시 석상에서 나와 그 짧은 여행을 할 것으로 보였다. 그렇기 때문에 석상에서 나왔을 때 말을 걸어본다면 대화할 수 있을지도 몰랐다. 관건은 작은 돌고래의 동작이 매우 빠르기에 때를 놓치지 않는 것이었다.

"그대, 돌고래 석상의 사자여. 혹시 이 목소리가 들린다면 대답해주시오."

메테가 석상에 대고 말했다. 아마도 우리 목소리를 들을 수 있을 거라 판단한 듯했다. 그러자 석상이 한 번 숨을 쉬고 나서 소리를 냈다. 그것은 작은 돌고래의 목소리였다.

"나는 천국을 꿈꾸는 자. 망자의 길을 떠도는 자가 어째서 나에게 말을 거는가."

그에 대해 메테는 우리가 이 길을 걷고 있는 특별한 사연이 있음을 설명했다. 그러자 작은 돌고래는 이렇게 말했다.

"사정은 딱하나, 이 몸이 그대들을 도울 방법은 없도다. 보다시피 나의 몸은 돌이 되어 굳은 지 오래고 나의 영혼은 쪼그라들

어 작은 몸속에 갇히고 말았도다. 이에 그대들을 돕는 것은 나에게 감당하기 힘든 일이다. 포기하고 돌아가라."

우리는 왔던 길을 돌아갈 형편이 아니었기에, 다시 한 번 사정할 수밖에 없었다. 그러자 아까와 같이 엄지손톱만한 작은 돌고래가 석상의 입을 통해 모습을 드러냈다.

"나의 이름은 '폴로사'. 우리 일족은 오래전 먼바다에서 왔으나, 나는 지구별 일본 근처의 바다에서 태어났도다. 맑고 기분 좋은 어느 날, 우리 가족은 다이지太地*라 불리는 곳에서 몰살당했다. 괴상한 굉음 때문에 방향을 잃은 우리 가족은 가서는 안 될 곳으로 방향을 잡았고 작살이 온몸을 쑤셔댔다. 바다는 내 부모와 형제의 피로 물들었다. 나는 운 좋게 그곳에서 살아남았다. 처음에는 그런 줄 알았다. 그리고 한국으로 가 죽음보다 못한 삶을 살았다. 하루 종일 링을 뛰어넘는 훈련을 하고 쇼를 했다. 시시한 묘기를 하는 시간 외에는 잠을 자기에도 비좁은 곳에서 모든 시간을 보냈다. 그 시간은 길고도 끝이 없었다. 나는 모든 것을 포기했고 나의 삶도 포기했다. 그리고 먹지도 움직이지도 않은 채 죽음을 선택했다. 보라, 나는 그 덕에 돌이 되는 저주에 갇혀 이제는 고개 하나 까딱하지 못하는 신세가 됐다. 이대로라면 나는 천국을 꿈꿀 뿐 갈 수는 없으리라."

폴로사의 이야기가 끝나자 나는 물었다. 그 저주를 끝내는 방법이 있는지에 대한 것이었다. 그러자 폴로사는 인간만이 자신의 저주를 풀 수 있다고 했다.

"내가 바로 인간입니다."

나는 주저 없이 말했다. 하지만 폴로사는 내가 인간이라는 것을 믿지 못하는 분위기였다. 그에게는 내가 어떤 모습으로 보였을까. 그는 나를 고래로 생각하고 있었다. 내가 그의 눈에 왜 고래로 보였는지 모르겠지만 아마도 그의 크기가 너무 작아져서였으리라. 게다가 인간은 물속에서 오래 머물 수 없기에 그렇게 보였을 수도 있다. 그래서 나는 폴로사에게 내가 인간임을 다시 한번 강조했다.

"인간은 나의 가족을 죽이고, 나를 불행하게 만들었도다. 하지만 인간은 우리와 같은 존재다. 그런 의미에서 인간과 우리는 형제이며 인간은 고래다. 인간과 우리는 똑같다. 그래서 나는 인간을 미워하지 않는다. 다만, 그대가 진짜 인간이라면 나의 저주를 풀어줄 수 있을 것이고, 나는 천국으로 갈 수 있으리라. 그것으로 나는 만족한다."

폴로사의 말을 듣고 나는 어떻게 저주를 풀 수 있는지 물었다.

나는 인간이기에 인간이 할 수 있는 일이라면 하겠다고도 말했다. 폴로사는 (내가 인간인지 확신하는 것 같지는 않았지만) 저주를 푸는 방법에 대해 이야기했다.

"내가 인간에 대해 생각한 것과 똑같이 우리를 생각하라. 내가 인간을 우리와 똑같은 존재로 생각하는 것처럼, 그대 역시 우리를 똑같은 존재로 생각하라."

그리고 나에게 그 생각을 깊이 간직한 채 깊은 물속에 잠겨있는 영혼들을 진심으로 위로해달라고 말했다. 폴로사가 알려준 방향에는 작은 통로가 있었다. 메테와 내가 그쪽으로 방향을 잡자 폴로사는 메테에게 말했다.

"그대도 인간인가? 인간이 아니라면 갈 수 없다."

그렇게 나는 메테 없이 처음으로 홀로 길을 가게 되었다. 통로에 들어서자 다른 쪽 끝에 빛이 보였고, 그 빛을 따라 걸었다. 빛은 점점 밝아지고 통로는 더 넓어졌다. 이윽고 통로의 끝자락 빛이 나오는 곳에 이르자 넓은 공간이 펼쳐졌고 거기에는 아까 보았던 돌로 굳어진 돌고래들이 침묵의 고요 속에 잠들어 있었다. 나는 돌고래 석상들을 하나하나 지나면서 생각했다. 그들 역시 우리와 똑같은 존재라고 말이다. 가족을 사랑하고 아픔을 느끼

고 고독을 느끼며 외로움을 느끼는 존재라고 말이다. 눈을 감고 그 앞에서 그 생각만 반복하고 반복했다. 나의 이 깨달음이 폴로사를 비롯하여 인간으로 인해 죽어간 많은 돌고래와 생명들에게 닿았으면 하는 바람이었다. 그때 석상들 위로 하나의 밝은 빛이 보였고 그것이 나에게 말했다.

"그대, 인간이여. 고뇌하지 말라. 이들은 예전의 모습으로 돌아갈 수 없으나 그대의 마음이 영혼까지 전해지리다."

"눈이 부실 정도로 빛나고 아름다운 당신은 누구십니까?"

"나는 '그노사', 돌고래들의 어머니입니다. 가까이 다가오세요."

그노사가 시키는 대로 나는 그에게 가까이 다가갔다. 그노사는 두 팔을 벌렸고 나는 그대로 그노사의 품에 안겼다. 그노사는 나에게 말했다.

"영혼이 맑은 자여, 그대에게 영원한 축복이 있기를."

그노사는 빛과 함께 돌아갔고, 나는 아까 왔던 통로를 거슬러 갔다. 그리고 그 끝에서 메테와 폴로사를 만났다. 내가 저주를 푸는 데 실패한 것인지 폴로사는 아까와 다름없이 손톱만한 크기

였고 석상도 그대로였다. 폴로사는 나에게 석상을 안아달라고 말했다. 나는 그가 시킨 대로 석상 가까이 다가가 두 팔을 벌려 안았다. 그 노사가 나를 안았던 것과 같이. 그러자 손톱만한 폴로사는 석상의 입속으로 빨려 들어갔고, 석상은 폴로사의 모습으로 변하며 꿈틀거리더니 속박에서 벗어난 듯 물결을 차고 올라갔다. 그리고 폴로사가 유려한 수영 솜씨를 보여줄 무렵, 손톱만 하던 폴로사가 드나들었던 바닥의 작은 구멍이 점점 커지더니 결국엔 우리가 있는 곳 전체가 푸르고 맑은 바다로 탈바꿈되는 것이 아닌가. 놀라운 광경은 너무나도 아름다워 잊을 수 없었다. 폴로사는 말했다.

"내가 그대를 기억하는 만큼, 그대도 나를 기억해달라."

아름다운 바닷속 세계는 폴로사를 품고, 폴로사는 끝없이 펼쳐진 그 세계 속으로 거칠 것 없는 항해를 시작했다.

일본 와카야마 현에 있는 마을 이름. 매년 돌고래를 잔인하게 사냥하는 장소로 알려짐. 세계적인 고래 보호 활동가 리처드 오베리(릭 오베리)Richard O'Barry가 현장을 취재하는 과정을 영화로 만든 루이 시호요스Louie Psihoyos 감독의 〈더 코브The Cove : 슬픈 돌고래의 진실〉(2009)이라는 다큐멘터리로 만들어져 실상이 폭로되기도 했다. 이곳에서 인간들은 돌고래를 한 곳으로 몰아 작살과 같은 흉기로 해마다 수천 마리에 달하는 돌고래를 찔러 죽인다. 산 채로 잡은 돌고래는 수족관 등으로 보내지고 나머지는 고기로 먹지만 대부분은 전통이라는 이유로 학살 자체가 주 목적이라고 한다. 오늘날 한국에도 많은 돌고래가 이곳에서 수입되어 수족관에 전시되거나 돌고래 쇼에 이용되고 있다.

넓은 바다를 자유롭게 헤엄치다 인간에게 잡힌 돌고래는, 동물원에서 쇼를 하거나 수족관에 전시되어 삽니다. 바다에 비해 훨씬 작은 공간에서 살게 된 돌고래들은 극심한 스트레스로 정상적인 생활을 할 수 없어요. 우울증에 걸리거나 심지어 스스로 목숨을 끊기도 합니다. 가족과 함께 푸른 바다를 헤엄치는 돌고래가 있어야 할 곳은 수족관이 아니라 넓은 바다일 겁니다. 돌고래가 고향으로 돌아갈 수 있도록 모두가 관심을 가지면 어떨까요?

동물보호법 제3조(동물보호의 기본원칙)

누구든지 동물을 사육, 관리 또는 보호할 때에는 다음의 원칙을 준수해야 한다.

제1호 동물이 본래의 습성과 몸의 원형을 유지하면서 정상적으로 살 수 있도록 할 것
제3호 동물이 정상적인 행동을 표현할 수 있고 불편함을 겪지 아니하도록 할 것
제5호 동물이 공포와 스트레스를 받지 아니하도록 할 것

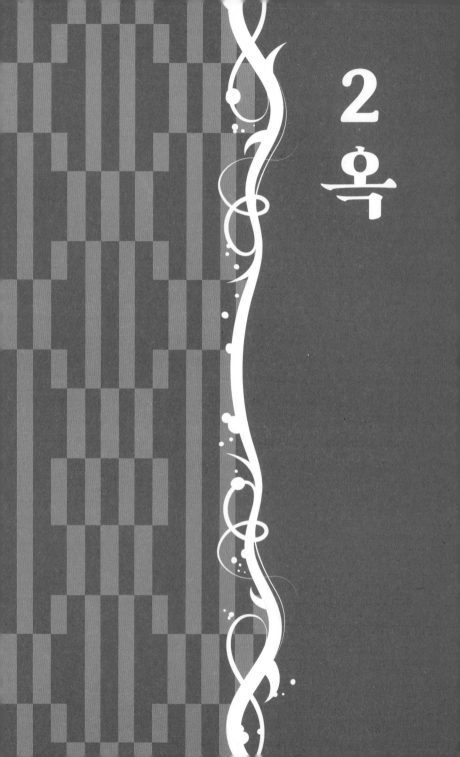

2
옥

물로 가득 찬 동굴에서 빠져나온 우리는 어떤 문앞에 도달했다. 그곳은 2옥의 입구였다. 2옥은 인간의 허영과 즐거움으로 신체적 고통을 당한 동물들의 영혼이 머무르는 곳이라고 메테는 말했다. 그렇기에 1옥에서 겪은 일보다 더 무서운 일이 벌어질 수 있으니 조심하라는 말을 했다.

메테의 말을 증명이라도 하듯 괴이한 존재가 우리 앞을 가로막았다. 그것은 둥근 얼굴에 모습은 돼지와 같았으나 코는 개와 비슷했고 머리 중간에 나선형 뿔을 가지고 있었다. 뿔은 길지 않았지만 두께는 굵었는데, 머리에 단단히 박혀 뾰족하게 솟아오른 모양이 대단한 자부심을 상징하는 것 같았다. 귀는 아주 짧아 귓구멍에서 겨우 솟아난 정도였지만 커다랗게 자리를 차지했고, 몸통은 둥근 곡선을 따라 땅땅하고 두툼한 느낌을 주었다. 그에

붙은 다리는 짧아 덩치에 비해 키는 작았으나 굵고 당당하게 지면을 딛고 있어 위압감을 느낄 정도였다.

"너희는 누구길래 감히 이곳을 지나려는가."

메테는 그에게 우리가 여행하는 이유에 대해 설명했다. 어쩐지 그는 우리를 호락호락하게 지나가게 할 생각은 없는 듯했다.

"나는 사신 '무루모'. 본래 왕의 묘지를 지키던 몸이시다. 지금은 고통받은 동물들의 영혼을 달래고자 이곳의 문지기가 되었다. 그대들이 고통받은 영혼들에게 상처가 된다면 이곳을 통과할 수 없다."

무루모의 말을 듣고, 메테는 나의 신세와 고양이 행성에서 자신의 지위에 대해 설명했다. 요약하자면, 나는 인간이기는 하지만 다른 영혼을 괴롭히거나 고통을 주는 인물은 아니어서 이곳을 통과한다 한들 해를 끼칠 인물은 아니라는 말이었다. 그러자 무루모는 말했다.

"그렇다면 실험해보면 알겠지."

무루모는 갑자기 나에게로 달려와 자신의 머리에 나있는 뿔로 내 배를 푹 찔렀다. 순간, 나는 숨이 멎는 느낌을 받았고 동시에 무루모의 뿔이 뱃속으로 들어가는 것이 느껴졌다. 이후 굵고 뾰족한 뿔이 빠져나가고, 그 자리에는 나의 피가 터진 물풍선처럼 쏟아져 내렸다. 나는 너무 당황스러워 그 자리에 주저앉고 말았다. 나의 모습을 본 무루모는 메테에게 말했다.

"나의 뿔에 피를 흘리는 자라면 너의 말이 맞다. 2옥으로 들어가는 것을 허락한다."

무루모의 허락이 떨어진 후, 메테와 나는 2옥으로 들어갔다. 나는 배를 움켜쥐었고, 메테는 나를 부축했다.

개를 뜯어먹는 괴물

나는 배를 잡고 있는 손을 뗄 용기가 나지 않았다. 손을 뗐다가 또다시 피가 쏟아지는 악몽을 경험하고 싶지 않아서였다. 한편으로는 사신 '무루모'가 공격하여 내가 피를 흘리고 있었는데도 공격을 막지 않았던 메테에게 서운한 마음도 있었다. 나는 메테에게 왜 도와주지 않았는지 물었다.

"미안해요, 빠또야. 원칙적으로 나는 지옥의 영혼들과 싸울 수 없어요. 다만, 도움을 줄 수 있죠. 나의 능력을 발휘해 어려움에 처한 영혼의 고통을 해결해주는 겁니다. 그러나 그것도 조건이 있어요. 내 마음대로 할 수 있는 것이 아니라 영혼이 도움을 요청했을 때만 가능해요. 능력에 한계는 있어 모든 것을 해결할 수는 없지만 말이죠."

그 말을 듣고 나니 메테에 대해 서운하게 생각했던 내 자신이 부끄러워졌다. 내가 다른 이들의 도움을 바라는 마음만큼 나는 다른 이들에게 도움을 주는 존재였던가. 내가 바라는 크기만큼 나는 다른 이들이 보내는 신호에 관심을 갖고 귀 기울였던가. 생각할수록 메테에게 괜히 말을 꺼냈다는 생각이 들면서 앞으로 잠들 때마다 이 생각이 날 것 같아 불안했다.

그러는 사이 우리는 기이한 장소에 발을 들여놓았다. 그곳은 철창들이 널려있는 풍경으로 가득했다. 어떤 철창은 크기가 컸고 어떤 것은 작았는데, 문이 열린 것도 있었고 닫힌 것도 있었다. 철창들은 오래되어 지금은 사용하지 않는 것 같았다. 바닥에는 철로 만든 그릇들이 나뒹굴고 있었는데, 그릇 안에는 오물이 말라붙은 지 오래된 것처럼 보였다. 한마디로 표현하면, 전쟁으로 폐허가 된 곳을 그대로 두어 쓸모없어진 유적 같았다.

그곳에는 버려진 것으로 보이는 철창이나 그릇만 있는 것이 아니었다. 바닥에 널브러진 것들 중에는 기이하게 생긴 것들도 있었다. 그중 하나를 자세히 살펴보니 그것은 잘린 다리였다. 하얀 털이 듬성듬성 붙은 그 다리는 뭔가에 물어뜯긴 것처럼 잘린 부분이 거칠어보였다.

사사삭.

그때, 철창 사이로 뭔가 빠르게 지나갔다. 메테는 소리가 나는 방향으로 뭔가를 급히 쫓아갔다. 나도 무루모가 남긴 상처를 손으로 꾹 누른 채 메테를 따라갔다. 메테가 멈춰 서서 바라보는 방향을 따라서 보자 거기에는 작고 하얀 털을 가진 세 마리의 개가 우리를 노려보고 있었다. 그들은 몰티즈 종으로 보였는데 위협한다기보다는 잔뜩 겁먹고 있는 느낌이었다. 메테는 우리를 여행자라고 소개했고 안심하라는 말도 덧붙였다. 세 마리의 개는 의심이 걷히지 않는지 서로 눈빛을 교환했다.

"여러분에게 무슨 일이 있었는지 얘기해줄 수 있겠습니까?"

메테가 부드러운 목소리로 묻자 맨 앞에 있던 몰티즈 한 마리가 말했다.

"내 이름은 '푸른 발'입니다. 우리는 두렵습니다. 당신들은 여행자일지 모르나 우리는 도망자 신세나 다름없습니다. 무섭습니다."

메테가 푸른 발의 말을 듣고 무엇이 두려운지 묻자 푸른 발은 이야기를 시작했다.

푸른 발의 말에 따르면, 이곳에는 '사이몬'이라 불리는 괴물이

하나 살고 있는데 무시무시한 존재라 했다. 사이몬은 붉은 눈을 하고 있으며 엄청나게 큰 입안에는 뾰족한 이빨이 가득하다고 말했다. 그 무시무시한 이빨로 철창도 쉽게 구부러트리는 괴력까지 갖고 있다는 것이다. 머리끝에서부터 몸통 끝에 있는 꼬리까지 긴 털로 덮여있어 그가 뛰면 쐐애애, 하는 소리가 들린다고도 했다. 사이몬의 이빨에 몸통이 뜯겨나간 개도 있고 다리가 잘린 개도 있었다. 거기서 살아남은 개들은 사이몬을 피해 도망을 다니게 된 것이었다. 그러던 중 푸른 발과 일행은 메테와 나를 발견했고, 내가 배를 움켜쥔 채 걷는 것을 보고 사이몬의 공격을 받은 것으로 생각했다는 말도 했다. 그래서 나는 푸른 발에게 나의 상처는 사이몬 때문이 아니며 사이몬을 본 적도 없다고 말해 그들을 안심시켰다.

그러자 푸른 발 뒤에 숨어있던 다른 몰티즈가 나서며 말했다. 그의 이름은 '서지 않고 멀리 봐'였다. 서지 않고 멀리 봐는 우리에게 사이몬을 만난 것이 아니라면 어서 이곳을 떠나라고 말했다. 사이몬이 나타나 공격한다면 내가 더 다칠 수도 있다는 것이었다. 맨 뒤에 있던 몰티즈도 한마디 거들었다. 그의 이름은 '소리 없는 잠꼬대'였다. 소리 없는 잠꼬대는 나에게 자신의 다리를 보여주었다. 소리 없는 잠꼬대의 다리에는 긴 상처가 나있었고 그 자리에는 털이 다 빠져 상처의 깊이를 정확히 볼 수 있었다. 그 상처는 사이몬의 이빨이 스치고 간 것이라 했는데, 이빨이 한 번 스쳤음에도 다리 전체에 깊은 상처를 남길 정도로 그 위력은

대단한 것이었다.

그렇게 해서 푸른 발과 서지 않고 멀리 봐 그리고 소리 없는 잠꼬대는 우리를 안내하겠다고 나섰다. 자신들이 아는 길로 가면 괜찮다고 했다. 어쨌든 그들 세 마리가 지금까지 살아남았다는 사실이 생존의 요령을 안다는 증명도 됐지만, 그들 입장에서는 메테와 나의 존재가 지원군 같은 역할을 하기도 했다. 우리는 폐허 속으로 들어갔다.

그곳은 그야말로 버려진 곳이었다. 안으로 들어갈수록 녹슬고 부서진 철창들이 있는 것은 물론이고 뭔가가 썩어가는 것으로 보이는 것들도 있었다. 구멍이 뚫려 안에 있는 것들이 쏟아져나온 자루, 알 수 없는 봉지를 쌓아놓은 모습도 보였는데 그것들 역시 사용하기에는 틀린 물건들 같았다. 그러던 중 무엇을 발견한 것인지 소리 없는 잠꼬대가 무리에서 이탈했다. 그러더니 잠시 후 돌아와 푸른 발을 조용히 불렀다. 소리 없는 잠꼬대의 이야기를 들은 푸른 발은 우리에게 따라오라는 신호를 보냈다. 그렇게 우리 모두는 푸른 발을 따라갔다. 그곳에는 두꺼운 비닐로 된 자루가 있었는데, 그 자루 역시 한쪽이 터져서 내용물이 흘러나와 있었고 내용물도 썩은 것처럼 보였다. 내용물은 개의 사료인 듯했는데 푸른 발과 소리 없는 잠꼬대가 다가가더니 그 사료를 먹는 것이 아닌가. 뒤따라 서지 않고 멀리 봐도 그것을 먹기 시작했다. 그러더니 푸른 발은 메테와 나에게도 먹으라고 권했다. 메테

와 나는 배고프지 않았지만 배가 고팠더라도 먹을 용기가 나지 않았다. 메테와 나의 미적지근한 반응에도 아랑곳하지 않고 몰티즈 세 마리는 의무감 가득한 표정으로 그것을 먹었다.

볼품없는 식사 시간마저도 오래가지 못했다. 서지 않고 멀리 봐가 낌새를 느꼈는지 식사를 하다 말고 푸른 발에게 뭔가 이야기했다. 그러자 순식간에 그들은 몸을 숨겼고 푸른 발의 신호에 맞춰 메테와 나도 근처에 있던 거적때기 뒤로 숨었다. 잠시 후 거대한 그림자와 함께 등장한 것은 사모예드 종으로 보이는 개였다. 그러나 크기가 내가 알던 사모예드보다 훨씬 거대해 다른 종류의 짐승처럼 보였다. 눈은 붉은색으로 빛났고 털도 특유의 하얀빛은 사라지고 어두운 진회색으로 덮여있었다. 그것이 바로 사이몬이었다. 무엇보다 사이몬이 괴이한 것처럼 보였던 이유는 등에 난 혹 때문이었다. 등 중간 정도에 왼쪽 갈비뼈 쪽으로 비죽 나온 그 혹은 생김새부터 요상했는데 무언가의 머리 모양을 하고 있었다. 납작한 만두처럼 생긴 그것은 자세히 보니 퍼그 종의 얼굴을 하고 있었다. 왜 퍼그의 얼굴이 사이몬의 등짝에 붙어있는지는 알 수 없었다.

사이몬은 몰티즈들이 먹던 사료를 향해 천천히 다가왔다. 그러고 나서 킁킁 냄새를 맡더니 조금씩 입에 넣기 시작했다. 그렇게 우물거리며 사료를 먹는가 싶더니 퉤하고 뱉어버렸다. 그러고 나서 다른 부분을 입에 넣고 우물거리다 뱉기를 반복했다. 아무래도 썩은 사료가 사이몬의 입맛을 만족시키지 못하는 것 같

았다. 사이몬이 썩은 사료에 흥미를 잃어갈 무렵, 푸른 발이 우리에게 신호를 주었는데 내가 그 신호를 이해하려고 몸을 돌리다가 그만 거적때기를 밟고 말았다. 거적때기는 힘없이 바닥으로 떨어졌고, 메테와 나의 모습이 사이몬에게 그대로 발각되었다.

"고오오오~"

그 순간, 사이몬이 입을 크게 벌리며 나에게 덤벼들었고 피할 틈도 없이 나의 오른팔을 물어버렸다. 사이몬의 일격에 내 팔은 단번에 잘려나갔고 그 즉시 사이몬의 입속으로 사라져 버렸다. 나는 황망한 상태로 잘려나간 오른팔을 보았고 몰티즈들은 숨어서 벌벌 떨고 있었고, 메테는 나에게 피하자고 소리치고 있었다. 그때 나는 보았다. 사이몬의 등에 쑤욱 솟아나는 혹 하나를. 그리고 눈치챘다. 그 혹이 나의 오른팔과 닮았다는 것을. 사이몬이 흥분해 이번에는 내 다른 쪽 팔까지 물어뜯으려는 찰나 푸른 발이 사이몬의 앞을 막아섰다.

"그러지 마!"

푸른 발을 본 사이몬이 그대로 입을 벌려 푸른 발의 머리를 삼키려 했다. 푸른 발의 머리를 입으로 가져가려는 그 순간, 사이몬이 멈칫하는가 싶더니 푸른 발 쪽으로 얼굴을 가까이 대며 붉게

빛나는 눈으로 그를 뚫어져라 바라보았고 킁킁 냄새도 맡았다. 푸른 발 역시 사이몬의 눈을 보았고 마찬가지로 냄새를 맡았다. 그러자 사이몬의 눈이 붉은빛을 잃고 점점 평범한 개의 눈으로 돌아왔다. 이어서 어두운 색이었던 털도 하얀색으로 변했다.

"하얀 무지개!"

푸른 발이 소리를 질렀다. 푸른 발의 말을 듣고 사이몬의 입에서도 푸른 발을 부르는 작은 목소리가 흘러나왔다. 동시에 그의 등에 있던 혹은 사라졌다. 이로서 나의 오른팔이 원래대로 돌아왔고, 퍼그 한 마리도 놀란 표정으로 옆에 앉아있었다.

사이몬의 원래 이름은 '하얀 무지개'였다. 하얀 무지개와 푸른 발을 비롯하여 많은 개들이 이곳에 살았다. 이곳에 많은 개들이 살았던 이유는 인간이 품종이 있는 개들을 모아 새끼를 낳게 한 후 강아지를 팔기 위해서였다. 많은 엄마개들은 새끼를 낳기 위해 철제로 된 방에 갇혀 새끼를 낳았고, 새끼를 낳자마자 인간에게 새끼를 빼앗겼다. 엄마개들은 울면서 사정하기도 하고 무섭게 저항하기도 했지만 인간으로부터 새끼를 지키기는 어려웠다. 시간이 지나면서 엄마개들은 서서히 모든 것을 체념하기 시작했

다. 엄마개들은 새끼를 키우고 낳는 것만큼이나 새끼를 빼앗기는 고통을 견디기 힘들었던 것이다. 그래도 행복한 시절은 있었다. 착한 엄마개들은 서로의 아픈 마음을 보듬어 주며 한 가족처럼 지냈기 때문이다. 하지만 불행은 또 닥쳤다. 어느 날부터 인간이 보이지 않았다. 인간이 나타나지 않자 새끼를 빼앗길 일도 없어졌지만 먹을 물과 음식 또한 구경하기 힘들어졌다. 꼼짝없이 엄마개들은 갇힌 상태로 굶어죽게 생긴 것이었다.

하루, 이틀, 일주일, 또 일주일. 시간이 지나자 덩치 큰 개들부터 탈출하기 시작했다. 철창을 물어뜯고 몸을 쿵쿵 부딪혀 나가기 위해 안간힘을 썼다. 몇몇은 탈출에 성공했고 똑똑한 개들이 다른 개들도 철창에서 나올 수 있도록 도와주었다. 그러나 철창에서만 탈출했을 뿐 창고처럼 생긴 이른바 '강아지 공장'에서는 나갈 수 없었다. 식량도 물도 없는 그곳은 오랜 시간이 지나지 않아 지옥으로 바뀌었다. 굶주린 개들이 하나둘 쓰러져 죽어가기 시작했다. 아직 살아있던 개들에게도 희망은 없었다. 그들의 운명은 결정된 것이나 다름없었다. 굶주림에 지친 개 하나가 죽은 친구의 몸을 뜯어먹는 일이 벌어졌다. 그리고 배고픔에 이성을 잃은 개는 죽은 친구뿐 아니라 살아있는 친구들까지 공격했다. 그 개가 하얀 무지개였다. 하얀 무지개는 친구를 먹은 이후 변해갔다. 그리고 원래의 모습을 완전히 잃어버렸다. 그를 원래의 하얀 무지개로 기억하는 친구들도 사라졌다. 그에게 새롭게 붙은

이름은 사이몬. 죽음의 괴물이었다.

사이몬은 푸른 발 앞에서 하얀 무지개로 돌아왔다. 푸른 발의
얼굴과 몸통을 핥는 모습에서 더 이상 죽음의 괴물과 같은 모습
은 찾을 수 없었다. 푸른 발 역시 하얀 무지개의 몸을 핥아주었
다. 하얀 무지개는 큰 덩치를 홱 뒤집어 배를 보여주었고 푸른 발
은 하얀 무지개의 배도 핥아주었다.

"이 아이가 엄마를 잃고 죽어갈 때, 내가 젖을 먹여 키웠어요."

푸른 발이 말했다. 하얀 무지개는 아기강아지 때로 돌아간 것
처럼 자신보다도 작은 푸른 발의 옆에 누워 혀를 내밀고 있었다.

"우리는 인간을 좋아해요. 그런데 인간은 왜 우리에게 이런 고
통을 주는 건가요?"

푸른 발의 말에 나는 그 자리에서 무릎을 꿇고 고개를 숙였다.
더 이상 누구도 말이 없었다. 하얀 무지개의 재롱 섞인 숨소리만
가득했다.

펫 숍에서 파는 강아지들은 '강아지 공장'이라는 시설에서 태어나요. 그곳은 엄마개에게 죽을 때까지 새끼를 낳게 하고 낳은 새끼를 빼앗는 곳이죠. 엄마개는 끊임없이 새끼를 낳아야 하기 때문에 많은 질병을 갖고 살고, 일찍 엄마개와 헤어진 아기강아지 역시 면역력이 떨어져 온갖 질병에 시달리며 자라요. 그러다 인간에게 돈벌이가 안되면 강아지 공장을 통째로 버리는 경우도 생겨 그 안에 살던 개들은 지옥보다 못한 삶을 살다가 죽게 됩니다. 그래서 펫 숍에서 강아지를 사는 것은 많은 개들에게 고통을 주는 것이 돼요. 푸른발이 했던 말을 다시 한 번 기억해주세요.

동물보호법 제3조(동물보호의 기본원칙)

누구든지 동물을 사육, 관리 또는 보호할 때에는 다음의 원칙을 준수해야 한다.

제4호 동물이 고통, 상해 및 질병으로부터 자유롭도록 할 것

동물보호법 제9조(적정한 사육, 관리)

제1항
소유자 등은 동물에게 적합한 사료와 물을 공급하고, 운동, 휴식 및 수면이 보장되도록 노력하여야 한다.

세상에서 가장 빠른 말

살아가는 나날들에 있어 고난이 없을 수야 없으나,

(허나) 내게 찾아온 고난이 유독 크고

살아가는 나날들에 있어 미운 이가 없을 수야 없으나,

(허나) 나와의 인연에는 그토록 가혹한 사람밖에 없었느뇨

거대한 돌에 새겨진 이런 문구를 읽으며 메테와 나는 서있었다. 그리고 그 뒤에 자리 잡은 한 집을 바라보았다. 그 집은 큰 것은 아니었지만 묘하게 웅장한 느낌을 주었다. 마치 종묘宗廟를 미니어처로 만들어 놓은 모양새였다. 일단 우리는 그곳에 들어가기로 했다. 사신 '무루모'에 의해 난 상처가 있었기에 그곳에 잠시 머물며 회복하기로 했다.

"거기, 누구 있습니까?"

메테는 그 집의 주인을 불러보았다. 메테의 소리를 들었는지 미닫이문이 열렸고 그 사이로 거대한 얼굴이 등장해 우리를 보고 있었다. 말이었다. 말은 큰 눈을 굴리며 우리를 묘하다는 듯 바라보았다. 메테는 말에게 우리의 처지를 설명했다. 그러자 말은 친절한 말투로 들어오라며 문을 활짝 열고 우리를 안내했다.

말의 안내를 받아 들어간 실내는 생각보다 넓었다. 거실로 보이는 공간에는 커다란 방석이 가운데 자리 잡고 있었다. 말은 나의 목덜미를 물고는 방석으로 옮겨준 후 거실 한편에 있는 문으로 사라졌다. 잠시 후 상자 하나를 입에 물고 나타나 내 앞에 앉더니 상자를 열고 어떤 액체가 담긴 작은 병들을 꺼냈다.

"이래 봬도 내가 골절에 타박상에 속병까지 안 겪어본 게 없는 몸이라오."

말은 뿌듯한 듯 밝게 웃으며 말하고는 입으로 약을 바르고 핥으며 나를 치료해 주었다. 메테와 나는 감사 인사를 전했다. 말역시 자신을 소개하며 웃었다.

"나는 세상에서 제일 빠른 말, '몽탁'이라고 하오."

그러고 보니 몽탁은 보통 말 같지 않았다. 전체적으로 매끈하면서도 빛나는 갈색 털을 가지고 있었고, 그 안으로 탄탄한 근육이 자리 잡고 있다는 것을 알 수 있었다. 눈은 크고 부리부리했으며 갈기털은 결이 아름다웠고 매끈한 허리 끝에 말총이 우아하게 자리 잡고 있었다. 다리에도 늘씬하면서도 탄력 있는 곡선이 잘 드러나 있었다. 몽탁은 우리의 시선을 느꼈는지 자부심 가득 찬 말투로 자신의 이야기를 시작했다.

몽탁은 자신이 소개한 대로, 인간들 사이에서 '세상에서 제일 빠른 말'로 불렸다. 인간들은 몽탁을 '총알'이라고 불렀다. 워낙 빨랐기에 인간들은 갓 두 살이 넘은 몽탁을 훈련시키기 시작했다. 몽탁이 달리는 모습을 보고 훈련을 시킨 인간들은 놀라고 손뼉 치고 환호했다. 모두들 몽탁을 둘러싸고 볼에 입을 맞추고 머리를 쓰다듬고 엉덩이를 톡톡 쳐주었다. 몽탁은 인간들의 반응에 어깨가 으쓱했다.

몽탁은 즉시 경주에 나서게 되었다. 엄청나게 큰 경기장에 가득 모인 인간들은 새로운 얼굴에 관심이 많았다. 몽탁은 자신의 실력을 제대로 보여주기로 마음먹었다. 그래서 더 많은 인간들이 자신을 사랑해주기를 바랐다. 출발선에는 긴장감이 감돌고 장내는 깊은 바닷속처럼 고요했다. 땀방울 흐르는 소리까지 들

릴 정도였다. 탕! 총성과 함께 일제히 말들이 뛰어나갔고, 몽탁
역시 그 소리에 즉각 반응했다. 몽탁의 스피드는 그야말로 경이
로웠다. 다른 말들보다 한 발 빨리 출발한 몽탁은 믿을 수 없이
빠른 속도로 다른 말들을 따돌렸다. 흥분한 관중석에서는 "총알!
총알!"이라는 함성이 울려퍼졌다. 몽탁에게 붙어있는 '총알'이라
는 별명이 허세가 아님을 그는 첫 번째 경주에서부터 증명했다.

몽탁은 그 시절로 돌아간 것처럼 생기 있어보였다. 몽탁이 이
야기를 할 때, 극장에서 보는 것처럼 그의 등 뒤로 당시 상황이
펼쳐졌다.

몽탁은 그 이후로도 승승장구했다. 다른 말들은 감히 따라오
지 못할 정도로 엄청난 괴력을 보여주는 몽탁에게 인간들은 아
낌없는 애정을 보냈다. 경주가 끝나면 몽탁에게는 특별식이 제
공되었고 여러 인간이 몽탁을 둘러싸고는 처음에 그랬던 것처럼
웃으며 몽탁을 쓰다듬어 주었다. 몽탁은 그런 인간들을 보며 기
분이 좋았다. 그런데 어느 날, 경주에서 몽탁은 이전의 경주에서
처럼 다른 말들을 확실히 따돌리며 앞으로 치고 나가다가 알 수
없는 것에 걸려 넘어지는 사고를 당했다. 몽탁은 곧바로 일어서
서 달리려고 했지만, 넘어지면서 오른쪽 다리를 다친 것인지 뗄
수 없었다. 그날 숙소로 돌아온 몽탁 주위에는 인간들이 모여들
지 않았다.

몽탁이 사고 이야기를 꺼낼 때, 그의 등 뒤로 몽탁이 달리다 넘어지는 장면이 펼쳐졌다. 몽탁은 오른쪽 다리에 통증이 오는지 다리를 까딱까딱 움직였다.

다음 날에도 몽탁의 다리는 낫지 않았다. 몽탁을 확인하러 온 인간은 몽탁의 상태를 보고는 몽탁을 어디론가 데리고 갔다. 그곳은 어둡고 꽉 막힌 방이었다. 몽탁은 그곳에서 며칠을 보냈다. 몽탁은 이렇게 있다가는 더 이상 경주를 할 수 없고, 경주를 할 수 없다면 인간들이 자신의 이름을 부르며 환호하지 않을 것이라는 사실을 알았다. 그래서 몽탁은 자신의 다리를 원래대로 되돌리기 위해 애썼다. 통증이 있는 다리를 계속 들었다 놨다 반복하고 아픈 것이 사라질 때까지 바닥에다 탁탁 치기도 했다. 그래서였는지 다른 이유가 있었는지 모르지만 몽탁의 상태는 놀라울 정도로 좋아지기 시작했다.

몽탁의 상태를 확인한 인간은 몽탁을 원래 숙소로 데리고 갔고, 몽탁은 자신이 뛸 수 있다는 것을 보여주기 위해 제자리에서 펄쩍펄쩍 뛰었다. 그렇게 몽탁은 다시 경주에 나섰다. "총알! 총알! 총알!" 몽탁을 부르는 인간들의 목소리를 들으며 몽탁은 죽을힘을 다해 달렸다. 자신이 세상에서 제일 빠른 말이라는 것을 똑바로 보여주고 싶었기 때문이다. 그러나 몽탁의 다리가 뛸 수 있을 정도이기는 했지만 몽탁은 더 이상 세상에서 제일 빠른 말은 아니었다. 경기가 끝나도 몽탁의 주위에 인간들은 모이지 않

왔다. 이후 몽탁은 몇 번의 경주를 했지만 1위를 차지하지 못했다. 그러던 중 경기장에서 달리던 몽탁은 다리가 부러지면서 쓰러지고 말았다. 이번에야말로 예전의 영광을 차지하기 위해 사력을 다한 몽탁에게 그것은 큰 불행이었다.

그 이야기를 할 때 몽탁의 등 뒤로 다리가 부러져 절룩거리는 몽탁의 모습이 펼쳐졌고, 몽탁의 다리는 부러진 듯 축 늘어졌다.

몽탁은 경기장에서 쫓겨났다. 그래도 다행이었는지 몽탁의 다리는 경주를 하기는 어려워도 가볍게 뛸 정도는 되었다. 그래서 몽탁은 승마 연습용 말로 일하게 되었다. 더 이상 세상에서 제일 빠른 말은 아니지만 몽탁은 최고의 점프를 하는 말이 되기로 마음먹었다. 하지만 다친 다리를 치료받지 않고 내버려두었기 때문에 정상적인 기술을 펼치기는 어려웠다. 결국 승마를 하던 인간이 큰소리로 화를 내고 몽탁의 머리를 신발로 때리는 일이 벌어졌다. 그 일로 인해 몽탁은 어디론가 끌려갔다. 그곳은 관광객을 위해 꽃마차를 끄는 곳이었다. 몽탁은 세상에서 제일 빠른 말도, 제일 높이 뛰는 말도 아니지만, 꽃마차를 열심히 끌어보리라 생각했다.

그러나 꽃마차를 끄는 것은 쉬운 일이 아니었다. 관광객이 몰리는 날에는 아침부터 해가 질 때까지 밥 먹고 물 마실 시간도 없이 계속 마차를 끌었다. 경기장이나 승마장과 달리 아스팔트 도

로는 딱딱해 발바닥이 아팠다. 일과가 끝나면 창문도 없는 컨테이너 안에 들어갔다. 관광객이 없는 날은 며칠이고 컨테이너 안에서 생활했다. 빛도 없고 먹을거리도 없고 아무도 없는 그곳에서 몽탁은 혼자 가만히 있었다. 그럴 때마다 몽탁은 생각했다. 세상에서 제일 빨리 달리던 자신의 모습, 그럴 때마다 자신을 둘러싸고 쓰다듬어 주던 인간들의 모습. 다른 말들이 허연 김을 내뿜으며 자신의 뒤에서 달리던 모습. 몽탁은 그 시절로 돌아갈 수 있다는 희망을 갖고 있었다. 다리만 나으면 세상에 나가 총알처럼 뛰어나가리라. 모든 인간을 놀라게 하고 다시 사랑받으리라.

몽탁의 등 뒤로 어두운 컨테이너에 홀로 있는 모습이 펼쳐졌고, 몽탁의 얼굴이 어두워졌다.

몽탁의 바람과는 달리 다리 상태는 더 나빠지고 말았다. 다친 다리를 놔둔 것이 문제였고, 무거운 꽃마차를 끌고 딱딱한 도로를 달린 탓에 관절에도 무리가 왔다. 어느 날, 마차 앞에 멈춰 선 몽탁은 더 이상 걷지 못했다. 몽탁이 걷지 못하자 꽃마차 주인은 끝이 뾰족한 나무 몽둥이로 몽탁을 때리고 찔렀다. 머리를 때리고 목과 몸통을 마구 찔러댔다. 나무 몽둥이는 신발보다 훨씬 아팠다. 맞은 곳은 욱신거렸고 찔린 곳은 쿡쿡 쑤시는 느낌이 들었다. 그리고 몇 날 며칠 동안 컨테이너에 갇혀있었다.

한참의 시간이 지난 후, 컨테이너의 문이 열리고 또다시 몽탁

은 어디론가 끌려갔다. 그곳은 뛰거나 걸을 일이 없는 곳이었다. 몽탁은 하루 종일 한 군데 묶여있었고 인간들이 몽탁의 등에 타고 사진을 찍고 내려왔다. 하루에 많을 때는 백 명이 넘는 인간들이 몽탁의 등에 올라타 사진을 찍었다. 저녁이 되면 판자로 된 숙소에 가서 밥을 먹고 잠을 잤다. 그리고 다시 나오면 인간들을 등에 태웠다. 그 시절 잠깐이나마 몽탁을 보며 예쁘다고 반갑게 인사하고 얼굴을 쓰다듬어 주는 인간이 있어 예전으로 돌아간 느낌이 들었다. 하지만 몽탁의 몸 상태는 더 안 좋아졌다. 다친 다리는 서있기 힘들 정도가 되었고 입과 항문이 헐어버리고 말았다. 몽탁은 판자로 된 숙소에 누워 나오지 못하게 되었고 몽탁을 찾아와 밥을 주는 인간도 없었다.

몽탁은 뼈가 앙상할 정도로 말라갔다. 몸을 일으켜 보려 했지만 다리가 말을 듣지 않았고 힘도 없었다. 몽탁은 다시 일어서려다가 포기하고 누웠다. 그의 눈앞에 마른 흙바닥과 나무 판자벽이 보였다. 입에서 가쁜 숨에 실려 허연 김이 새어나왔다. 몽탁의 귀에 "총알! 총알!"이라고 외치던 인간들의 목소리가 들렸지만 점점 희미해졌다. 몽탁의 나이, 겨우 네 살이었다.

이야기를 하던 몽탁의 등 뒤로 가죽만 남을 정도로 말라버린 채 누워있는 몽탁의 모습이 보였다. 그와 동시에 우리 눈앞에 있

던 몽탁도 완전히 말라서 죽어있었다. 메테와 나는 당황한 나머지 몽탁을 들어올리려 했지만 몽탁의 몸은 그대로 부서져 가루가 되어 날아가 버렸다. 몽탁과 같은 말들이 얼마나 많은 시간 동안 이런 일을 반복했을까 생각하자 마음이 무겁게 내려앉았다.

근사하고 멋진 말들은 어떤 삶을 살까요? 경주마로 활약하던 말들은 부상을 입거나 성적이 좋지 않으면 관광지로 가거나 도살됩니다. 관광지로 갔다고 다행이라고 할 수 없어요. 꽃마차를 끌거나 관광객을 태우는 일을 하루 종일 해야 하니까요. 손님이 적으면 수입이 줄어들고, 그렇게 되면 말의 생활 환경도 매우 열악해지거든요. 돈을 못 번다고 먹이를 주지 않는 인간도 있답니다. 관광지에서 손님을 태우기도 버거운 말들은 버려져 방치되거나 도살되어 고기로 팔리기도 합니다. 관광지에서 만나는 말들이 어디서 와서 어떤 삶을 살고 있을지 관심을 가져보는 건 어떨까요?

동물보호법 제10조(동물학대 등의 금지)

제2항

누구든지 동물에 대하여 다음의 행위를 하여서는 아니 된다.

제3호 도박, 광고, 오락, 유흥 등의 목적으로 동물에게 상해를 입히는 행위. 다만, 민속경기 등 농림축산식품부령으로 정하는 경우는 제외한다.

어느 저수지의 붕어 이야기

메테와 나의 앞을 낭떠러지가 가로막았다. 낭떠러지는 깊은 편은 아니었지만 그렇다고 해서 뛰어내릴 정도로 시시한 수준은 아니었다. 만에 하나라도 실수로 떨어질까 두려워 나는 절벽 가까이 가지 않았다. 이제 어째야 하는가. 아무리 만만해도 절벽은 절벽. 아무리 작은 시련이라도 시련은 시련. 다른 사람 눈에는 가벼워 보여도 현실에 맞닥뜨린 자에게 고난은 아프고 가혹한 것이다.

"여기를 봐요!"

메테가 가리킨 곳을 보니, 지면에 단단히 박혀있는 철막대기에 밧줄 하나가 절벽 아래쪽으로 늘어뜨려져 있었다. 나는 높은

곳이 주는 공포의 압박을 극복하고 밧줄을 잡고 아래로 내려가기 시작했다. 무서웠지만 나는 그 사실을 감추었고, 어느 정도 시간이 지난 후 무사히 지면에 도달했다. 어느새 긴장은 사라지고 스스로 뭔가에 성공했다는 뿌듯함이 차오를 때, 메테는 어떻게 내려오는지 궁금해졌다. 절벽 위쪽을 올려다봤더니 메테는 이미 내려와서 밧줄을 손으로 톡톡 치면서 장난치고 있었다. 그러고 나서 후다다닥 절벽 위를 타고 올라가다가 밧줄에 착 붙은 후 그네라도 타듯 밧줄을 꼭 붙들고는 왔다 갔다 했다. 그러다가 또 절벽을 타고 내려왔다가 우다다다 달려가서 밧줄과 씨름했다. 밧줄을 가지고 노는 걸 보니 메테는 천상 고양이였다.

메테가 내 곁으로 돌아왔을 때, 나는 메테를 향해 미소 지었다. 그러나 메테는 심통이 났는지 화난 표정을 짓는 것 같았다. 메테의 기분이 왜 상했는지 물어보려는데, 우리가 타고 내려왔던 밧줄이 사라진 것이 보였다. 메테의 표정이 왜 심각해졌는지 그리고 그 밧줄은 어디로 갔는지 궁금증을 풀지 못한 채 우리는 길을 걸었다.

"키득키득. 여기가 어딘지나 알고 지나는 자들인가. 키득키득."

그리 멀지 않은 곳까지 왔을 때 낯선 목소리가 들렸다. 그 목소리는 칼칼하고도 찢어지는 느낌이 들어서 소름이 쫙 끼칠 정도

였다. 그 목소리가 들리는 방향을 쳐다봤더니 골무처럼 생긴 두 개의 바위가 우리를 비웃듯 쳐다보고 있었다. 크기는 인간인 나와 비슷했으나 머리와 몸통 구분은 없는 바위였고 눈, 코, 입만 붙은 모습이었다. 우리에게 말을 건 것은 오른쪽 바위였다. 이 말을 듣고 메테가 소리쳤다.

"돌멩이 주제에 무슨 이유로 우리에게 괴상한 말을 하는가!"

그러자 이번에는 왼쪽 바위가 말을 했다.

"코호호호. 수수께끼를 맞힌다면 여기가 어떤 곳인지 가르쳐주지. 코호호호."

두 바위가 기분 나쁘게 웃는 것을 보자 찝찝한 마음이 든 메테와 나는 수수께끼라는 것이 무엇인지 들어보기로 했다. 오른쪽 바위가 말했다.

"키득키득. 팔과 다리는 없는데 입은 두 개인 것은? 키득키득."

왼쪽 바위도 거들었다.

"코호호호. 그것도 모르고 가다가는 낭패를 볼 텐데. 코호호호."

팔과 다리가 없으면서도 입은 두 개나 가지고 있는 것. 아무리 상상해도 잘 떠오르지 않았다. 수수께끼라고 생각하니 살아있는 것이 아니라도 가능할 것 같아서 나는 분리수거 쓰레기통이나 양념통과 같은 물건들을 상상해보았다. 그러나 메테는 수수께끼의 답을 찾을 생각은 없는지 바위들이 한 말을 무시하자는 신호를 나에게 보냈다. 그러자 두 바위는 기분 나쁜 웃음을 남기면서 눈, 코, 입을 감추었고 평범한 바위로 돌아갔다. 들을 수 없었던 수수께끼의 답이 무엇인지 궁금했지만, 당장은 메테와 함께 이동할 수밖에 없었다.

두 바위와 헤어진 지 얼마 지나지 않아 눈앞에 이상한 것이 나타났다. 그것은 분명히 마카롱이었다. 하지만 나는 그것을 보고도 믿기 힘들었다. 이 삭막한 분위기에 마카롱macaron이 공중에 대롱대롱 달려있는 풍경은 전혀 어울리지 않았다. 다시 봐도 그것은 분명 마카롱이었다. 그래서 나도 모르게 공중에 달린 마카롱에 손을 댔고, 고양이들이 먹는 음식도 아니었기에 메테의 눈치도 보지 않고 그것을 입에 쏙 넣었다.

"으아아아!"

마카롱을 입으로 넣는 순간, 입속에 뭔가 콱 박히는 느낌이 들더니 강력한 힘이 나를 위로 잡아당겼다. 그와 동시에 내 몸은 붕 떠올랐다. 내 밑으로 당황한 메테의 얼굴이 보였다. 제아무리 날

럽한 고양이어도 날아다닐 수는 없는 법. 반대로 고개를 들어 위를 처다보니 거기에는 보일 듯 말 듯한 거대한 형체가 줄을 당겨 나를 끌어올리는 모습이 보였다. 그 형체는 정확히 알 수 없으나 그 형체의 눈, 코, 입이 아까 보았던 두 바위의 얼굴과 흡사함을 느낄 수 있었다. 나는 어떻게 되는 것일까. 그들은 왜 나를 잡아 올리는 것일까. 그런 생각과 동시에 엄청난 압력과 입이 찢어질 듯한 고통이 입에 전달되어 한계까지 다다르고 있을 때였다.

쉬이이이잉.

어디선가 납작하게 생긴 새가 날아와 나를 당기던 줄을 콱 물고 지나갔다. 그 순간 나의 입속 깊숙이 박혀있던 것과 연결된 줄이 끊어지면서, 나는 땅으로 떨어지기 시작했다. 그때, 새가 다시 날아와 나를 낚아채 입에 물고 바닥까지 안전하게 데려다주었다. 메테가 그 모습을 보고 서둘러 뛰어왔다.

나를 구해준 그 새는 자세히 보니 새가 아니었다. 물고기 모양을 한 그것은, 몸 전체에 빛나는 은빛 비늘이 덮여있었고 등줄기를 따라 얇고 하늘거리는 등지느러미가 근사하게 자리 잡고 있었다. 꼬리 쪽에도 동그랗고 야무진 지느러미가 보였다. 그 물고기는 붕어임에 틀림없었다. 특이한 것은 모든 것이 붕어처럼 보였지만 몸통 양쪽 가슴지느러미가 있어야 할 자리에 지느러미보다 훨씬 길고 큰 날개가 붙어있었다는 것이다. 더 놀라운 것은 그

의 입이 두 개였다는 사실이다.

메테는 자신과 나를 소개했고, 나는 그에게 감사 인사를 전했다. 그 붕어는 자신을 '동호'라고 소개했다. 동호는 우선 나의 입을 벌리게 했다. 그러고 보니, 입에는 여전히 뭔가 박혀있었고 심하게 욱신거리기까지 했다. 내가 입을 벌리자 동호와 메테가 나의 입속을 보며 심각한 표정을 지었다. 이어서 동호는 자신의 몸통에 줄을 묶은 후 그 줄을 내 입속에 박힌 것과 연결해 힘차게 당겼다. 메테는 고양이 손으로 붕어의 몸통을 잡고 힘을 보탰다. 급할 때는 고양이 손이라도 빌린다더니 이걸 두고 하는 말 같았다. 그 모습이 너무도 고맙고 예뻐서 눈물 나도록 아픈 고통을 꾹 참았다.

동호와 메테가 내 입속에서 빼낸 것은 물음표 모양으로 된 바늘이었다. 마카롱 속에 숨어있다가 입속에 들어갔을 때 입천장을 뚫고 들어갔던 것이다. 동호는 내 입에서 바늘이 제거되자 안심한 듯 커다란 날개를 접고 편안한 표정을 하고 있었다. 나는 두 개로 된 동호의 입 쪽으로 시선이 가는 것을 숨길 수 없었다.

"입이 좀 흉하죠?"

그것을 느꼈는지 동호는 나에게 말하며 미소 지었다. 동호가 내 행동을 눈치챘다는 사실이 창피하기도 하고 미안하기도 해서 나는 고개를 들 수 없었다. 그럼에도 동호는 여유 있게 이야기를 시작했다.

동호는 어느 저수지에 살던 붕어였다. 그 저수지는 먹을 것이 부족해 거기에 사는 붕어들은 늘 배고픔에 시달려야 했다. 그러던 어느 날부터 먹을 것이 많아졌다. 저수지의 붕어들은 배고픔에서 조금이라도 벗어날 수 있다는 사실에 안도했다. 겨우 배를 채우기 시작했을 즈음, 저수지에는 이상한 소문이 돌았다. 수상한 먹이에 관한 것이었다. 먹이를 먹다가 잡혀간 붕어가 있었다는 것이다. 동호는 그 말이 무엇을 의미하는지 몰랐다. 먹이가 붕어를 잡아간다는 것은 있을 수 없는 일이라 생각했기 때문이다.

그사이 사라지는 붕어의 수는 늘어났다. 이상한 것은, 사라졌다가 돌아온 붕어도 많다는 사실이었다. 다시 저수지에 돌아온 것에 감사하고 다행이라 생각했지만 먹이에게 잡혀갔던 붕어들에게는 공통점이 있었다. 입에 큰 상처를 입거나 작은 상처를 입더라도 예전처럼 마음껏 먹이를 먹을 수 없다는 것이었다. 그때부터 붕어들은 깨달았다. 먹이가 붕어를 잡아갔던 것이 아니라 먹이에 무서운 바늘이 숨어있었고 그것이 붕어를 잡아갔다는 사실과 그로 인해 입에 구멍이 뚫렸다는 사실을 말이다.

붕어들은 먹이를 발견하더라도 조심하고 또 조심했다. 먹이 속에 뾰족한 바늘이 숨어있는 함정일 수 있었기 때문이다. 무슨 이유인지 바늘이 있는 먹이가 너무도 많아 피해가기 무척이나 어려웠다. 그래서 먹이를 발견하더라도 먹지 않는 일이 많아졌

다. 배가 고파 괴로웠지만, 배고픔보다 무서웠던 건 뾰족한 바늘이었다.

동호 역시 똑같았다. 먹이가 무서웠다. 먹이 때문에 입에 구멍이 뚫리고 입이 찢어지는 사실이 무서웠다. 그리고 돌아오지 못하는 것이 무서웠다. 그러나 먹지 않고 살 수는 없었다. 그렇게 동호는 배고픔을 견디다 못해 먹이를 고르고 골라 먹었다. 그러나 그 속에는 바늘이 있었고, 입이 꿰어져 물밖으로 올라갔다. 그때 동호는 죽었구나, 생각했다. 동호를 잡은 것은 어떤 인간이었다. 동호는 그때 인간을 처음 보았고 그것이 낚시라는 것을 알았다. 다행인 점은 그 인간이 동호를 저수지에 다시 놓아주었다는 것이다. 하지만 동호에게는 큰 상처가 생겼다. 입이 바늘에 찔렸을 때 입이 떨어져 나갔던 것이다. 동호는 간신히 목숨은 건졌으나 입이 떨어져 나가는 바람에 더 이상 먹이를 먹을 수 없었다. 그리고 떨어져 나간 입이 원래 입이 있던 자리 옆에 붙어버려 입이 두 개인 것처럼 보였다. 먹지 못했지만 배가 고파 돌아다니다 바늘에 몇 번이나 찔려 몸 여기저기에 상처는 늘어갔다. 결국, 동호는 먹지 못해 죽었고 입이 두 개인 붕어로 남았다.

동호는 우리에게 미소 지어보였다. 동호는 천사가 되어 자신과 같은 운명에 처한 이들을 도우려는지도 모른다. 여전히 그는

낚시에 대한 악몽에서 벗어나지 못하는 것 같았다. 팔과 다리는 없으나 입이 두 개인 동호는 괴물이 아니라 인간의 욕심이 만들어 낸 결과였다.

낚시는 인류의 생존을 위해 인간의 역사와 함께해 왔어요. 그런 측면에서 낚시는 생태계 먹이사슬의 한 부분이라고 말할 수 있을 거예요. 하지만 한 번 생각해 볼까요? 인간의 생명유지를 위해서가 아닌 재미를 위한 낚시도 자연의 일부로 보는 것이 맞을까요? 인간의 즐거움을 위해 물고기를 가두고 낚는 행위는 아무 문제없는 것일까요? 낚시터나 낚시 카페에서 하는 낚시가 인간에게는 재미있는 취미일지 모르지만, 동물에게는 생명을 건 사투일 수 있다는 생각을 해보는 시간을 가졌으면 합니다.

동물보호법 제2조(정의)

이 법에서 사용하는 용어의 뜻은 다음과 같다.

제1호 "동물"이란 고통을 느낄 수 있는 신경체계가 발달한 척추동물로서 다음 각 목의 어느 하나에 해당하는 동물을 말한다. 다만, 식용을 목적으로 하는 것은 제외한다.

가. 포유류

나. 조류

다. 파충류, 양서류, 어류

고래법정에서 생긴 일

"지금 벌어진 일이 나와 상관없는 일이라고 해서 눈을 감는 다면, 언젠가 그 일은 너에게 일어나리라."

나는 경찰에 잡혔다. 그들은 경찰고래였다. 경찰고래는 나를 어떤 곳으로 데리고 갔다. 메테의 설명에도 그들은 아랑곳하지 않았다. 우리가 도착한 곳에는 커다란 나무문이 있었고, 경찰고래가 도착을 알리자 문은 육중한 소리를 내며 천천히 열렸다. 그곳은 거대한 크기의 법정이었다. 경찰고래는 나를 끌고 법정 안으로 들어가 자리에 앉혔다. 그렇게 하여 고래법정에서의 재판이 시작되었다.

판사고래는 나에게 피고인석에 앉으라고 했다. 울림이 있는 근엄한 소리였다. 그러자 메테가 우리가 어떤 사연으로 여정을

하고 있는지 설명하며 내가 재판 받을 이유는 없다고 말했다. 판사고래는 메테에게 말했다.

"미요 메테 갸르노 파쏘 메롱. 나는 재판관 '마리사'다. 우리는 그대들의 여정에 대해서 알고 있다. 그리고 그대가 고양이 행성에서 어떤 일을 하고 있는지도 알고 있다. 그래서 우리는 당신들을 존중한다. 그러니 당신들도 우리를 존중해달라. 이 법정에서 인간을 상대로 재판할 수 있는 기회가 드물기에 인간의 등장을 기회 삼아 재판을 진행하려 한다. 모두 진지하게 임하라."

판사고래 마리사가 말을 마치자 재판정 양쪽에서 고래가 등장했다. 그중 하나는 검사고래였고 다른 하나는 변호사고래였다. 변호사고래는 내 옆에 앉으며 자신을 '바라수기'라고 소개했다. 나는 변호사고래 바라수기에게 잘못한 것이 없으며 여기 왜 앉아있어야 하는지 모르겠다고 말했다. 바라수기는 걱정하지 말라며 자신을 믿어달라고 말했다. 그러나 나는 판사고래와 검사고래 그리고 변호사고래까지 온통 고래들로 가득 찬 고래법정이 인간인 나에게는 불리할 수 있겠다는 생각이 들어, 판사고래에게 한마디했다. 어떻게 그런 용기가 났는지 나로서는 이해하기 힘들지만, 나의 불안함이 그 정도로 컸다.

"판사님. 제가 어떤 잘못을 하여 재판을 받아야 하는지 모르겠

지만, 이전에 저의 죄를 묻는 방식이 납득하기 어렵습니다. 여기는 고래법정이고 판사님도 고래이며 검사와 변호사 역시 고래입니다. 그렇다면 제가 공정하게 재판 받을 수 있으리라 기대하기 어렵다고 생각합니다."

그러자 마리사는 말했다.

"그래. 일리 있는 말이다. 그러나 인간법정에서도 고래가 됐든 다른 동물이 됐든 인간인 판사와 검사가 판단하지 않느냐. 그렇다면 너 역시 억울해할 것 없다. 더구나 나는 이 자리에서 인간의 법에 따라 사건을 판단해보려고 한다. 그러니 공정에 대한 의심을 접으라."

나는 그 말을 듣고 할 말이 없어졌다. 옆에 앉아있던 바라수기가 나의 머리를 쓰다듬으며 나를 위로했다. 그사이, 마리사는 검사고래에게 사건에 대해 설명하라 명했다. 그러자 검사고래가 일어나 말했다.

"저는 검사 '파니오기'입니다. 지금부터 사건 설명을 시작하겠습니다. 인간은 고래를 잡지 않겠다고 법으로 정해놓았습니다. 인간이 만든 '해양생태계의 보전 및 관리에 관한 법률'에 의하면 누구든 정해진 해양 생물을 마음대로 포획해서는 안 된다고 명

시되어 있습니다. 거기에 고래도 포함되어 있고요. 그래서 인간은 고래를 잡을 수도 먹을 수도 없는 것입니다. 그럼에도 인간은 우리를 먹습니다. 그냥 먹는 정도가 아니지요. 바닷가에 있는 도시에 가면 고래고기를 파는 식당까지 있을 정도입니다. 법으로 금지했음에도 인간은 당당하고 뻔뻔스럽게 우리의 고기를 먹고 있습니다. 이에 본 법정에서 존경하는 판사님이 지혜로운 판결을 내리시어 이런 일을 멈출 수 있도록 요청드리는 바입니다."

검사고래 파니오기의 말이 끝나자 변호사고래 바라수기가 일어서서 말했다.

"변호사 바라수기입니다. 인간을 대신해 이에 대해 답변 드리겠습니다. 검사 파니오기가 주장한 것처럼, 인간이 보호해야 할 해양 생물을 정한 후 함부로 잡지 못하게 법으로 금지한 것은 사실입니다. 그러나 예외도 있습니다. 그리고 예외 조항을 정확히 법에 명기해놓았습니다. 즉, 혼획된 경우에는 예외로 하고 있는 것입니다. 쉽게 말해 일부러 잡지 않았는데 그물에 우연히 걸린다면 포획을 해도 불법이 아니라는 말입니다. 그렇기 때문에 인간이 혼획을 통해 잡은 고래를 먹는 것은 그들의 법에 의하면 전혀 문제가 되지 않습니다."

나는 검사고래 파니오기와 변호사고래 바라수기 사이에 이어

진 공방이 무엇을 의미하는지 잘 이해하지 못했다. 고래고기를 먹는다는 말을 들어본 적은 있지만 나는 관심이 없었기에 무엇이 문제인지 모르고 있었다. 그러는 사이 파니오기가 바라수기의 말에 반박했다.

"법대로만 한다면 그 말이 맞습니다. 그러나 혼획이란 것이 무엇입니까. 우연히 잡혔다는 말입니다. 그런데 그것이 우연히 잡힌 것인지 아니면 의도적으로 잡았으면서 우연히 잡힌 것처럼 가장한 것인지 어떻게 알겠습니까? 우리 고래는 인간 세계에서 비싼 가격에 팔립니다. 오죽하면 고래를 '바다의 복권'이라고도 부른다지요? 욕심 많은 인간들이 과연 우연히 잡힌 것에 만족할까요?"

"변호사 바라수기, 반론합니다. 인간들이 욕심 많은 것은 인정하지만 인간들도 스스로가 그렇다는 것을 잘 알기에 규칙을 정해놓았습니다. 즉, 혼획된 고래는 반드시 신고해야 하고 신고된 고래는 경찰 입회 하에 작살과 같은 도구를 사용하여 사냥한 것인지 확인하는 절차를 거칩니다. 그 결과 일부러 잡은 것이 아니라고 확인되면 유통하는 것이죠. 그리고 유통이 허락된 고래의 DNA는 채취하여 고래 연구 센터에 보내도록 하고 있습니다. 따라서 유통 중인 고래 중 고래 연구 센터에 등록되지 않은 고래는 불법이라고 판단할 수 있게 한 것입니다."

바라수기의 말을 듣고 나는 안심했다. 인간으로서 고래를 위해 법적인 절차를 만들어 놓았다는 것이 뿌듯했고 이 법정에서 당당해지는 느낌까지 들었다. 마리사 역시 그 점에 대해 깊이 생각하는 것 같았다. 하지만 파니오기는 쉽게 물서서지 않았다.

"검사 파니오기, 말씀드립니다. 지금 변호사가 언급한 바로 그 부분을 저는 지적하고 싶습니다. 변호사의 말대로 인간이 법을 정해놓은 것처럼 의지가 있었다면, 제가 앞선 주장을 하지도 않았을 것입니다. 무슨 말이냐면 인간은 혼획된 고래를 철저하게 신고하고 등록하지 않은 채 먹어치우고 있다는 것입니다. 죄송합니다. '유통하고 있다는 것'으로 정정하겠습니다. 이건 저의 주장이 아니라 인간인 검찰이 판단한 것입니다. 실제로, 불법 유통된 고래고기를 경찰이 적발했는데, 검찰이 그 대부분을 다시 유통업자에게 돌려준 사건*이 있었습니다. 그때 검찰이 밝힌 이유가, 유통 중인 모든 고래의 DNA를 고래 연구 센터가 확보하고 있지 않았기 때문이라는 것입니다. 그러니까 혼획으로 확인된 고래인지 고래 연구 센터 역시 확실하게 증명할 수 없다는 말이 됩니다."

"변호사 바라수기, 반론합니다. 그때 그 사건은 고래 연구 센터의 고래 DNA가 충분하지 않았다는 증거가 아니라 오히려 검찰이 고래 연구 센터의 검증 과정을 기다리지 않고 섣불리 일을

133

처리한 것으로 문제가 되었던 사건입니다. 따라서, 그 사건을 근거로 혼획 문제를 쉽게 판단할 수는 없다고 생각합니다."

여기까지 듣고는 마리사가 정리했다.

"검사의 말에 의하면, 인간은 자신들이 고래를 먹지 않겠다고 법으로 정해놓고 스스로 그것을 어기고 있다. 그러나 변호사의 말에 따르면 인간은 일부러 고래를 잡지 않고 우연히 잡혔을 경우에만 먹는다. 따라서, 다소 부족한 점은 있으나 인간들은 나름대로 규칙을 만들어 지키려는 것으로 보인다. 어떤가?"

마리사의 말에 파니오기가 말했다.

"검사 파니오기, 그 점에 대해 짚어야 할 중요한 사실이 있습니다. 한 번 주의 깊게 들어봐주십시오. 지금 저 앞에 앉아있는 인간이 사는 나라의 이야기입니다. 그 나라는 신기하게도 다른 나라보다 우연히 잡히는 고래가 많습니다. 어떤 해에는 다른 나라에서 잡힌 고래의 숫자를 모두 합한 것보다 열 배나 되는 고래가 저 나라에서만 잡혔습니다. 열 배입니다, 판사님. 이 세상 고래가 저 나라의 바다에서만 우연히 엄청나게 잡혔다고 할 수 있습니다. 이쯤 되면 그것을 우연이라고 하는 게 맞을까요? 아니면 저기에서 어떤 일이 벌어지고 있다고 생각하는 게 맞을까요?"

파니오기의 말을 듣고 바라수기는 침묵했고, 마리사는 나에게 물었다.

"인간이여, 그대는 검사가 한 말에 대해 어떻게 생각하는가?"

나는 고래를 먹어본 적이 없고 먹으려던 적도 없으나 먹는 것이 꼭 나쁘다고 생각해 본 적도 없다고 말했다. 하지만 인간이 정해놓은 규칙마저 지키지 않는다면, 그것은 잘못된 것 같다고 말했다. 그러자 마리사는 나에게 자신의 뒤에 붙어있는 글귀를 읽어보라 말했다. 나는 마리사가 시키는 대로 그것을 읽었다.

"지금 벌어진 일이 나와 상관없는 일이라고 해서 눈을 감는다면, 언젠가 그 일은 너에게 일어나리라."

내가 그 글귀를 읽은 후, 마리사는 말했다.

"그렇다. 비록 그대는 잘못이 없을지 모르나, 주위에 일어나는 일에 무관심하고 잘못을 알고도 자신의 일이 아니라 지나친다면 결국에는 자신에게도 똑같은 고난이 닥칠 것이다. 인간은 똑똑하고 좋은 재능을 가졌으나 문제는 욕심이다. 그 욕심을 버리지 못한다면 결국 많은 것을 잃게 될 것이다. 그래서 나는, 그대에게 선고한다. 앞으로 주변에 관심을 갖기로 여기서 약속하라. 내 살

이 아픈 만큼 남의 살도 아프다는 것을 잊지 않기로 하라."

땅. 땅. 땅.

선고가 끝나자 판사고래와 검사고래, 변호사고래는 각자 자신이 들어왔던 문으로 사라지고 가운데 문이 열렸다. 메테는 내 옆으로 와 길을 안내했다. 결론적으로, 나는 벌을 받지 않았다. 그러나 벌을 받은 것과 같은 무게감이 마음속에서 차오르기 시작했다.

2016년 울산광역시 불법 고래고기 21톤을 검찰이 돌려준 사건

2016년 4월. 울산 중부경찰서는 불법으로 고래고기가 유통되는 현장을 급습하여 고래고기 27톤을 압수했다. 피의자들은 불법으로 잡은 밍크고래를 해체하고 있었고 그 현장을 경찰이 덮쳤다. 그러나 검찰은 현장에서 압수된 고래고기 27톤 중 21톤을 피의자에게 돌려주었다. 당시 시가로 약 30억 원에 달하는 양이었다. 검찰은 현장에서 확인된 고래고기 외 냉동 창고에 있던 고기들은 불법 포획된 것으로 판단할 수 없다고 그 이유를 밝혔다. 경찰은 고래 연구 센터의 고래 DNA 대조 결과를 기다려보자며 검찰의 판단에 이의를 제기했다. 혼획된 고래는 고래 연구 센터에 샘플을 보내 등록한 후 유통하기에 DNA 대조를 통해 냉동 창고에 있던 21톤의 고래고기가 합법적으로 유통되는 것인지 확인하자는 것이었다. 검찰은 경찰의 의견에 회의적인 반응을 내놓았다. 고래 연구 센터가 혼획된 모든 고래의 DNA를 가지고 있는 것이 아니기 때문에 DNA 대조만으로 불법 유무를 판단하기 어렵다는 것이었다. 이와 같은 문제는 허술한 법 체계에서 기인한다는 주장이 제기되었다. 포경은 금지했으나 혼획, 좌초 표류된 고래는 유통을 허가하는 모순된 현실이 법의 틈새를 이용한 불법을 유발한다는 것이었다. 결국, 한국은 고래를 잡을 수는 없지만 먹을 수는 있는 '반쪽짜리 포경금지국'인 셈이다.

(출처 : 박현철 기자. "법도 사람도 무력했다. 고래고기 21톤이 사라졌다", 한겨레. 2017.09.23)

여러분은 고래 축제, 하면 어떤 것이 떠오르나요? 고래가 신나게 헤엄치는 모습을 상상하셨나요? 아니면 고래고기가 먼저 생각났나요? 한국의 현행법상 고래는 우연히 잡혀 죽은 고래의 고기만 먹을 수 있게 돼있어요. 하지만 많은 인간이 고래를 먹고 싶어하고, 많은 식당이 영업하려면 그 양으로 충분할까요? 그래서 우리는 생각을 한 번 바꿔보기로 해요. 어떤 경우에도 고래를 먹지 않기로 한다면 어떨까요? 우연히 잡힌 고래를 먹는 대신 잡히더라도 죽지 않고 살아서 탈출할 수 있도록 방법을 연구해보는 건 어떨까요? 조금만 방법을 바꾸면, 법도 지키면서 생명도 지킬 수 있는 방법이 충분히 있을 겁니다.

해양생태계의 보전 및 관리에 관한 법률 제20조
(해양보호생물의 포획, 채취 등 금지)

제1항
누구든지 해양보호생물을 포획, 채취, 이식, 가공, 유통, 보관, 훼손하여서는 아니 되며, 포획하거나 훼손하기 위하여 폭발물, 그물, 함정어구를 설치하거나 유독물질, 전류를 사용하여서는 아니 된다. 다만, 다음의 어느 하나에 해당하는 경우로서 해양수산부장관의 허가를 받은 경우에는 해양보호생물의 포획, 채취 등을 할 수 있다.

제3항
다음의 어느 하나에 해당하는 경우에는 제1항의 규정을 적용하지 아니한다.

제3호 어업활동에 의하여 불가피하게 혼획된 경우로서 해양수산부장관에게 48시간 이내에 신고한 경우

엄마곰은 날씬해
아빠곰도 날씬해

"곰 세 마리*가 한 집에 있어 아빠곰, 엄마곰, 아기곰.
엄마곰은 날씬해, 아빠곰도 날씬해, 아기곰은 너무 귀여워~"

어디선가 들리는 노랫소리에 메테와 나는 가던 길을 멈추고 귀 기울여 소리가 나는 방향을 보았다. 거기에는 노래를 부르고 있는 작은 아기곰 한 마리가 있었다.

"곰 세 마리가 한 집에 있어 아빠곰, 엄마곰, 아기곰.
엄마곰은 날씬해, 아빠곰도 날씬해, 아기곰은 너무 귀여워~"

전래 동요〈곰 세 마리〉연도 미상. 작사. 작곡 미상
(본문에서는 노래를 개사하여 불렀다)

노래를 부르는 아기곰은 작고 사랑스러웠다. 누가 먼저랄 것도 없이 메테와 나는 그쪽으로 다가갔다. 그런데 이상한 점이 있었다. 아기곰이 부르는 노래 가사가 내가 아는 것과 달랐다. '엄마곰은 날씬해'가 맞지만 '아빠곰은 뚱뚱해'가 아니었나? 나는 아기곰에게 물었다.

"나는 노래 가사가 '아빠곰은 뚱뚱해'로 알고 있는데, 아니니?"

그랬더니 아기곰의 답이 묘했다.

"우리 아빠는 안 뚱뚱해요. 날씬해요. 살이 하나도 없어요."

나는 아기곰에게 아빠와 엄마는 뭐하고 계시냐고 물었다. 아기곰은 아빠곰과 엄마곰은 장사를 하고 있고 바빠서 자기와 놀아줄 시간도 없다는 말을 했다. 메테와 나는 뭔가 이상한 느낌을 받았다. 아무래도 안 되겠다 싶어 우리는 아기곰에게 아빠와 엄마가 있는 곳을 알려달라고 했고, 아기곰은 즐거운 표정으로 앞장섰다.

아기곰이 우리를 데려간 곳에는 컨테이너 같은 것이 있었다. 저런 곳에서 무엇을 파는지 모르겠지만 손님이 찾아오는 게 쉽지 않겠다는 생각이 들었다. 아기곰은 아빠곰과 엄마곰을 만나는 것

이 기분 좋은지 종종거리며 그 안으로 들어갔다. 우리도 아기곰을 따라 그곳으로 들어갔다. 그 안에는 기다란 테이블이 놓여있었고 거기에는 실험실에서나 쓸 것 같은 커다란 비커 두 개가 놓여있었다. 비커 위로는 링거를 맞을 때 쓰는 것과 비슷하게 생긴 여과관이 연결되어 있었는데, 그것은 길게 이어져 천장 쪽으로 사라졌다. 어떻게 보면 더치 커피를 내리는 모습과 비슷했다. 왜냐하면 여과관을 통해 뭔가가 조금씩 흘러나와 비커를 채우고 있었기 때문이다. 하지만 아기곰이 이야기한 아빠곰과 엄마곰의 모습은 어디에도 보이지 않았다.

"아빠와 엄마는 어디 있는 거니?"

내가 묻자 아기곰은 저기 있다고 말하며 한쪽 벽을 가리켰다. 나는 보게 되었다. 두 마리의 곰이 눈을 감은 채 매달려 있는 모습을. 그리고 비커에 연결되어 있는 여과관이 천장으로 올라갔다가 곰의 뱃속으로 이어진 것을. 두 마리의 곰은 벽에 있는 철제 빔에 팔과 다리 그리고 몸통이 완전히 묶인 채 정신을 잃은 상태였다. 눈 뜨고 보면서도 믿을 수 없던 나는 너무도 놀라 뒷걸음질을 치다가 넘어지고 말았다. 비커에 채워지던 것은 아빠곰과 엄마곰의 배에서 나온 알 수 없는 액체였다. 메테와 나는 정신을 바짝 차리고 벽 쪽으로 다가가 곰을 깨웠다. 그랬더니 그중 한 마리의 곰이 가늘게 눈을 뜨며 우리에게 희미한 소리로 말했다.

"살려줘."

　그 말을 들은 메테는 곰들이 묶여있는 철제 빔을 앞발 끝에서 나온 에너지를 이용해 녹여버렸다. 그리고 난 후 묶여있는 곰들을 풀어서 테이블 위로 눕혔다. 그리고 배에 박혀있는 튜브를 뽑아낸 후 앞발에서 나온 빛을 쪼여 상처를 아물게 했다. 놀라운 속도였다. 그러자 아빠곰과 엄마곰은 정신이 드는 듯 일어나 앉더니 여기저기 두리번거렸다. 우리는 그들에게 괜찮냐고 물었다. 그사이 아기곰은 엄마곰 등에 올라탔다. 아기곰의 말대로 두 마리의 곰은 뼈가 앙상할 정도로 말라있었다. 우리는 어떻게 된 일인지 물었다. 그러자 아빠곰이 이야기를 시작했다.

　세 마리의 곰가족은 남쪽에 있는 먼 나라에서 살고 있었다. 아빠곰의 이름은 '구아이', 엄마곰은 '헤아이' 그리고 아기곰은 '지아이'였다. 어느 날 인간 무리가 그들에게 총을 쏘았고 그 총에 맞아 모두 정신을 잃고 말았다. 세 가족이 눈을 떴을 때 그들은 쇠창살로 사방이 막힌 곳에 갇혀있었다. 곰은 힘이 세다. 자연에서 그들을 막을 장애물은 없다. 그래서 아빠곰은 있는 힘껏 쇠창살에 몸을 부딪혀 부수기로 했다. 어쩐 일인지 약해보이는 쇠창살은 끄떡도 하지 않았다. 그나마 다행이었던 것은 세 가족이 흩

어지지 않고 한 공간에 모여있었다는 것이다. 그것도 잠시, 그들은 각각 다른 칸으로 옮겨졌고 결국 이별하게 되었다. 이별은 불행의 시작에 불과했다. 곧이어 아빠곰과 엄마곰은 마취가 되었고 깨어났을 때 그들의 배에는 관이 연결되어 있었다. 인간이 곰의 쓸개즙을 빼내려고 연결한 것이었다.

(곰의 말린 쓸개는 '웅담熊膽'이라고 하여 약재로 쓰인다. 그러나 죽은 곰의 몸에서 나오는 웅담은 양이 너무 적었다. 구하기도 힘들고 값도 비싸다. 인간의 욕심은 끝이 없는 것일까. 그래서 생각해 낸 것이 살아있는 곰에게서 쓸개즙을 직접 뽑아내는 방법이었다. 뽑아도 뽑아도 재생산되는 쓸개즙은 곰이 죽을 때까지 써먹을 수 있는 기막힌 아이디어였던 것이다. 인간의 욕심 앞에 최소한의 윤리 의식이나 생명에 대한 존중은 없었다.)

이 곰가족이 당한 일이 바로 그것이었다. 산 채로 체액을 뽑히는 장면을 눈앞에서 본 나는 믿기 힘들었다. 그런 얘기는 공포 영화에서도 본 적이 없었고 소설 속에서도 읽은 적이 없었다. 인간이 이런 일을 저질렀다는 사실에 나는 인간임이 부끄러워져 곰가족을 볼 수 없었다. 곰가족은 자신들이 극단적 상황에서 벗어나자 우리에게 또 다른 도움을 요청했다. 자신들 말고도 다른 곰들이 많다는 것이었다. 우리는 곰가족을 따라 컨테이너를 나왔다. 아기곰은 엄마곰에게 업혀있었는데 아빠곰이 엄마곰을 위해

자신의 등으로 아기곰을 옮겼다.

그들을 따라간 곳에는 철창에 갇혀있는 한 마리의 곰이 있었다. 그 곰은 죽은 것은 아닌 것 같았으나 땅바닥으로 시선을 고정시킨 채 꼼짝하지 않고 있었다. 우리는 가까이 다가가 곰을 불러보았다. 그러자 그 곰은 천천히 고개를 들어 우리에게 말했다.

"먹을 것 좀 주시오. 배가 고파."

이야기를 들은 메테는 곰에게 뭔가를 건넸다. 떡처럼 생긴 덩어리였는데, 곰의 덩치로 봤을 때 그걸로는 배가 찰 것 같지 않았다. 하지만 어쩌랴. 주위를 둘러봐도 곰이 먹을만한 것은 그것 말고 나밖에 없는 것처럼 보였으니 말이다. 곰은 허겁지겁 먹어치우고는 메테에게 고맙다고 인사하며 자신을 '가무스'라고 소개했다. 어째 곰의 눈치를 보아하니 허기가 끝나지 않은 분위기를 강하게 풍겼다. 그때 지아이 역시 메테에게 다가와 자기도 먹고 싶다고 조르는 눈치였다. 구아이나 헤아이 역시 그런 마음이겠지만 미안한 마음에 말을 꺼내지 못했던 것 같다. 메테는 떡을 몇 개 더 만들어 곰가족에게 나눠주었다. 나도 먹어보고 싶다고 메테에게 말했으나 메테는 나에게 그것은 망자의 음식이라 내가 먹을 수 없다는 말을 조용히 전했다.

나는 가무스에게 어찌 된 영문인지 물었고, 가무스는 이야기를 해주었다.

가무스는 어떤 농장의 어두운 헛간에서 태어났다. 가무스의 부모는 구아이와 헤아이처럼 어딘가에서 잡혀온 곰이었다. 그들 역시 배가 뚫려 쓸개즙이 뽑히는 신세를 피할 수 없었다. 그러던 와중에 인간이 억지로 가무스를 낳게 한 것이었다. 인간에게 곰은 '살아있는 쓸개즙 생산 기계'였으니 말이다. 인간들은 가무스를 부모곰들이 보이지 않는 곳으로 데려가 보살펴 주었다. 잘 키워 좋은 쓸개즙을 줄기차게 생산하게 하려고 말이다. 그런 기대에 부응이라도 하듯 가무스는 성실히 잘 자랐다. 그러던 어느 날, 가무스의 아빠곰이 죽고 얼마 후 엄마곰의 건강도 급격히 안 좋아지기 시작했다. 인간들은 가무스의 엄마곰이 죽을 날이 얼마 남지 않았다는 것을 알았던 것 같다. 가무스와 엄마곰의 재회를 허락했으니 말이다. 오랜만에 엄마곰을 본 가무스는 놀라지 않을 수 없었다. 사랑스러운 엄마의 얼굴은 간 데 없고 무섭고 두려운 눈빛을 가진 앙상한 나뭇가지 하나가 있었던 것이다. 새카만 나뭇가지처럼 앙상해진 엄마를 보고 가무스는 눈물을 멈출 수 없었다. 엄마곰 몸에 기대고 싶어 다가가려 했을 때 갑자기 엄마곰이 버럭 화를 내면서 가무스의 목을 물어버렸다. 갑작스런 엄마곰의 공격에 가무스는 속수무책으로 당할 수밖에 없었다. 이 모습을 본 인간들은 엄마곰을 때리기 시작했다. 몽둥이에 맞고 발길질까지 당한 엄마는 가무스의 목을 놓고 소리쳤다.

"죽여라, 인간들아. 내 아들을 죽여라. 나처럼 살게 만들 거라면 차라리 죽여라. 내 손으로 죽이겠다. 나처럼 살아갈 내 자식의 삶이 지옥보다 못한 것을 알기에 내 손으로 내 자식을 죽이겠다."

엄마곰은 가무스가 어떤 삶을 살게 될지 알았기에 가무스를 죽이려 했다. 그러나 인간의 방해로 그 시도는 실패했다. 다행이라고 해야 할까. 가무스는 엄마곰과 같은 삶을 살지는 않았다. 대신 그보다도 못한 삶을 살게 되었다. 인간 세계의 법이 바뀌어, 살아있는 상태에서 곰의 쓸개를 뽑을 수 없게 되었던 것이다. 대신 죽은 후에 뽑도록 했다. 다만, 열 살이 넘은 곰만 법으로 허용했다. 다시 말하면, 열 살이 넘을 때까지는 죽고 싶어도 죽을 수가 없는 것이었다. 쓸개 하나를 바치기 위해 살아야 하는 삶. 그것이 가무스와 사육곰들의 삶이었다. 고작 쓸개 하나를 팔기 위해 오랜 시간 곰을 길러야 했기에, 인간은 가무스에게 좋은 식사를 제공하지 않았다. 가장 값싼 사료를 음식찌꺼기와 주는 것이 고작이었고, 그마저도 충분하지 않았다. 두 걸음 걸으면 끝나는 공간에 갇혀 먹지도 못하고 하루 종일 빙글빙글 돌기만 하는 삶. 지쳐서 일어서는 것조차 포기해 버린 그런 삶. 새로운 냄새도 맡을 수 없고, 보고 싶은 풍경도 잊어버리고 멍하니 배고픔을 견디며 시멘트 바닥 위에 앉아 정신과 육체 모두 파괴된 삶. 그것이 사육곰의 삶이었다.

가무스는 부모가 살았던 곳을 보고 싶다고 했다. 세상이란 곳이 원래 어떻게 생긴 것인지 보고 싶다고 말했다. 메테는 지아이를 불렀다. 그리고 작은 도화지를 주고 색연필을 그 위에 올려놓고 사용 방법을 알려주었다. 곧이어 메테는 구아이와 헤아이에게 살던 곳의 풍경을 이야기해달라고 했다. 구아이와 헤아이는 자신들이 살던 곳의 숲과 나무, 시냇물, 날아다니는 새들, 숲속을 뛰어다니는 동물 친구들, 맑은 하늘과 태양, 달과 별의 모습에 대해 이야기했다. 그 이야기를 들으며 지아이는 허공에 그림을 그렸고 지아이의 손짓에 따라 도화지 위에 있던 색연필이 움직이면서 그 모습을 그려나갔다. 잠시 후, 도화지 가득 그림이 완성되었고 다채로운 색깔로 채워진 작품이 거기 있었다. 그곳이 구아이와 헤아이가 살았고 가무스의 부모도 살았던 곳, 원래 곰이 살아 마땅한 곳이었다. 그림이 가무스의 눈 속으로 깊이 스며들었고, 그와 동시에 우리 주위는 그림과 똑같은 환경으로 변했다. 구아이와 헤아이가 눈물을 흘렸고 가무스도 눈물을 멈추지 못했다. 메테와 나는 그 모습을 묵묵히 지켜보고 있었다.

오늘날 한국에는 몇 마리의 곰이 살고 있을까요? 지리산에도 살고 있고 동물원에도 있으니, 많은 곰들이 살고 있겠죠? 그런데, 농장에도 많은 곰들이 살아요. 약 400여 마리나 되니까 적은 숫자는 아니죠? 한때 최대 2,200마리까지 산 적도 있지만, 세월이 흐르며 도축되었고 더 이상 개체 수를 늘릴 수 없게 되었기에 서서히 감소하고 있어요. 다행이라고 할 수 없는 건, 그들이 살아있는 목적이 인간에게 쓸개즙을 공급하기 위함이고 그들의 삶이 너무도 괴롭다는 사실 때문입니다. 대부분의 농장은 영세한 편이라 좋은 환경에서 좋은 먹거리를 주면서 곰들을 돌보려 하지 않아요. 농장에서 사는 곰들은 태어난 날부터 죽는 날까지 작고 어두운 곳에 갇혀 세상과 단절된 삶을 살고 있어요. 그리고 배고픔과 정신적인 스트레스에 시달리고 있죠. 우리는 수십 년째 계속되는 이 비극을 끝낼 수 있을까요? 정말 인간은 곰의 쓸개즙이 필요한 걸까요? 좋은 약도 많이 개발된 세상에서, 곰의 쓸개즙을 꼭 먹어야만 하는 걸까요?

고슴도치가 된
상어

길은 좁고 길어 걸음은 더디고 다리는 무겁고 힘겨워 길은
짧아지지 않네.

메테는 나에게 위로와 경고의 의미로 말을 건넸다. 우리 앞에
펼쳐진 길이 위험하니 눈을 크게 뜨고 조심해서 움직이라는 것
이었다. 나는 정신을 다잡고 앞을 봤다.

그것은 마치 거대한 괴수의 아가리 같았다. 인간 한 명이 통과
할 수 있을까 말까 한 정도의 구멍을 가득 메운 가시덤불은 위협
하듯 우리를 조여오는 것 같았다. 정확히 말하면, 그곳은 수없이
많은 가시들이 삐죽삐죽 튀어나와 하나의 큰 구멍을 만든 것 같
았다. 무슨 이유로 그렇게 많은 가시가 필요한 것일까. 그 가시들
은 무엇을 찌르려고 날을 세웠을까. 도무지 알 수 없는 마음을 이

끌며 우리는 구멍 속으로 기어들어갔다.

만일 내가 고개를 조금이라도 들지 않으면 가시에 찔리지 않았을 것이다. 내가 양쪽으로 조금도 기울어지지 않고 곧게 나아갈 수 있다면 가시가 내 몸을 파고들지 않았을 것이다. 그러나 뾰족하고 날카로운 가시들은 작은 실수도 용납하지 않고 내 살을 파고들었다. "아야!" 바늘에 찔릴 때마다 나는 깊고 따갑게 쑤시는 통증에 작은 비명을 질렀다. 그때마다 메테는 나에게 방향을 알려주었지만 소용없었다. 이것이 지옥이구나. 옴짝달싹 못하게 괴롭히는 정체 모를 것들로 가득한 이곳이야말로 지옥이구나. 이유라도 알 수 있다면 좋으련만. 어째서 나는 이런 고통을 당하고 있는가.

이마와 머리를 시작으로 어깨와 옆구리, 등과 다리 할 것 없이 가시에 찔리고 나서야, 그 지옥 같은 가시 덤불을 통과할 수 있었다. 나는 지치고 괴로운 몸을 이끌며 겨우 빠져나온 구멍 앞에 엎어졌다. 다행히 메테는 많이 찔린 것 같지 않았다. 그래서인지 나에게 다가와 내 머리며 얼굴과 코를 핥았다. 고양이 혀의 까끌거리는 느낌이 났지만 싫지만은 않았다.

그사이 발견한 것이 있었다. 아마도 그 장면을 보지 않고는 상상하기 힘들 것이다. 그것은 거대한 고슴도치 같은 모습이었다. 나는 그것을 고슴도치로 생각했다. 그것의 등에는 수많은 바늘이 박혀있었기 때문이다. 다만 그것의 크기가 나보다 더 컸기에 '지옥에서 나타난 고슴도치'라는 엉뚱한 생각이 들었다. 그것은

엎드린 채 꿈쩍도 하지 않고 있었다. 나는 메테에게 거대한 고슴도치에 관한 이야기를 했다. 그러자 메테는 나의 모습을 보라고 일렀다. 나는 근처에 있는 연못에서 나의 모습을 비춰보았다. 나역시 고슴도치가 된 것처럼 온몸이 바늘로 뒤덮여 있었다. 나는 몸을 힘겹게 움직여 몸에 붙은 바늘을 빼내기 시작했다. 바늘을 다 뽑고서, 메테와 나는 거대한 고슴도치로 생각했던 무언가에게 가까이 갔다.

다가가서 보니, 그것은 고슴도치도 아니고 괴물도 아니었다. 상어였다. 상어가 지쳐 쓰러져 있었던 것이다. 나처럼 온몸에 바늘이 꽂힌 채 말이다. 상어는 말할 힘도 없었는지 우리를 보고도 반응을 보이지 않았다. 일단 나는 상어의 몸에 박혀있는 바늘을 빼내기 시작했다. 덩치 큰 상어의 몸에는 많은 바늘이 박혀있었고, 바늘이 몸속 깊이 들어가 있었기에 제거하는 데 오랜 시간이 걸렸다. 어쨌든 바늘을 다 뽑아버렸다. 이상한 점은 그렇게 했음에도 상어는 우리에게 아무런 반응을 보이지 않았다는 것이다. 순간 나는 상어의 눈과 살짝 벌어진 입 사이로 보이는 날카로운 이빨을 보고는 겁을 먹고 뒤로 물러섰다. 혹시나 상어가 나를 공격하면 어쩌나 하는 무서움과 불안 때문이었다. 그제야 상어는 몸을 살짝 움직여 나를 바라보았다. 그리고 말했다.

"내가 무섭나?"

나는 상어의 말이 뜻밖이어서 잠시 당황했지만, 그의 질문에 그렇다고 대답했다. 그러자 상어는 이렇게 말했다.

"너는 인간인 것처럼 보이는데, 인간이 상어를 무서워 하다니 흥미롭군."

나는 상어의 말이 더 당혹스러웠다. 자신이 얼마나 무시무시한 존재인지 모르는 듯 상어는 인간이 무섭다고 말했던 것이다. 지구 최강의 동물이자 원시 지구에 생명체가 탄생한 이후로 별다른 진화를 거치지 않은 몇 안되는 동물 중 하나가 상어다. 완벽한 전투력을 갖추고 바다의 제왕으로 군림하는 그들이 인간을 두려워 하다니. 당장 저 상어와 인간인 나를 비교해도 누가 더 강한지는 겨뤄볼 필요조차 없을 텐데도 말이다. 그런데 상어가 그렇게 생각한 것에는 이유가 있었다.

"나는 '도노'라고 한다. 나는 태어나서 두렵다거나 무섭다는 생각을 해본 적이 없다. 고래만 피하면 바다의 모든 생물들은 먹잇감이나 다름없으니까. 하지만 본 적도 없는 인간의 존재를 알고부터, 두려움이란 것이 무엇인지 알게 되었다. 인간은 피하는 게 상책인 족속이란 것도 알게 되었다. 그러나 직접 보기도 힘든 그 인간에게서 벗어나는 것은 너무도 어려웠다. 아니, 불가능했다. 보이지 않는 죽음의 사자. 그것이 바로 인간이다."

말을 꺼낸 도노는 지금 우리가 지나온 통로를 가리키며 다시
말했다.

"너희가 지나온 통로를 보라. 매일 우리는 저 통로를 지난다.
저 길은 우리가 먹고사는 삶의 터전이다. 매일 저 길을 지나야 하
는 우리의 심정을 알겠는가? 어떻게 생겼는지도 알 수 없는 인간
이 우리가 매일 지나다니는 길에 바늘을 촘촘히 박아놓았다. 열
개, 백 개, 천 개, 만 개, 거기에 또 만 개 그리고 또 만 개. 그 바늘
에 한 번도 걸리지 않고 피해 다닐 수는 없다."

"그렇다면 다른 쪽으로 다니면 되지 않을까? 바다는 넓다."

나는 궁금해서 도노에게 말했다. 그러자 도노가 대답했다.

"바다에도 길이 있기에 길을 쉽게 바꿀 수도 없다. 하지만 길
을 바꾼다 한들 무슨 소용이 있으랴. 인간은 우리가 가는 길에 또
바늘을 깔아놓을 텐데. 그래서 무섭다. 인간이."

도노는 나에게 따라오라는 몸짓을 했다. 메테와 나는 도노를
따라갔다. 도노는 아까 보았던 연못으로 몸을 움직여 쏙 들어갔
다. 우리 역시 그곳으로 들어갔다. 연못은 우리 모두를 깊은 곳으
로 안내했다. 아래로 아래로, 한참을 내려갔다.

깊고 깊은 곳에는 상어들이 모여있었다. 우리가 등장하자, 상어들은 몸은 움직이지 않은 채 시선만 우리를 향하는 것이 보였다. 그들이 그렇게 꼼짝 않고 우리를 바라보기만 하는 데는 이유가 있었다. 그들 모두에게 지느러미가 없었기 때문이다. 모든 상어의 지느러미는 잘려나가 지느러미가 있어야 할 자리에는 흔적만 남았고 그들은 헤엄치지도 사냥하지도 못한 채 바다 깊숙한 곳으로 가라앉아 죽을 날만 기다리고 있었다. 도노는 말했다.

"인간은 얼마나 무서운가. 인간들은 상어를 산 채로 잡아 지느러미만 칼로 잘라낸다. 지느러미가 없어진 상어는 바다에 버려진다. 상어는 통나무와 같은 몰골이 되어 바닷속으로 가라앉는다. 살아있지만 아무것도 하지 못한 채 죽은 것이나 다름없는 상태로 바다에 가라앉아 죽어간다. 우리는 인간이 왜 그러는지 이해하지 못한다. 우리를 잡아먹는 것도 아니고 우리를 죽이기 위한 것도 아니다. 헤엄치지 못하게 만들고 서서히 죽어가기를 즐기는 것만 같다. 왜 인간은 우리가 비참하게 죽는 것을 원하는가."

도노의 말에 바닥에 누워있는 상어들이 하나둘씩 말하기 시작했다.

"인간은 악마다."
"인간은 무섭다."

"인간은 괴물이다."

그러더니 상어들 사이에서 나의 팔과 다리도 똑같이 자르자는 말이 나오기 시작했다.

"잘라라!"
"잘라라!"
"잘라라!"

상어들의 외침에 도노는 나를 보면서 받아들이라는 듯 이빨을 드러냈다. 그 순간, 도노의 눈빛이 검게 변해 안구 전체를 가득 채웠다. 상어 도노의 거대한 턱은 나의 팔과 다리를 한 번의 공격으로 잘라버릴 수 있을 것 같았다. 그때 메테가 나섰다.

"이보시오, 도노. 그리고 상어 친구들이여. 그대들은 악마라고 불렀던 인간의 행동을 그대로 흉내내려는가. 더구나 여기 있는 인간은 그대들에게 해를 끼치기는커녕 오히려 곤경에 처한 그대들에게 도움을 주려고 애썼다. 보라. 그 역시 이곳을 오기 위해 수없이 많은 바늘에 찔렸고, 그런 몸을 하고도 도노의 몸에 붙어있는 바늘마저 뽑아주었다. 이렇게 그대들이 고통받는 모습을 직접 눈으로 본 인간마저 움직일 수 없게 만든다면 그대들의 사정을 전해줄 자 누가 남겠는가."

메테의 말을 들은 상어들은 도노에게로 시선을 옮겼다. 도노는 자신의 몸을 보면서 그 사실을 인정했다. 그래서였는지 그의 눈을 가득 채웠던 검은빛은 사라지고 평범한 눈으로 돌아왔다. 다른 상어들도 아무 말 없이 도노와 우리를 번갈아 보기만 했다. 도노는 말했다.

"내일도. 또한 모레도. 우리가 가는 길에는 인간이 걸어놓은 바늘이 빼곡히 가득 차있을 것이다. 우리는 피하지 못하고 잡힐 것이며 온몸이 바늘자국투성이가 될 것이다. 그리고 지느러미도 잘린 채 죽어가겠지. 하지만 잘 들어라, 인간이여. 그렇게 마음껏 우리를 잡아서 농락할 날도 머지않았다. 이제 우리의 수는 얼마 남지 않았으니까."

나의 귓가에 도노의 말이 몇 번이고 울리는 것을 느꼈다.

상어는 바다 세계의 절대 강자로, 바다에서 수영하다가 상어를 만나다면 생각만 해도 공포스러울 거예요. 하지만 현실에서 상어보다 더 무서운 존재는 인간이랍니다. 인간은 상어를 말 그대로 닥치는 대로 낚아요. 그렇게 할 수 있는 이유는 '연승어업'이라는 방법을 쓰고 있기 때문이에요. 연승어업이란, 긴 밧줄에 낚싯줄을 매달아 놓고 지나가는 물고기를 잡는 방법인데요. 바닷속에는 이런 밧줄이 1,000km 넘게 이어져 있어요. 그 밧줄이 있는 곳이 생활공간인 물고기라면 피해갈 수 없겠죠?

특히, 상어는 점점 더 많은 개체가 잡히고 있어 멸종위기에 처해있어요. 샥스핀Shark's fin이라는 요리를 들어보셨나요. 상어의 지느러미만 잘라서 만든 요리이지요. 이외에도 화장품이나 영양제에 쓰일 부분만 빼면 상어는 더 이상 필요없기에 마치 인간이 팔다리가 잘린 것처럼 지느러미가 잘린 채 바다에 버려져요. 지느러미를 잃은 상어는 헤엄치지 못하고 산 채로 바다 밑으로 가라앉아 죽어가죠. 인간에게 샥스핀은 얼마만큼의 의미를 가지고 있을까요? 상어에게 있는 지느러미만큼 중요한 것일까요?

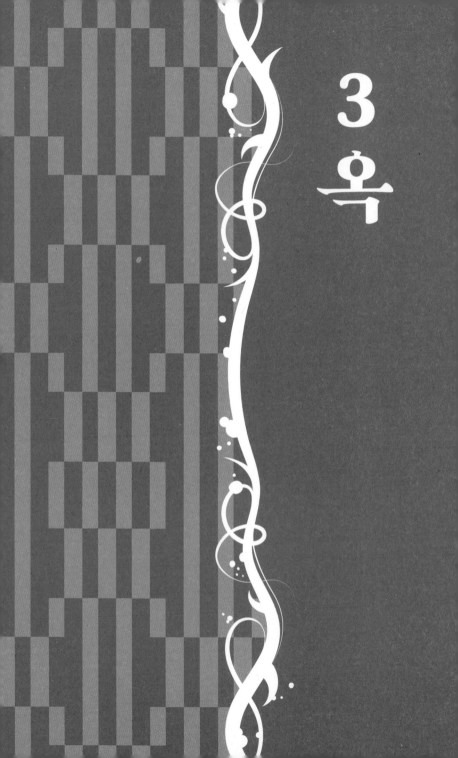

3
옥

내 앞에 펼쳐진 길은 속절없이 앞으로 앞으로 뻗어있으나
나의 길이 아닌지라 내가 가려던 방향이 아니고
내 앞에 놓인 길은 여러 갈래로 나뉘어 있으나
내 원하는 바 없어 그 어떤 길도 나의 발길을 당기지 않네

메테는 우리가 3옥의 입구에 왔음을 알려주었다. 3옥은 단지
인간의 재미 때문에 자신의 삶을 빼앗긴 동물들이 고통받는 곳
이라고 메테는 설명해 주었다. 누군가 다른 사람을 재미로 괴롭
힌다면 그거야말로 비열하고 잔혹한 일이겠지만, 그런 일이 동
물들에게 벌어지고 있다는 것을 나는 상상하지 못했다.

거대한 절벽이 메테와 내 앞에 모습을 드러내자 나는 두려움

이 앞섰다. 우리는 그 절벽을 넘어 건너편으로 이어진 길을 가야 했다. 절벽 아래는 끝을 알 수 없는 깊은 어둠이 드리워져 있었고 옅은 안개가 아래로부터 서서히 피어올라 그 안을 가득 채웠다. 내가 그 아래로 떨어진다면 어떻게 될까, 하는 상상을 은연중에 했다. 그렇게 된다면 나는 나의 길로 돌아오기 위해 영겁의 세월을 허비해야 할지 모른다. 천국도 지옥도 어느 곳도 아닌 곳을 헤맬지도 모른다.

다행히 메테가 다리를 하나 발견했고, 나를 인도해 주었다. 다리는 부러질 듯 아주 가는 나무로 되어있었다. 마치 사다리를 눕혀 다리처럼 사용하는 것처럼 보였다. 그렇기에 절벽 아래로 떨어질지 모른다는 불안감이 온몸을 감싸 덜덜 떨게 만들었다. 메테가 먼저 발걸음을 옮겼고, 안전하다는 신호를 내게 보냈다. 나는 안심하고 오른발을 사다리 위에 올려놓았다. 그러자 사다리가 흔들거려 서있을 수 없었다. 고양이의 날렵한 움직임에는 문제없었던 다리가 무거운 인간의 체중을 견디기는 어려운 것으로 보였다. 하는 수 없이 나는 엎드린 자세로 두 개의 손과 두 개의 발을 모두 사용해 사다리를 건너기로 했다. 이번에는 절벽 아래가 그대로 보이는 바람에 무서워서 앞으로 나아갈 용기가 나지 않았다. 그러는 사이 나도 모르게 몸을 덜덜 떨었던 것 같다. 내 몸이 떨리는 만큼 사다리 역시 떨렸을 것이다.

그렇게 사다리가 떨리는 바람에 어떤 신호가 어딘가에 보내졌던 것 같다. 절벽 아래 안개 속에서 무언가 나타났다. 그것은 거대한 뱀의 모양을 하고 있었다. 내가 놀랐던 것은 그것의 크기도 크기였지만, 온몸이 돌로 되어있었기 때문이다. 돌로 만들어진 거대한 뱀의 형상이 절벽을 타고 올라와 사다리를 몸으로 감은 채 우리를 내려다보면서 말을 걸어왔다.

"너희 하찮은 것들은 무슨 자격으로 이 신성한 다리를 건너려 하느냐?"

이 말에 메테는 대답했다.

"우리는 세상 저편의 인간 세계로 가는 길입니다. 나는 미요 메테 갸르노 파쏘 메롱으로, 길을 안내하고 있고 내 옆에 있는 자는 죽지 않은 인간으로 빠또야라고 합니다. 이 길을 지나 인간 세계로 갈 수 있도록 길을 내어주십시오."

이에 뱀의 형상은 말했다.

"나는 용이 되지 못한 채 신의 대리인이 되어 이곳을 지키는

'이무기'다. 너 미요 메테 갸르노 파쏘 메롱에 대해서는 잘 알고 있고, 필요하다면 나의 영역을 여행하는 것에 문제가 없다. 허나, 빠또야라고 하는 죽지 않은 인간에 대해서는 들어본 바가 없다. 그의 통행은 허락할 수 없다."

그렇게 말하면서도 이무기는 돌로 된 커다란 얼굴을 나에게 가까이 대고는, 돌로 된 혀를 날름거리며 내 몸 이곳저곳을 탐색했다. 나는 다리에 엎드려 있는 상태였기에 눈은 정면을 바라본 채 꼼짝도 하지 않았다. 메테가 다시 한 번 설득했으나 이무기는 별다른 반응을 보이지 않고 나를 탐색하며 그 자리에서 꼼짝도 하지 않았다. 그러더니 이무기가 입을 열었다.

"나의 소원을 들어주면, 내가 넓은 마음으로 너희를 지나가게 해주겠다."

메테는 이무기의 소원이 무엇인지 들어보기나 하자는 심정으로 말해보라 했다. 그러자 이무기는 말했다.

"나는 용이 되지 못하여 이렇게 죽은 몸을 가지고 죽은 자들의 세상에서 살고 있다. 그런 이유로 살아있는 날개를 갖는 것이 나

의 소원이다."

그 말에 메테는 답했다.

"보시다시피 우리에게는 그대에게 줄 날개가 없습니다."

하지만 이무기는 물러서지 않고 말했다.

"인간에게는 아주 탐스러운 날개가 머리에 달려있구나."

이무기는 내 얼굴을 관찰하며 말했다. 나의 귀를 달라는 말이었다. 나는 잠시 당황했지만, 마음의 결정을 할 새도 없이 이무기는 나의 귀를 잘라갔다. 그 덕에 우리는 사다리를 건너 길을 계속 갈 수 있었다. 나의 귀가 이무기의 날개로 어울릴지 모르나, 나는 얼굴에서 귀가 사라진 채 메테와 3옥의 저편으로 걸어가기 시작했다.

두 발로 걷는 개

　나에게 닥친 시련은 나에게 재능이 없어서가 아니라 그 재능을 발휘할 용기가 없어서 시작되었다. 그와 같은 이유로, 나에게 시련은 귀가 없어서가 아니라 그 귀가 없어도 들을 수 있는 소리마저 듣지 않았기 때문이다.

　그것이 나의 등짝을 후려쳤을 때, 그 찢어지는 고통을 나는 잊을 수가 없다. 내가 뒤돌아볼 새도 없이 그 무언가는 나의 등짝을 한 번 더 후려갈겼고, 나는 그대로 고꾸라지고 말았다. 거기에는 믿을 수 없게 생긴 것이 나를 노려보고 있었고, 그것이 긴 파이프를 들고 나를 때렸던 것이다.

　그것은 한마디로 표현하면 괴조怪鳥였다. 얼굴은 인간이나 몸은 새의 모습을 하고 있었다. 눈썹은 없었으나 눈이 크고 동그란

모양이며 코는 만두를 갖다 붙여놓은 것처럼 덩어리가 굵고 볼품 없었다. 입은 좌우로 크게 찢어져 있었는데 입을 벌리니 그 안에 는 날카로운 이빨이 촘촘히 박혀있는 것이 보였다. 그런 얼굴 모 양에 긴 머리카락을 정리하지 않고 늘어뜨린 채였고 이마에는 머 리를 두른 끈이 있었다. 그런 얼굴이 목 없이 몸뚱어리에 붙어있 는 것처럼 보였는데, 머리에 비해 작은 몸통은 새의 것과 비슷해 보였다. 그리고 몸통은 까마귀처럼 온통 검은색으로 뒤덮여 있었 다. 특이한 것은 날개 끝에 각각 다섯 개의 손가락 같은 것이 붙 어있어 날개는 날개이면서 동시에 손이기도 한 것으로 보였다.

그 괴조는 한쪽 손에 파이프를 들고 있었는데, 그것이 나의 등 짝을 때린 도구였다. 그 파이프는 훌라후프를 삼분의 일로 잘라 만든 것처럼 생겼다고 하는 게 가장 정확했다. 짝! 소리를 내며 나의 등짝을 파이프로 한 번 더 때린 괴조는 이렇게 소리쳤다.

"이것은 완전히 괴상한 생명체구나. 인간이긴 인간인데 귀가 떨어져 나간 인간이라. 아주 흥미롭게 생긴 녀석이구나. 이런 녀 석이라면 돈벌이가 되고도 한참 남겠다."

그러더니 메테에게는 이렇게 말하는 것이었다.

"네 녀석은 아주 쓸모없게 생겼구나. 말 안 듣는 귀족 고양이 만큼 귀찮은 것이 또 있을까?"

말이 끝남과 동시에, 괴조는 메테의 어깨를 발로 붙잡고 어딘가로 날아가 버렸다. 순간적으로 벌어진 일이라 메테는 깩, 하는 신음소리만 짧게 냈을 뿐 고양이다운 저항 한 번 못하고 괴조에게 끌려가고 말았다.

홀로 남은 나는 극심한 두려움으로 벌벌 떨어야 했다. 나는 지금 도망쳐야 하는 것인가. 아니면 메테를 찾아나서야 하는 것인가. 도망을 친다면 메테 없이 어디로 가야 맞는 길이며 메테를 찾아간다면 무엇을 단서로 방향을 잡아야 그를 만날 수 있단 말인가. 내가 고민하는 사이 괴조가 돌아오고 말았다. 괴조의 옆에 메테는 없었다. 나에게 다가온 괴조는 두 발로 내 어깨를 움켜쥐고는 그대로 날아올랐다. 나 역시 괴조에게 매달려 어디론가 끌려갈 수밖에 없었다.

내가 끌려간 곳에는 두 마리의 개와 한 마리의 원숭이가 있었고 악어도 있었다. 그들 각각은 쇠창살이 있는 작은 상자에 갇혀있었는데, 괴조가 등장하자 바짝 긴장한 듯 자세를 바로잡았다. 괴조가 나를 땅바닥에 내동댕이친 후 손에 들고 있던 파이프를 바닥에 내리쳤다. 그러자 펑 하는 큰 소리가 울렸다. 내 몸이 아니라 바닥에 내리쳐 난 소리였지만, 그 소리를 듣자 나는 등짝의 통증이 머릿속에 떠올라 벌떡 일어나 앉았다. 상자 안에 갇혀있던 동물들 모두 움찔했다. 괴조는 내가 앉아있는 주위를 빙글빙글 돌며 파이프를 내리쳐 굉음을 냈다. 나는 그 소리를 들으면 들

을수록 소름이 끼쳐 정신이 나갈 지경이었다. 그 소리는 계속되었다. 나는 괴로움에 참을 수 없어 두 손으로 얼굴을 감싸고 귀를 막았다. 손에 전해지는 감각으로 판단했을 때 귀는 사라지고 없었다. '이무기'에게 빼앗겨 버린 그대로였다. 다만 귓바퀴는 사라졌어도 그 자리에 구멍은 남아있어 소리를 들을 수는 있었다. 하지만 소리가 명확하지 않고 웅웅 하며 울렸다.

내가 손으로 귓구멍을 막자 괴조는 파이프를 바닥에 내리치는 것이 아니라 나를 다시 후려갈겼다. 이번에는 등짝이 아니라 머리를 때리는 바람에 두개골이 울려 충격은 아까보다 더 심하게 느껴졌다. 나는 정신을 바짝 차리고 무릎을 꿇고 앉았다. 괴조의 파이프 공격은 아까처럼 계속되었다. 그러다 화가 난 건지 파이프 내려치기를 멈추고 말했다.

"이 물건은 멍청하기 짝이 없구나. 인간인 데다 재미나게 생겨 재주가 많을 줄 알았더니 형편없는 녀석이었구나. 이런 바보 같은 물건을 어디다 쓸까. 너는 내가 죽여서 저기 있는 녀석들의 먹이로 줘도 아깝지 않을 정도다. 두 눈을 뜨고 똑바로 보아라. 네가 얼마나 쓸모없는 녀석인가를!"

이런 말을 하며 첫 번째 상자를 열었다. 첫 번째 상자 안에 있던 것은 '백구'라고 불리는 개였는데, 문이 열리자 괴조 앞으로 잽싸게 뛰어와 앞다리를 가슴에 모아 들고 다리를 구부려 앉는

168

자세를 취했다. 이어서 괴조가 파이프를 앞으로 세워 들자 백구는 여전히 앞발은 가슴에 모은 채 뒷다리를 펴 두 다리로 선 자세를 취했다. 그다음에는 괴조가 파이프를 빙글빙글 돌리기 시작했다. 그러자 백구는 두 다리로 선 자세에서 파이프가 바닥에 닿을 때마다 제자리 뛰기를 하여 줄넘기를 하는 듯한 동작을 했다. 괴조는 파이프를 계속 돌려댔고 백구는 두 다리로 제자리 뛰기를 계속했다. 그런 동작은 괴조가 파이프 돌리기를 멈출 때까지 계속되었다. 괴조가 파이프 돌리기를 멈추고 다시 파이프를 앞으로 세워 들자, 약속한 것처럼 백구는 한쪽으로 뛰어가 처음에 했던 자세처럼 앞다리를 가슴에 모아 붙인 상태로 정면을 응시한 채 부동자세를 했다.

이번에는 두 번째 상자가 열렸다. 거기에는 '황구'가 있었는데, 황구 역시 문이 열린 즉시 괴조 앞으로 뛰어와 백구와 똑같은 자세를 취했다. 괴조가 이번에는 황구 앞에다 파이프를 좌우로 흔들었다. 한 번은 위쪽 한 번은 아래쪽으로 위치가 번갈아 움직였다. 황구는 파이프가 위쪽으로 움직일 때는 바짝 엎드리고 아래쪽으로 움직일 때는 제자리에서 펄쩍 뛰었다. 역시 이 동작을 반복했다. 마치 권투 선수가 상대방의 공격을 피하는 동작 같았다. 아까와 같이 이 동작이 이어지다가 괴조가 파이프를 세워 들었고 황구는 그 신호에 맞춰 백구 옆으로 뛰어가 백구와 같은 자세를 했다.

다음으로 나온 원숭이는 알아서 인간의 옷을 입고 인간의 모

자를 쓴 후 자신의 몸에 맞게 만든 자전거를 타고 바이올린 연주를 했다. 연주는 시늉뿐 소리가 나지는 않았다. 그의 수준급 연기에 나는 놀랐지만 원숭이는 당연하다는 듯 연기를 했고 중간중간 곁눈질로 괴조의 반응을 살폈다. 원숭이 역시 괴조의 신호에 따라 황구 옆으로 뛰어가 섰다. 자세는 백구와 황구가 하고 있는 것과 같았다.

마지막으로 갇혀있던 악어가 등장했다. 악어는 괴조의 신호에 따라 앞으로 나왔다. 그리고 괴조가 파이프를 높이 들어올리자 입을 쩍 하고 크게 벌렸다. 그리고는 꼼짝도 하지 않은 채 입을 벌리고 있었다. 괴조는 파이프를 들어올린 손을 움직이지 않았고, 악어 역시 눈에 보이지 않는 개구기라도 낀 듯 벌린 입을 움직이지 않았다.

그때, 악어의 입이 턱 하고 닫혔다. 괴조는 파이프를 든 상태였다. 당황한 듯 악어는 다시 입을 벌렸지만 괴조는 파이프로 사정없이 악어의 입을 내리쳤다. 악어는 미동도 하지 않았다. 괴조는 다시 한 번 악어의 입을 소리가 날 정도로 세게 내리쳤다. 역시 악어는 움직이지 않고 고통을 참아냈다. 그 소리가 얼마나 공포스러웠는지 백구와 황구는 물론 원숭이와 나도 움직일 수 없었다. 괴조가 다시 한 번 악어의 이마에 파이프를 내리쳤을 때 이상한 일이 벌어졌다. 백구가 갑자기 자기 자리에서 벗어나 아무것도 없는 허공에서 두 발로 줄넘기를 하는 것이었다. 백구는 공포에 질려 괴조의 폭행이 있을까 두려워 자신도 모르게 훈련된 동

작을 시작했던 것이다. 백구의 그런 모습을 보면서 괴조는 기괴한 미소를 지었다.

"잘 보았느냐. 이제 네 차례다. 멍청한 인간아."

괴조는 나에게로 시선을 돌린 후 공 하나를 내가 있는 방향으로 굴리며 말했다. 괴조는 나에게 공 위에 올라가 공을 굴리라고 무섭게 말했다. 나는 자신이 없었지만 겁이 나 시키는 대로 할 수밖에 없었다. 그러나 나는 공 위에 올라가기는커녕 공 위에 두 발을 올려놓지도 못하고 나가떨어지고 말았다. 내가 실패하자 그 즉시 괴조의 무기가 내 머리를 때려댔다. 나는 두개골이 깨질 것 같아 하는 수 없이 공 위에 올라갔지만 역시 성공하지 못하고 나자빠졌다. 여지없이 괴조의 공격이 이어졌다.

"귀도 없는 인간아. 너 역시 세상에 나왔을 때는 무슨 재주라도 갖고 나왔을 터인데, 그것이 무엇이기에 이토록 멍청하단 말이냐."

괴조는 조롱하듯 나를 괴롭혔고 다시 공 위에 올려놓았다. 나는 괴조에 대한 공포 때문에 어떻게든 공을 굴리려고 했지만 마음대로 되지 않았다. 결국, 나는 이 지옥을 벗어나지 못하고 괴조에게 맞아 죽고 마는 것인가. 메테도 없는 이곳에서 나는 무엇을

할 수 있단 말인가.

그때였다. 나를 부르는 메테의 소리가 들렸다. 아니다. 그것이 메테가 나를 부르는 소리였는지 괴조가 나를 때리는 소리였는지 정확하지 않았다. 분명한 것은, 메테가 다시 나타났다는 사실이 었다. 게다가 메테는 홀로 등장한 것이 아니었다. 메테가 이무기를 타고 있었던 것이다. 더욱 놀라운 것은 이무기는 나의 귀를 날개 삼아 잘 날고 있었다는 사실이다. 나의 귀가 한껏 더 소중하게 느껴졌다. 이무기는 하늘에서 내려와 괴조를 큰소리로 꾸짖기 시작했다.

"네 이놈, '비루하피'야. 너는 지금 여기서 무슨 짓거리를 하고 있는 것이냐. 이들은 내가 특별히 허락한 여행자들임에도 감히 네가 무슨 자격으로 이들에게 몹쓸 짓을 하고 있단 말이냐."

아마도 괴조의 이름이 비루하피인 듯했다. 이무기의 호통에도 비루하피는 물러설 기미가 없는 것 같았다. 오히려 거리낄 것 없 다는 듯 이무기에게 대항했다.

"나는 내 할 일을 할 뿐이니 문지기는 문지기의 일이나 하시구 려."

그 말을 듣자 이무기는 비루하피에게 말했다.

"네놈이 나의 관대함이 크지 않다는 것을 잊었구나. 마침 잘됐다. 내가 가진 것보다 더 근사한 날개가 네 몸에 붙어있는 것 같으니."

이무기는 그대로 비루하피를 한입에 삼켜버렸다. 비루하피의 날개는 먹지 않고 남겨두었다. 그리고 나의 귀가 있던 자기 옆구리 자리에 비루하피의 날개를 붙였다. 새로운 날개를 가진 이무기가 잠시 날개로 썼던 나의 귀를 돌려주었다는 사실은 꼭 말해두고 싶다. 이무기는 손이 달린 비루하피의 날개를 달고 날아올라 사라졌다. 이제 이곳에 평화가 찾아온 것일까. 하지만 백구와 황구, 원숭이와 악어는 아까 그 자세를 여전히 바꾸지 못하고 있었다.

여러분들은 동물들이 인간처럼 행동하거나 묘기를 보여주는 동물 쇼를 본 적이 있을 거예요. 그런 장면을 보면, 어떻게 동물들이 그런 동작들을 척척 해낼까 궁금한 생각이 듭니다. 말도 통하지 않는 동물에게 인간이 원하는 동작을 시키기 위해서는 당근과 채찍이 필요해요. 맛있는 먹이로 보상을 주거나 고통과 공포를 주는 것이죠. 보상을 주는 방법은 오랜 시간이 필요해요. 그래서 돈벌이를 목적으로 하는 곳이라면 문제를 빨리 해결할 수 있는 방법을 선택하게 됩니다. 그렇기에 동물 쇼에는 폭력과 학대가 따라다닐 수밖에 없습니다. 인간에게 동물 쇼는 잠깐의 즐거운 놀이지만 동물들에게는 지옥 같은 삶을 살게 합니다. 그렇다면 인간의 선택은 명확하지 않을까요?

동물보호법 제10조(동물학대 등의 금지)

제2항

누구든지 동물에 대하여 다음의 행위를 하여서는 아니 된다.

제3호 도박, 광고, 오락, 유흥 등의 목적으로 동물에게 상해를 입히는 행위. 다만, 민속경기 등 농림축산식품부령으로 정하는 경우는 제외한다.

싸우기 싫은 싸움소

　우리가 길에서 무엇을 발견했는지 이야기한다면, 의아한 생각이 들지도 모르겠다. 만일 그것을 일상에서 발견했다면 나의 시선을 끌지 못했으리라 생각한다. 이상하게도 그것은 나의 눈에 들어왔고 유심히 보게 만들었으며 손에 집어들도록 이끌었다. 길 한복판에 놓여있던 그것은 뿔이었다. 표면은 매끄럽지만 단단하고 힘에 차있는 느낌이 들었다. 그러나 잘린 단면은 어떤 힘에 의해 억지로 뜯겨버린 듯한 모양이었다. 나는 그 뿔의 주인을 찾아주고 싶었다. 그런 생각이 든 이유는, 그 뿔에 이름이 새겨져 있었기 때문이다. 그 이름은 한때 그 뿔이 붙어있던 몸, 그 뿔과 함께 완성된 몸의 주인이 갖고 있던 이름으로 보였다. 그 이름은 '돌쇠'였다.

　이름만으로 뿔의 주인을 찾는다는 건 쉬운 일이 아니었기에,

나는 가는 길에 만난 나무에게 물어보기로 했다. 그 나무는 줄기가 통통하고 귀여운 모양이었는데 위로 갈수록 가늘어 졌으며 꼭대기에만 가지가 집중적으로 무성하게 뻗어있었다. 그 나무의 가지가 붙어있는 경계선에 인간의 얼굴을 닮은 눈과 입이 도드라져 보였다. 그래서 나뭇가지들이 마치 머리카락처럼 보였다. 나는 나무에게 그 뿔을 보여주면서 뿔의 주인이 누구인지 아느냐고 물었다. 나무는 이 길의 끝에 가면 알 수 있을 것이라 했다. 그러면서 내가 가야 할 길의 방향을 알려주었다. 메테와 나는 나무가 알려주는 방향대로 발길을 옮겼다.

쿵, 쿵, 쿵.

나무가 알려준 길의 끝에서 들리는 소리는 둔중한 무엇인가가 부딪히는 소리였다. 그 소리의 주인공은 커다란 소였다. 소 한 마리가 통나무에 자신의 머리를 들이박고 있었다. 그 소는 황색 털을 가지고 있었는데, 내가 아는 소보다 덩치가 훨씬 컸고 몸에 근육이 많았다.

나는 소에게 왜 나무에 그렇게 하는지 물었다. 소는 나의 물음에 순간적으로 하던 것을 멈추더니 나를 바라보았다. 그가 머리로 나무를 타격할 때 보여줬던 힘찬 모습에 비해 그의 눈은 생기 없이 멍했다. 그리고 아무 대답도 하지 않았다. 부드러운 분위기는 아니었기에 나는 대답을 기다리는 대신 내가 가지고 있던 뿔

에 대해 아는지 물었다. 그러자 소의 눈빛이 무섭게 돌변하더니 그 뿔을 들이받아 날려버렸다. 그렇게 한 후 단호하게 말했다.

"하드로. 겁쟁이에게 전해라. 나와의 결투에서 패배한 것에 대해서는 조롱할 생각이 없다. 그러나 끝까지 도망친다면 그것은 절대 용서할 수 없다."

소는 메테와 나에게 알 수 없는 말을 남기고 가버렸다. 그의 다리에는 모래주머니가 주렁주렁 달려있었고, 허리에 묶어 뒤쪽으로 길게 늘어뜨린 밧줄에는 육중한 돌이 매달려 있었다. 그는 무거운 것을 질질 끌면서 힘겹게 움직였다. 나는 소가 날려버린 뿔을 급하게 집어들고는 그 소를 따라가기로 했다. 소는 빠른 속도로 움직였고 그가 도착한 곳에는 둥그렇게 생긴 거대한 구조물이 자리 잡고 있었다. 메테는 그곳이 경기장이라고 했다. 그렇다면 로마의 콜로세움Colosseum에서 그랬던 것처럼 안에서는 어떤 규칙에 의해 무슨 일이 벌어지고 있다는 얘기였다. 그리고 무슨 일이 일어나고 있는지는 들어가보면 알 수 있을 터였다.

그 안은 종합 경기장과 유사했다. 가운데 넓은 운동장이 있었고 그 주위를 관중석이 원을 그리며 배치되어 있었다. 관중석은 돌로 된 거대한 인두人頭들이 가득 채우고 있었는데, 그들은 히죽거리기도 하고 눈을 부릅뜨기도 했으며 중얼거리도 했다. 인두

들이 낮은 소리로 떠드는 내용을 들어봤더니 누군가를 조롱하는 내용이었다. 가치 없는 똥자루. 바람 빠진 풍선. 겁쟁이 쫄보. 용기 없는 사자. 뿔 잃은 염소. 나는 뿔 얘기를 꺼낸 인두에게 가서 물었다. 뿔 잃은 염소가 의미하는 것이 무엇을 의미하는지 말해달라고. 나의 물음에 인두는 비열한 미소를 지으며 말했다.

"겁쟁이 하드로. 쫄보 하드로. 그가 여기에 나타나지 않는다면 더 이상 그 이름을 입에 올리지 않으리."

'하드로'라는 이름은 아까 만났던 소가 언급한 이름이었다. 그 인두가 하는 이야기를 요약해보면, 뿔 하나 잘린 싸움소가 도망을 갔다는 내용이었다. 그 말에 얼마나 많은 야유가 담겨있는지 나는 역겨움을 느꼈다. 그래도 뿔의 주인으로 보이는 하드로의 행방을 알기 위해 그가 있는 곳을 인두에게 물었고, 인두는 비웃듯 경기장 지하에 있는 방을 알려주었다. 그러면서도 아까 보았던 그 기분 나쁜 미소를 멈추지 않았다. 그사이 경기장 한가운데에는 아까 우리와 만났던 소가 모습을 드러냈다.

"카마라! 카마라! 카마라!"

돌로 된 인두들이 기분 나쁜 소리로 외쳐댔다. 그 소의 이름이 '카마라'인 것 같았다. 카마라는 인두들이 연호하는 소리를 들으

며 괴성을 질렀다. 카마라의 눈은 붉게 빛났고 머리에서는 뿔이 점점 길게 솟아났다. 그리고 그의 근육은 더욱더 울퉁불퉁해졌다. 그럴수록 인두들은 더 크게 카마라의 이름을 외쳤다. 동시에 겁쟁이 나오라는 소리도 들렸다. 아무래도 하드로라는 소에게 하는 말인 것 같았다.

우리는 경기장 지하로 내려갔다. 메테가 먼저 앞서서 탐색했다. 지하실은 어두운 긴 복도를 따라 양쪽에 여러 방이 이어져 있었다. 방마다 문이 하나씩 있었는데, 모든 문은 닫혀있었지만 복도 끝에 단 하나의 문이 열려있었다. 메테가 미리 가서 나에게 신호를 보냈고 나는 그쪽으로 서둘러 다가갔다. 안에는 커다란 소 한 마리가 앉아있었다. 머리에 뿔 하나가 없는 것으로 보아 그 뿔의 주인공인 것도 확실해보였다.

"당신이 하드로인가요?"

나의 물음에 그는 이렇게 말했다.

"나를 아십니까?"

나는 이름만 들었을 뿐 아는 것이 없다고 말했다. 그러면서 내가 가지고 있던 뿔을 보여주었다. 하드로는 그 뿔을 보더니 눈만 끔뻑거리면서 한참이나 그것에서 시선을 돌리지 못했다. 그리고

그것이 자신의 뿔이며 어떻게 나의 손에 들어가 있는지 궁금해했다. 나 역시 그것이 궁금했다. 그의 뿔이 왜 나의 손에 들어와 있는지 말이다. '돌쇠'라는 이름이 적힌 그 뿔.

하드로는 평범한 소였다. 단 하나, 평범하지 않은 것이 있다면 송아지 시절을 지나 소가 될수록 다른 소들보다 덩치가 조금 더 컸다는 것이다. 그래서였지만 하드로는 먹기도 많이 먹었다. 먹어도 허기가 졌던 하드로는 먹을 수 있을 만큼 계속 먹었다. 그러던 어느 날부터 이상한 일이 벌어졌다. 지금까지 먹어본 적 없는 것들이 하드로의 식탁에 올라왔다. 그것은 인간의 몸에 좋다는 보약이었다. 그 보약에는 무엇이 들어있는지 전부 알 수 없었으나, 소가 먹지 않는 뱀이나 염소가 들어있기도 했다. 또 바뀐 것이 있다면 친구 소들이 사는 곳과 다른 곳으로 가게 되었다는 사실이다. 그곳에서 하드로는 타이어가 붙어있는 나무를 들이받고 무거운 타이어를 몸에 연결해 끌었고 산에도 매일 오르내려야 했다.

하드로는 그런 일상을 받아들이며 고된 일들을 참아냈다. 기이한 일상은 또 다른 별난 세계로 이어졌다. 그것은 오랜 시간 어디론가 멀리 떠나는 트럭 여행이었다. 트럭을 타고 가는 여행과 트럭 안에서 기약 없는 기다림을 견뎌내는 것은 괴로운 일이었

지만, 그것보다 더 괴로운 일은 트럭이 도착하고 나서 벌어졌다. 처음 보는 소와 싸움을 해야 했던 것이다. 많은 인간들이 앉아있는 곳 한가운데에 처음 보는 덩치 큰 소가 있었고 무작정 하드로는 그 소와 싸워 이겨야 했다. 다행인지 불행인지 하드로는 그 소와 싸워 이겼는데 경기가 끝나면 다시 트럭에서 오랜 시간을 기다려야 했다. 그리고 다시 끌려가 처음 보는 소와 싸움을 했다.

"그때 인간이 나에게 붙여준 이름이 돌쇠였지요. 나의 원래 이름은 하드로입니다."

하드로는 돌쇠라는 이름으로 끌려다니며 싸움을 했다. 싸움 실력이 좋아 다른 소들이 꽁무니를 빼고 도망치게 만들었으나, 사실 하드로는 그러고 싶지 않았다. 다른 소를 뿔로 들이받고 머리에 상처를 주는 일도 하고 싶지 않았다. 하지만 하드로가 돌쇠라는 이름으로 승리를 많이 하면 할수록 싸움은 더 많이 생겼다. 나는 하드로에게 다른 소와 싸움을 하다가 뿔이 부러졌는지 물었다. 그러나 하드로는 예상치 못한 답을 했다.

"그 뿔은 내가 부러뜨렸습니다."

하드로는 더 이상 싸우고 싶지 않아 스스로 뿔을 부러뜨렸다. 그 후 싸움에서 이기지 않고 경기가 있으면 일부러 도망을 쳤다.

충분히 이길 수 있었지만 일부러 졌던 것이다. 그런 날이 반복되자 하드로의 생활은 더욱 괴로워졌다. 하루 종일 트럭에 갇혀있어야 하는 것은 물론이고 먹을 것조차 제대로 못 먹는 경우가 많았다. 결국 인간은 기다리지 않고 하드로를 도살장으로 보내버렸다.

지금까지 하드로는 카마라와 싸워야 하는 저주에서 벗어나지 못하고 있었다. 하드로는 결심한 듯 일어나 경기장 지하의 복도를 지나 경기장으로 갔다. 하드로가 경기장에 등장하자 인두들은 야유를 보내기 시작했다. 겁쟁이 하드로가 싸우는 법이나 아느냐는 식이었다. 카마라 역시 바보 같은 짓 그만하고 덤비라고 소리쳤다. 하지만 하드로는 개의치 않고 카마라에게 말했다.

"이봐, 카마라. 우리가 왜 싸워야 하는가. 난 너와 싸우고 싶지 않다. 싸울 이유가 없기 때문이다. 우리가 싸워야만 하는 유일한 이유가 있다면 저기 앉아있는 돌덩어리들의 야유와 조롱뿐이다. 그러니 싸움을 멈추자."

하드로의 말에 인두들의 조롱 섞인 야유 소리는 점점 더 커져갔고 우우우, 하는 소리가 경기장을 가득 채웠다. 급기야 하드로

를 죽이라는 말이 관중석을 가득 채웠다.

"카마라! 저 소리를 듣지 말고 정신을 차려라. 왜 우리는 싸워
야 하는가!"

그러나 하드로의 말이 끝나자마자 카마라는 하드로를 공격했
다. 하드로는 여전히 그의 공격에 맞서 싸울 생각이 없었다. 카마
라의 뿔이 하드로의 가슴을 뚫어버렸다. 인두들은 기분 나쁜 소
리를 내며 환호했다. 하드로는 그 공격에 그대로 몸이 부서져 돌
무더기처럼 바닥으로 쏟아져 내렸다. 하드로는 끝까지 싸우지
않고 사라졌다. 그러나 카마라의 마지막 공격을 당하면서도 싸
우지 않았던 하드로의 눈빛은 나의 가슴에 남았다.

한국에는 동물과 관련하여 아주 이상한 법이 하나 있어요. 그것은 '전통 소싸움경기에 관한 법률'이에요. 한국의 동물보호법은 인간에게 즐거움을 주는 목적으로 동물을 괴롭히거나 다치게 하는 것을 금지하고 있어요. 그런데 딱 하나만 예외를 두었는데, 그것이 바로 소싸움입니다. 소는 다른 소와 싸우기 위해 기형적인 훈련을 받고 먹어서는 안 되는 음식도 먹습니다. 그리고 싸우기 위해 오랜 시간 자동차를 타고 이동도 하죠. 무엇보다 괴로운 것은 영문도 모른 채 다른 소와 싸워야 한다는 것입니다. 다치거나 경기에서 지면 모든 책임은 소에게 돌아갑니다. 소가 싸우는 것을 보기 위해 특별법까지 만들어야 하는 걸까요? 소를 싸우게 하는 것이 우리가 지켜야 할 소중한 전통일까요? 도대체 소는 왜 싸워야만 하는 걸까요?

동물보호법 제10조(동물학대 등의 금지)

제2항

누구든지 동물에 대하여 다음의 행위를 하여서는 아니 된다.

제3호 도박, 광고, 오락, 유흥 등의 목적으로 동물에게 상해를 입히는 행위. 다만, 민속경기 등 농림축산식품부령으로 정하는 경우는 제외한다.

(예 : '전통 소싸움경기에 관한 법률')

코가 없는 코끼리

우리 앞에 나타났던 것은 작은 언덕이었을까 아니면 산이었을까. 나는 그것이 산으로 느껴졌다. 메테는 이 언덕을 넘어가야 한다고 했다. 메테에게는 아무래도 언덕으로 보였던 것 같다. 그러나 나에게 그것은 산이었다.

오르막을 오르는 것은 힘들었다. 나의 체중을 두 다리 힘으로 더 높은 곳에 올려야 했기에 힘들었다. 하지만 오르면 오를수록 이상할 정도로 과하게 힘들다는 생각이 들었다. 이 세계의 여행이 나의 체력을 아래로 떨어뜨린 것일까? 아니면 나의 게으름이나 스스로를 그렇게 만든 것일까? 그 답은 의외의 지점에서 찾을 수 있었다. 나만 힘든가 해서 메테를 보았더니 메테 역시 힘겨워했는데, 그의 등에 뭔가가 올라가 있었다. 그건 어떤 자루였는데, 얼핏 봐도 무게가 나갈 것처럼 뭔가 가득 들어있었다. 나는 메테

에게 내가 본 것을 이야기했다. 메테는 놀라서 그것을 자신의 몸에서 떨어뜨리려 했으나 잘 되지 않았다. 그 안에는 돌멩이가 가득 들어있었다. 짐작했겠지만 메테의 등에 있는 것과 같은 것이 나의 등에도 있었다. 메테보다 덩치가 큰 나에게는 그만큼 더 큰 돌멩이 자루가 얹혀있었다. 돌멩이 자루는 몸에서 떨어지지 않았다. 별수를 다 썼지만 그것은 필사적으로 몸에 붙어있었다. 어쩔 수 없이 우리는 그것을 등에 멘 채 나무 하나 없는 산을 올랐다. 마치 신화 속 시시포스*가 된 것만 같았다.

우리가 그와 만난 것은 그때쯤이었다. 산의 정상에 거의 다다랐을 때였다. 헐레벌떡 뛰어오는 모습을 처음 봤을 때 우리는 그의 정체를 알 수 없었다. 덩치는 곰처럼 컸지만 털이 없었고, 하마 같기도 했지만 귀가 연잎처럼 컸다. 코는 돼지 같이 납작했으나 다리는 돼지보다 길고 두툼했다. 그 정체불명의 생명체가 무엇인지 확인할 새도 없이 그는 우리에게 도움을 요청했다. 자기 엄마를 도와달라고 했다. 그러고 보니 덩치만 컸지 어린 티가 나는 것 같았다. 도와달라는 말을 들은 이상 그냥 지나칠 수 없었다. 메테가 능력을 발휘해서 해결할 것이라는 기대도 했기 때문

그리스 신화에 나오는 인물. 신을 속인 죄로 지옥에 떨어져 바위를 산 위로 밀어올리는 벌을 받았다고 전해진다. 그가 밀어올린 바위가 산꼭대기에 이르면, 아래로 도로 굴러떨어지게 그는 이 일을 영원히 되풀이했다.

이다. 다만 돌멩이 자루를 지고 있어서 그런지 메테의 동작은 둔해보였다.

물어보니 덩치 큰 미스터리 어린이의 이름은 '타바드'였다. 타바드가 우리를 데리고 간 곳은 산의 정상 부근이었는데 거기에는 고인돌처럼 생긴 커다란 바위 하나가 놓여있었다. 타바드에 의하면 거기에 자기 엄마가 깔려있다는 것이었다. 그래서 바위의 반대편으로 돌아가봤더니 머리 하나가 보였다. 그것은 확실히 코끼리 머리였다. 코끼리 머리는 눈을 뜨고 우리에게 시선을 고정했다. 몸통은 바위 밑의 땅속으로 완전히 박혀있어 보이지 않았다. 그래도 코끼리는 기력이 있는지 우리에게 누구냐고 물었다. 메테는 우리가 누구인지 코끼리에게 설명했다. 코끼리는 메테의 말을 들은 후 나를 쳐다보았다. 그렇게 나를 보던 코끼리는 업보라는 말을 꺼냈다. 그리고 나에게 선택하라 했다. 자신을 짓누르는 바위를 치워줄 것인지 아니면 바위가 될 것인지. 나는 그 말을 이해하지 못해 머뭇거렸다. 그는 바위를 자세히 보라고 일렀다. 나는 그를 누르고 있는 바위에 가까이 다가가 바위를 자세히 보았다. 과연, 바위는 그냥 바위가 아니었다.

바위에는 수없이 많은 인간의 얼굴이 새겨져 있었다. 작은 얼굴들이 하나하나 모여 열이 되고 백이 된 후 천이고 만이 되어 바위를 완성하고 있었다. 그 얼굴들은 하나같이 입꼬리를 올려 웃고 있었다. 얄밉기도 하고 괘씸하기도 한 그 표정들은 나에게 뭔가 말하는 느낌도 들었다. 너도 이리 와. 우리 같이 있자. 여기는

행복해. 코끼리의 등을 짓누르는 바위는 기괴하기 짝이 없었다.

"너도 여기에 들어올 텐가?"

바위에 깔려있던 코끼리는 이렇게 말했다. 자신을 짓누르고 있는 바위에 새겨진 얼굴들처럼 되고 싶냐는 말이었다. 코끼리의 물음에 나는 그러기 싫다고 했다. 그렇다면 바위를 치우라고 했다. 나는 메테를 보았다. 메테는 등에 지고 있는 돌멩이 자루 때문인지 힘이 없어보였지만 바위를 옮기기 위해 자신의 능력을 발휘하려 했다. 그러나 메테는 능력을 발휘할 수 없었다. 코끼리가 메테에게 물러서라고 했기 때문이다. 그 일은 꼭 내가 해야 된다고 말했다.

"나는 '카마르'다. 인간의 업보에 의해 인간의 바위에 눌리는 비운을 맞이하고 말았다. 고로 그것을 되돌려놓을 자는 너다. 그렇게 한다면 너와 너의 동료 등에 끈덕지게 엉겨있는 짐도 사라질 것이다."

나는 바위에 들어갈 수도 없고 메테의 도움도 받을 수 없는 상태로, 바위를 움직이기로 결정했다. 카마르의 말대로 그와 동시에 메테와 나의 등에 있던 돌멩이 자루는 사라졌다. 대신 바위를 움직여야 하는 의무가 나의 앞에 남게 되었다.

바위는 쉽게 움직이지 않았다. 내가 있는 힘을 다해 밀면 손가락 한 마디만큼 움직일 뿐이었다. 그렇게 움직일 때마다 바위에 새겨진 얼굴들이 히죽거리며 나를 쳐다보았다. 대단히 기분 나쁜 일이었다. 그럴수록 나는 일을 더 빨리 끝내기 위해 내가 줄 수 있는 최대한의 힘을 주어 바위를 밀어냈다. 핏줄이 팽팽해지고 눈알이 튀어나올 정도로 힘을 주었다. 일은 더디고 오랜 시간을 필요로 했다. 그것을 메테와 카마르 그리고 타바드는 묵묵히 지켜보고 있었고, 바위에 붙어있는 얼굴들은 끈질기게 조롱을 보냈다.

아주 오랜 시간이었다고 생각한다. 현실 세계와 비교할 수 없겠지만 백 년의 시간은 족히 흐른 것 같았다. 드디어 바위는 완전히 밀려났다. 그의 대가로 나의 몸에 있던 살이 쪽 빠져 대나무처럼 변해버렸지만 말이다. 이어 카마르가 모습을 드러냈다. 바위에 깔렸던 몸을 땅 위로 끌어올리는 카마르의 모습은 잊을 수가 없다. 그것보다 뇌리에 각인된 것은 그의 몸 상태였다. 겨우 모습을 드러낸 그의 몸은 뼈의 모양을 알 수 있을 정도로 앙상한 모습이었다. 어찌 보면 아무것도 없는 뼈대에 담요를 덮어놓은 모습이었다. 얇은 가죽은 여기저기 찢겼다가 아문 상처로 가득했다. 피부의 생채기가 아물기도 전에 그 위에 다시 생채기가 나고 또 다시 생채기가 덮어버린 식이었다. 게다가 인간의 얼굴이 잔뜩 붙은 바위 때문이었는지 허리가 완전히 무너져 뒷다리 쪽은 서

있지만 앉아있는 형편이었다.

타바드는 바위에서 해방된 카마르에게 다가가 몸을 비벼댔다. 나는 궁금했다. 카마르는 왜 그렇게 되었으며 타바드는 왜 다르게 생긴 것일까. 이에 대해 카마르가 얘기해주었다.

"나의 엄마는 나를 사랑했소. 긴 코로 내 머리를 쓰다듬어 주었고 나는 그걸 좋아했지."

다른 엄마코끼리들과 마찬가지로 카마르의 엄마 역시 딸 카마르를 예뻐했고 카마르도 엄마를 세상의 전부로 생각했다. 그러나 행복한 시간은 길지 않았다. 어느 날, 인간들이 몰려와 카마르를 엄마와 떼놓았기 때문이다. 인간들 앞에서 엄마는 눈물을 흘렸지만 너무도 무기력하게 딸을 빼앗겼다. 하지만 카마르는 넋놓고 끌려갈 생각이 없었다. 아직은 어린 코끼리였지만 카마르는 인간에게 무섭게 저항했다. 단 한 발짝도 엄마에게서 떨어지지 않겠다는 의지였다. 카마르의 저항에 인간은 물러났다. 카마르의 승리였다. 아무리 카마르가 작아도 인간 정도는 코끼리인 그의 적수가 되지 못했다. 하지만 그것은 어쩌다 생긴 행운에 불과했다. 더 많은 인간들이 무리로 나타나 카마르를 밧줄로 묶어 끌고 갔기 때문이다. 카마르는 더 이상 버티지 못했다.

카마르가 끌려간 곳은 나무로 만든 집의 뒤편 마당이었다. 인간들은 카마르의 다리와 목에 밧줄을 묶고 그것을 각각 다른 방향에 있는 나무에 단단히 고정시켰다. 카마르는 네 다리를 벌린 채로 꼼짝할 수 없었다. 힘을 줘봤지만 카마르의 마음대로 되지 않았다. 카마르는 포기하지 않고 밧줄을 풀기 위해 힘을 줬다. 그때부터 카마르의 지옥이 시작되었다. 자신을 묶은 인간들이 머리와 귀를 꼬챙이로 찌르기 시작했던 것이다. 그것은 한두 번으로 끝나지 않았다. 숨 돌릴 틈도 없었다. 아프다고 고함을 치는 것도 무의미했다. 찌르고 또 찌르는 통에 울부짖을 여유마저 없었다. 꼬챙이는 피부를 긁어내리기도 했다. 살이 죽죽 찢어져 나갔다. 카마르의 숨소리가 신음으로 가득 찰 때쯤 인간들은 멈췄다. 카마르는 그 자리에 주저앉고 말았다.

멍한 시간이 흘러갔다. 카마르는 머리 한가운데에 악마가 올라탄 느낌이 들었다. 그것 외에는 아무 생각도 들지 않았다. 그마저도 카마르에게는 한 줌밖에 되지 않는 평화였다. 잠시 후 인간들이 다시 몰려왔다. 카마르는 다시 힘을 내 인간들을 물리치려 했다. 카마르의 나약한 저항은 인간들의 꼬챙이 세례에 무기력하게 끝나고 말았다. 다시 인간들은 카마르의 온몸을 꼬챙이로 찔러댔다. 꼬챙이뿐 아니라 등과 다리, 허리를 몽둥이로 때렸다. 카마르는 다시 비명을 질렀다. 그 소리를 듣는 이는 아무도 없었다. 잠시나마 엄마를 불러보았지만, 엄마의 얼굴마저 희미해져 갔다. 또다시 날아온 것은 뾰족한 꼬챙이가 찌르고 할퀴는 고통

과 둔탁한 몽둥이가 몸을 내리치는 끔찍한 아픔뿐이었다.

그러는 사이 카마르는 엄마를 잊어버렸다. 자신의 이름이 무엇이었는지도 기억나지 않았다. 분노의 감정도 애원의 간절함도 사라지고 없었다. 아무것도 먹지 못했지만 배고픔마저 느끼지 못했다. 카마르는 그렇게 영혼을 상실한 채 인간의 의지대로 움직이는 꼭두각시가 되고 말았다. 모든 것을 잃고 카마르가 한 일은 인간을 등에 태우고 관광을 하는 것이었다. 인간을 태우고 또 태우고 끝도 없이 태우는 일상을 반복했다. 관광객이 선의로 사주는 음식 외에는 먹지도 못한 채 카마르는 인간을 끝없이 등에 태웠다. 가끔 지쳐 쓰러질 것 같아 천천히 걷거나 멈추기라도 하면 지난날 온몸을 찢어대던 꼬챙이가 눈앞에 나타났다. 카마르는 또다시 걸어야 했다.

"그러다 더 이상 걷지 못하자 가만히 서서 인간들을 등에 태우고 사진 찍는 일을 했소. 죽는 순간까지 인간을 등에 태웠소. 그리고 나는 다짐했지. 절대로 나의 딸에게는 나와 같은 삶을 물려주지 않으리라. 맹세하건대 절대 내 엄마처럼 내 딸을 인간이 마음대로 하도록 두고 보지만은 않으리라."

카마르가 할 수 있는 일은 자신의 딸인 타바드의 코를 잘라버

리는 것이었다. 코가 없는 코끼리라면 인간들을 태우고 관광할
수 없을 테니 말이다. 결국 카마르의 계획은 성공한 셈이 되었다.
다만 코가 없어야 고통 없는 코끼리로 살 수 있다는 어딘가 잘못
된 인간 세상의 고약한 현실만이 씁쓸하게 남을 뿐이었다. 나는
다시 생각했다. 카마르의 등을 짓누르던 바위의 기분 나쁜 얼굴
중에 나의 얼굴이 있었던 것은 아닌가. 나 역시 그런 얼굴의 인간
이었던 것인가.

여러분은 코끼리를 만난 적이 있나요? 만난 적이 있다면 어디서 만났나요? 동물원인가요? 관광지나 공연장이었나요? 이중 하나에 해당된다면, 아마도 그 코끼리는 코가 없는 코끼리처럼 코끼리 본연의 모습은 아니었을 거예요. 코끼리는 육지 최대의 동물이자 최강의 동물이기에 인간이 마음대로 길들이기는 어렵습니다. 그래서 어린 코끼리를 데려다가 가혹한 의식을 치르는데요, 이것을 '파잔 phajaan'이라고 부릅니다. 말이 의식이지 고문으로 보는 게 맞습니다. 인정사정없이 꼬챙이로 찌르고 할퀴고 몽둥이로 때리는 것이니까요. 물과 먹이도 주지 않고요. 이때, 코끼리를 고문하기 위한 도구를 '불훅bullhook'이라고 부릅니다. 코끼리의 몸과 영혼을 병들게 만든 인간이 하는 것이라고는 그들의 등에 타고 관광하는 것뿐이라면 여러분은 어떤 생각이 드나요? 인간은 계속 이래도 되는 걸까요?

동물보호법 제3조(동물보호의 기본원칙)

누구든지 동물을 사육, 관리 또는 보호할 때에는 다음의 원칙을 준수하여야 한다.
제1호 동물이 본래의 습성과 몸의 원형을 유지하면서 정상적으로 살 수 있도록 할 것
제5호 동물이 공포와 스트레스를 받지 아니하도록 할 것

못생긴 호랑이의 슬픔

꽃잎 하나가 저 멀리 위에서 하늘하늘 떨어지는 것을 발견했을 때, 나는 느꼈다. 꽃잎이 있다면 꽃과 풀과 나무로 가득한 숲도 있다는 사실을 말이다. 그런 광경을 머리에 떠올리자 마음이 한결 가벼워지는 느낌이 들었다. 그러나 메테는 나의 감상과는 다른 말을 했다.

"천사가 오고 있어요."

그건 '천사의 신호'라는 말이었다. 메테의 말이 끝나고 꽃잎 하나가 더 떨어지는 것이 보였고, 이어 꽃잎은 몇 개 더 떨어졌다. 그리고 어두운 하늘에서 뭔가가 날아와 우리 머리 위에서 멈췄다. 그것을 메테는 '천사'라고 했다. 하지만 그것은 내 눈에 천사

처럼 보이지 않았다.

　그것은 하나의 머리통에 세 얼굴이 붙어있었다. 통나무를 다듬어 놓은 것 같은 몸에 반짝거리는 비늘 같은 것이 덮여있었고 종이로 만든 것 같은 날개를 달고 있었다. 거기에 길고 가는 다리 두 개를 가지고 있었는데 다리 끝에는 독수리 발톱과 비슷한 것이 보였다. 머리에는 세 가닥으로 꼬아 늘어뜨린 끈이 달려있었는데, 거기에는 하얀 구슬이 촘촘히 붙어있었고 반짝반짝 빛나고 있었다. 머리에 붙은 세 얼굴은 각각 다르게 생겼는데 하나는 갓 태어난 아기의 얼굴, 다른 하나는 새의 얼굴, 마지막 하나는 나무로 조각해 놓은 사자의 얼굴이었다.

　천사는 메테와 가볍게 인사하고는 지면 위를 부드럽게 날아 어디론가 향했다. 우리가 있는 곳에서 멀지 않은 곳이었다. 천사는 거기에서 죽어있는 무언가를 안아올렸다. 메테가 서둘러 그쪽으로 뛰어갔다. 나도 서둘러 메테를 따라갔다.

　천사가 안고 있는 것은 동물의 사체死體였다. 메테는 천사에게 그것이 무엇인지 물어보았다. 천사는 '아픈 영혼'이라고 말했다. 내 눈에는 처음 보는 동물로 보였다. 언뜻 보기에는 얼룩말처럼 보였으나 분명 이상한 구석이 있었다. 주둥이는 말이라고 하기에는 너무 납작해 토끼 같았고, 다리는 너무 짧아 돼지 같았다. 여기까지 본다면, 얼룩말의 무늬를 가진 내가 모르는 어떤 동물이라고 생각할 수 있었다. 무엇보다 말도 안 되는 것은 머리가 몸통에 거꾸로 붙어있었다. 목과 머리가 앞쪽을 향해있는 것이 아

니라 엉덩이 쪽을 보고 있는 셈이었다. 그래서야 어떻게 살아갈 수 있을까 이해되지 않았다.

"길을 따라가 사자의 입으로 들어가면, 슬픈 생명 하나가 울고 있을 것이네."

천사는 메테에게 그곳으로 가라고 말했다. 그리고 그 생명을 '아픈 영혼'이 아니라 '따뜻한 영혼'이 되게 해달라고 말했다. 천사는 아까 보았던 얼룩말 같은 동물을 데리고 하늘 높이 올라가 사라져 버렸다. 천사의 말대로 우리는 사자의 입이 있는 곳으로 갔다.

길을 따라가 보니 커다란 문이 나타났다. 그 문은 둥그렇게 세워진 거대한 담벼락 가운데에 자리 잡고 있었다. 그 문은 그곳으로 들어갈 수 있는 유일한 통로로 보였다. 다만 그곳은 오래되어 아무도 들어가지도 나오지도 않았던 것처럼 보였다. 담벼락에는 이끼가 잔뜩 붙어있던 데다 군데군데 부서져 무너질 것 같았다. 문도 마찬가지였는데, 철제로 된 문은 녹이 슬어 색이 변해있었고 만지면 부서질 것처럼 보였다. 그때 눈에 들어온 것은 문의 모양이었다. 그 모양은 커다란 사자 얼굴을 하고 있었다. 그러니 그 문으로 들어간다는 것은 곧 사자의 입으로 들어가는 셈이었다.
메테와 나는 사자의 입을 통해 안으로 들어갔다. 담장의 규모

나 문의 크기만큼이나 안쪽의 공간은 엄청나게 넓었다. 가운데는 큰길 하나가 앞쪽을 향해 쭉 뻗어있었다. 한 가지 이상한 점은 넓이에 비해 구조가 단조롭게 이어졌다는 것이다. 시멘트로 만든 담벼락과 철창이 길 양옆으로 이어졌다. 그곳은 수용소 같은 분위기를 우리에게 전하고 있었다. 시멘트로 만든 담벼락 안쪽에는 철창이 있고 그 철창 안에는 시멘트로 만든 방이 있는 식이었다. 지금은 비어있지만 한때 뭔가 그 안에 있었음이 분명했다.

길을 따라 조금 더 들어가니 거기에는 회전목마가 빙글빙글 돌고 있었다. 우리는 그쪽으로 다가갔다. 가까운 거리에서 자세히 보니 회전목마에는 가짜 말이나 마차가 아니라 여러 동물 모양이 돌로 조각돼 있었다. 동물 조각상들의 모습은 평범하지 않았다. 기린은 목이 길어도 너무 길어 뱀처럼 똬리를 틀었는데 힘이 없는지 머리가 앞다리 앞에까지 축 처져있었다. 하마는 입을 벌리고 있었지만 그 크기가 콧구멍과 비슷한 정도였고 머리가 엉덩이에 튀어나와 있었다. 악어는 아래턱만 남은 채 윗턱이 없는 상태로 입을 벌리고 있었는데 입속에는 뱀과 같은 혀가 날름거리고 있었고 다리는 퇴화되는 과정인 것처럼 몸통에 짤막하게 붙어있었다. 뒤에 있는 고릴라는 손가락, 발가락이 없는 상태였고, 펭귄은 날개를 쫙 펴고 날아가려는 동작을 취하고 있었지만 몸이 풍선처럼 부풀어 올라 날기에는 힘든 것처럼 보였다. 더구나 펭귄의 부리는 끝이 갈라져 밖으로 휘어져 있었기에 뭔가를 먹지도 못할 것 같았다. 왜 이런 조각을 만든 것일까 궁금했지만

그 의문은 금방 풀렸다. 만져보니 그것은 조각이 아니라 한때 살아있던 동물이 미라처럼 딱딱하게 굳은 모습이었다. 도대체 이곳에서는 무슨 일이 있었던 것일까.

천사가 이야기했던 슬픈 생명이란 이들을 말한 것일까, 고민하던 중에 우리 귀에 누군가 울고 있는 소리가 들렸다. 소리가 나는 쪽으로 갔더니, 비쩍 마른 작은 호랑이 한 마리가 철창 안에서 혼자 고개를 숙이고 울고 있었다. 호랑이는 덩치가 컸지만 어린 티를 벗어나지 못한 듯했다. 나는 호랑이에게 왜 울고 있냐고 물었다. 호랑이는 대답하지 않았다. 엄마를 잃어버렸냐고 다시 물어보았다. 하지만 호랑이는 대답하지 않고 울기만 했다. 집을 잃어버렸냐는 말에도 배가 고프냐는 말에도 호랑이는 대답 없이 울기만 했다.

나는 호랑이를 위로하기 위해 고양이에게 하듯 귀가 있는 부분을 손등으로 쓰다듬었다. 그랬더니 호랑이는 고개를 들었다. 호랑이의 얼굴을 보고 나는 놀라서 뒤로 물러섰다. 호랑이의 눈이 이상했기 때문이다. 두 눈이 마치 메기처럼 머리 양쪽 편에 각각 붙어있었던 데다가 눈알은 망둥이처럼 튀어나와 있었다. 자세히 보니 코는 돼지 코처럼 동그란 구멍 두 개가 선명하게 뚫려있었고, 송곳니인 이빨 두 개는 너무 길게 자라 입을 뚫고 쑥 비어져 나와있었다. 호랑이라고 생각했지만 순간 호랑이가 아닐 수 있겠다는 생각을 했던 것도 사실이다.

"악마가 찾아왔어요. 다들 악마가 데려갔어요. 죽기만을 기다리고 있어요. 죽으면 악마가 하늘로 데려갈 거예요."

호랑이는 천천히 입을 열었다. 그의 말은 이해하기 힘들었지만 호랑이는 두려움에 떨고 있는 것으로 보였다. 메테가 호랑이를 진정시키고 우리를 소개했다. 그리고 무슨 일이 있었는지 말해달라고 했다. 호랑이는 메테의 말에 안심했는지 우리를 번갈아 쳐다보며 이야기를 시작했다.

호랑이의 이름은 '테나크레'였다. 그것은 자신의 엄마가 지어준 이름으로 인간들은 그를 '호빵이'라고 불렀다고 했다. 테나크레는 여기서 태어났다. 그가 울고 있던 바로 이곳에서. 비록 시멘트 바닥이었지만 태어났을 당시 테나크레는 인간들에게 관심의 대상이었다. 그것은 가히 폭발적이라고 설명할 수 있어서, 테나크레는 엄마호랑이보다 인간들에 둘러싸여 있는 시간이 많았다. 모두가 밝은 표정이었고 모두가 테나크레에게 친절했다. 딱 한 번, 아빠호랑이에게 물려 죽을 뻔한 적이 있었는데 그때는 엄마호랑이가 막아주었다. 그외에 테나크레는 별문제 없이 자랐다. 별문제 없는 정도가 아니라 유리로 된 방에서 지낼 때는 하루에도 수백 명이 테나크레를 보기 위해 몰려들었다. 그들은 테나크

레의 얼굴을 한 번이라도 보는 것이 엄청난 행운이거나 신의 선물이라도 되는 것처럼 간절히 원했고 길게 줄을 서는 것도 마다하지 않았다. 모두들 테나크레를 향해 웃고 있었고 테나크레에게 말을 걸었고 먹을 것을 주려고 애썼다.

테나크레의 행복한 나날은 그것이 전부였다. 그것은 짧았고 덧없었다. 테나크레가 자라자 더 이상 그를 보고 싶어 하는 인간은 없었기 때문이다. 마법 같이 싹 사라져 버렸다. 그 이유는 그의 외모 때문이었다. 호랑이는 맞는데 생각했던 호랑이의 외모와 달랐던 그를 인간들은 외면했다. 그러자 테나크레는 유리로 된 방에서 사방이 막힌 캄캄한 방으로 옮겨졌다. 그 방은 창문이 없었고 바닥이며 사방이 온통 시멘트로 되어있었고 어두웠다. 테나크레는 답답한 마음에 그 안을 휘젓고 다니며 나갈 틈을 찾았다. 그 때문이었는지 이번에는 인간들이 테나크레의 목에 줄을 달았고 한쪽 구석에 묶어버렸다. 테나크레는 식사 시간 외에는 인간은 물론 어떤 생명체도 구경하지 못했다. 하루 종일 눈을 감았다 떴다 하는 것이 그가 할 수 있는 모든 것이었다. 그의 삶의 대부분은 이렇게 채워졌다.

그러던 어느 날, 엄마를 만난 적이 한 번 있었다. 테나크레에게 기적 같은 일이었다. 다시는 엄마를 볼 수 없을 거라 생각했기 때문이다. 인간들은 실로 오랜만에 테나크레에게 따뜻한 목소리로 인사했다. 그런데 이어진 인간의 말은 테나크레를 혼란스럽게 만들었다.

"우리 착한 호빵이, 이제 장가 가야지."

엄마와 테나크레의 감격적인 재회는 한참 잘못 되어가고 있었
다. 한 방에 남게 된 엄마는 테나크레에게 기이한 말을 했다.

"너의 아비는 네가 태어나기 전에는 나의 아비이기도 했다. 그
리고 나는 네 어미가 되었지. 그런데 이제 너와 내가 부부가 되려
고 하는구나."

결국, 엄마는 테나크레의 새끼를 낳게 되었다. 테나크레는 그
사실을 알지 못했다. 못생긴 호랑이는 인기가 없었고 인기 없는
동물의 운명은 버림받는 것이었기 때문이다. 테나크레는 자신의
새끼가 태어나기 전에 다른 곳으로 옮겨졌고, 그곳은 더욱 비좁
고 더러운 곳이었다. 그러나 그는 그 열악한 곳에서마저 오래 지
내지 못하고 인간들 눈에 띄지 않는 곳으로 가게 되었다. 그곳은
무언가를 연구하는 실험실이었고, 시멘트 바닥 대신 스테인리스
로 된 방이었다. 그곳에서 테나크레는 하루 종일 알 수 없는 검사
를 받았다. 그러다가 죽기 직전에 원래 살던 곳으로 옮겨졌다. 하
지만 인간들은 모두 떠났고 동물들만 남겨졌다. 갇힌 동물들은
거기서 나가지 못한 채 배고픔에 시달리다 고통 속에 죽어갔다.

"나와 같이 살던 동물들은 악마가 하나둘씩 데려갔어요."

그렇게 다 떠나고 혼자 남은 테나크레는 울고 있었다. 그의 말을 다 듣고 나니 처음 테나크레를 보고 놀랐던 스스로가 부끄러워졌다. 메테는 이야기를 듣고 나서, 테나크레가 말한 악마는 우리가 보았던 천사였던 것 같다고 말했다. 아마도 세상을 떠난 아픈 영혼을 데리고 가는 천사의 모습을 악마가 데려갔다고 생각했던 모양이다. 어쩌면 테나크레에게 진짜 악마는 인간이었는지 모르는데 말이다. 그리고 또 하나. 메테는 테나크레가 나고 자라고 살았던 곳이 동물원이라는 말도 했다. 못생긴 호랑이 테나크레는 호랑이였지만 대자연 속 우거진 숲을 단 한 번도 보지 못했을 것이다. 물론 테나크레가 기억하는 얼룩말과 하마, 악어와 같은 다른 동물들도 상황은 비슷했을 것이다. 잠시 후 하늘에서 세 얼굴을 가진 천사가 나타났다. 테나크레는 더 이상 그를 무서워하지 않았다. 천사는 밝은 빛을 뿜으며 테나크레를 안았다. 세 얼굴 중 하나가 우리를 향해 미소 지은 후 하늘로 사라졌다. 테나크레에게 인간의 세상은 어떤 기억으로 남을지 생각하니 무거운 마음을 덜어낼 수 없었다.

동물원은 인간에게 야생동물을 만날 수 있게 해주는 장소입니다. 또한 동물에 대해 다양한 연구를 할 수 있게 해주고 때에 따라서는 멸종위기에 처한 동물을 보호해주는 역할도 하죠. 여러분도 이렇게 생각하나요? 틀렸습니다. 동물원에 갇혀있는 동물은 야생동물이 아닙니다. 우리는 야생동물을 보고 있다고 할 수 없는 셈입니다. 물론 동물원에서 다양한 연구도 하지만 그것은 동물을 위한다기보다는 인간을 위하는 경우가 더 많죠. 그리고 멸종위기의 동물을 보호하는 것도 자연 상태가 아니라 동물원 안에서의 삶만을 보장하는 것이라면 큰 의미가 없을 것입니다. 일부를 제외한 동물원은 돈을 버는 것이 목적이기에 돈을 벌기 위해 동물이 살아야 하는 본래의 생태를 보장해주기도 어렵죠. 어쩌면 동물원은 관람객을 더 많이 오게 하는 것이 더 중요한 일일지 모릅니다. 거기다가 동물원에 있는 동물의 숫자를 유지하기 위해서는 돈이 듭니다. 그러니 새로운 동물을 사와야 하고 그렇게 되면 또 다른 동물들이 갇혀 살게 되겠죠. 그것도 아니면 돈을 아끼기 위해 동물원 안에서 교배를 하게 됩니다. 동물원에서는 근친교배로 새로운 생명을 탄생시키기도 합니다. 그 생명은 동물원에서 태어나 동물원을 세상 전부로 알고 살게 되는 것이죠. 우리, 한 번 생각해 볼까요? 동물원은 동물을 위한 것인가요, 인간을 위한 것인가요?

동물원 및 수족관의 관리에 관한 법률 제3조(국가 등의 기본 책무)

제1항

국가와 지방자치단체는 동물원 또는 수족관의 적정 전시문화 조성을 통한 보유동물의 복지 증진 및 국민의 생물다양성 보전 의식 함양을 위하여 필요한 시책을 수립, 시행하여야 하며, 지방자치단체는 국가의 시책에 적극 협조하여야 한다.

제2항

동물원 또는 수족관을 운영하는 자는 국가와 지방자치단체의 시책에 적극 협조하며 보유동물의 복지 확보와 안전하고 건강한 전시환경 조성을 위하여 노력하여야 한다.

가재 선생과 낙지 명인

나는 나의 길을 위해 걷지만, 나를 위해 길을 나서준 메테는 순전히 헌신의 길을 걷고 있음에 미안한 마음이 들었다. 내게 힘이 좀 더 있었다면 메테를 업고 가고 싶었다. 그러나 이곳은 내가 사는 세상이 아니다. 여기에서 나의 힘은 보잘것없었다. 이 세계에서는 메테의 힘과 능력이 더 컸다. 그런데, 내가 있던 세상에서는 달랐을까? 나는 그에 대한 확실한 답을 찾지 못했다. 그런 마음에 그에게 작은 힘이라도 되기 위해 나는 메테를 앞질렀다. 마침 약간의 오르막 끝에 환한 빛이 보였고 그것이 무엇인지 먼저 보고 메테에게 말해주는 것이 도움이 되지 않을까 하는 마음에서였다.

환한 빛의 정체는 거대한 구덩이였다. 구덩이가 환하게 빛났던 것은 거기서 뭔가가 부글부글 끓고 있었기 때문이다. 그것은

강한 붉은색을 내뿜고 있었는데, 그걸로 보아 구덩이에는 거대한 화로가 있는 것이 분명했다. 용암의 색깔보다는 훨씬 더 묽었기에 얼핏 보면 찌개 국물 같기도 했다. 구덩이 바로 위에는 그것 전체를 다 덮을 만큼 커다란 석쇠가 있었다. 다만 석쇠는 내가 알던 것과 달리 날카로운 칼날로 되어있어서 그 위로 떨어졌다가는 몸이 갈가리 찢겨 찌개 국물로 떨어지기 딱 좋았다.

그 구덩이를 지나가는 방법은 구덩이 가장자리에 나있는 작은 길을 따라 돌아가는 것뿐이었는데, 그 길은 냄비의 테두리처럼 좁아 걸어서 그곳을 지나갈 수 있는지 의문이 들었다. 내가 고민하는 사이, 메테는 이미 좁은 길을 걸어가고 있었다. 심지어 잘 갔다. 가다가 나를 기다리는지 그 위험한 곳에서 멈춰 무덤덤하게 자기의 몸을 핥고 있었다. 메테가 도와준다고 했지만 내가 혼자 가보겠다고 했으니 더 이상 할 말이 없었다. 메테에게 짐이 되기 싫은 마음에 내 발볼 넓이밖에 안되는 길에 발을 내디뎠다. 내가 출발하는 모습을 보고 메테는 그루밍을 끝내고 다시 앞장서기 시작했다. 메테는 고양이답게 이곳이 무섭지 않았던 것이다. 그러나 나는 중심을 잡으며 걷는 것에 애를 먹었다. 잘못하면 구덩이에 떨어져 석쇠 칼날에 몸이 조각날 처지라고 생각하자 몸은 중심을 잃고 더 흔들렸다.

불안했던 나의 염려는 과한 것이 아니었다. 좌우로 흔들리던 몸이 버티지 못하고 찌개가 끓는 냄비 안으로 떨어지고 말았다. 이를 어쩌면 좋단 말인가. 나의 몸은 이 여행을 끝내지 못하고 여

러 개로 분리되어 익어버릴 판이었다. 떨어지는 동안 많은 것이 생각났다. 이상한 것은, 떨어지는 그 시간이 길게 느껴졌다는 것이다. 고통을 느끼지 못하는 것인가? 이미 나의 몸은 산산이 난도질당하고 만 것인가.

다시 봐도 나는 공중에 떠있었고, 이렇게 허공에 오래 떠있다니 도저히 납득이 되지 않았다. 그때 나를 바라보는 메테를 보았다. 분명 메테는 나를 보고 있었지만 그 이상의 뭔가를 보는 것 같았다. 그 표정은 뭐였을까. 놀란 것이었을까 아니면 공포였을까. 동그랗고 까만 메테의 눈동자가 흰자위에 떠있어 사백안이 되어있었다.

곧이어 나는 나에게 벌어진 일을 파악할 수 있었다. 결론적으로 나는 칼날로 떨어지지 않았다. 떨어지기 전에 누군가 나를 잡아채 위기를 모면할 수 있었다. 나를 잡은 손은 길고 부드러우면서 단단하며 매끈하고 탄력 있었다. 그 손은 나를 구덩이에서 꺼내 안전한 곳에 데려다 놓았다. 메테도 금방 따라왔다. 나를 구해준 그 손의 주인공은 커다란 낙지였다. 낙지가 빨판으로 무장된 다리 하나를 뻗어 나를 돌돌 말아 꽉 잡았던 것이다. 나에게 있어서 그야말로 천우신조天佑神助였다. 나는 감사한 마음에 메테와 나를 소개하고 고개 숙여 인사했다. 나의 인사를 받은 그는 자신의 이름이 '오투마투'이며 스승을 모시고 공부를 하고 있다고 했다.

오투마투의 이야기를 듣고, 메테와 나는 그의 스승을 찾아가

기로 했다. 오투마투의 스승은 시간을 관장하는 자로 과거와 미래를 알고 어제와 내일을 연결할 수 있는 능력을 가지고 있다고 했기에 그를 만나고 싶었던 것이다.

오투마투를 따라가 보니 넓은 바다 한가운데 정자가 나타났다. 거기에는 낙지와 가재가 앉아 이야기를 나누고 있었다. 내용을 들어보니 그들은 내기를 하는 것 같았다. 물 한가운데에 인간 머리 모양으로 생긴 돌 하나가 있었는데, 그것은 한쪽 면이 웃는 표정으로 되어있었고 다른 쪽 면은 화가 난 험악한 표정으로 되어있었다. 그 돌의 정수리 부분에는 끈이 하나 달려있었고 그 끈을 기다란 집게가 잡고 들었다 내렸다 했는데, 그에 맞춰 머리 모양의 돌은 수면 위로 떠올랐다가 아래로 가라앉길 반복했고 그럴 때마다 어떤 때는 돌이 웃는 얼굴 쪽으로 떠올랐고 또 어떤 때는 화난 얼굴 쪽으로 떠올랐다.

정자에 있던 낙지와 가재는 그 돌이 어느 쪽 얼굴로 떠오를지 맞히는 내기를 하고 있던 것이다. 오투마투의 말이 맞다면 그의 스승은 과거와 미래를 모두 안다고 했으니 승패는 이미 정해져 있을 것 같았다. 오투마투가 그들에게 가까이 가서 자기 스승에게 인사하는 동안 우리는 바닷가에서 기다리고 있었다. 오투마투가 우리의 이야기를 했는지 스승이 우리를 잠깐 보았고, 이어 오투마투가 우리 쪽으로 왔다.

"스승님께서 같이 세상 이야기라도 하자십니다."

오투마투가 그렇게 말하고 나서, 메테와 나를 자신의 머리 위에 올려놓고 바다 한가운데 있는 정자로 갔다. 정자에 있던 스승 낙지와 가재는 우리를 반갑게 맞아주었다. 오투마투가 소개하기를 자신의 스승 이름은 '해루모루'이며 같이 있는 가재의 이름은 '레수르게'라고 했다. 해루모루가 예언자로 이름을 알렸다면 레수르게는 행운을 가져다 준다고 많은 이들이 따랐다. 예언자와 행운을 가져오는 자가 내기를 했다면 과연 누가 이겼을까. 문득 나는 그것이 궁금했다. 하지만 해루모루는 나의 질문에 그저 웃기만 할 뿐 답하지 않았다.

해루모루가 왜 이런 곳까지 오게 되었는지 물었기에 나는 지금까지의 여정을 이야기했다. 그리고 앞으로 나의 운명이 어떤 방향으로 나아갈지 물었다. 예언자 해루모루라면 나의 미래 역시 알 것이고 그것을 듣게 된다면 앞으로의 일정이 마음으로나마 수월하리라 믿었기 때문이다. 그런데 해루모루의 답은 간단했다.

"나는 그대의 운명을 모른다."

예상치 못한 그의 답변에 나는 깜짝 놀라 예언자께서 왜 그런 말씀을 하시느냐고 물었다. 그랬더니 이런 말을 했다.

"나는 예언자가 아니다. 나는 인간의 미래를 예언하는 것은 고사하고 하루하루 무사히 살아가는 것만으로도 감사해 하며 살아가는 평범하고 힘없는 생명일 뿐이다."

해루모루는 평범하게 살던 어느 날, 그물에 잡혀 배 위로 올라갔다. 다행히 그 배는 낙지잡이가 아니었기에 해루모루를 놓아주었다. 다음 날, 해루모루는 같은 배의 그물에 또 잡히고 말았다. 이것은 해루모루에게는 불행이었고 어부들에게는 행운이었다. 해루모루가 잡힌 이후 그 배는 허탕을 치던 나날을 끝내고 만선滿船의 기쁨을 맞이했던 것이다. 이 때문에 그 배의 어부들은 해루모루를 만선을 예고한 존재로 생각했다. 그래서 그를 잡아먹지 않고 어디론가 데려갔는데 그곳은 점을 보는 곳이었다. 어부들은 해루모루가 미래를 예언할 줄 안다고 설명하고 팔았던 것이다. 인간들은 해루모루를 예지력이 있는 것으로 믿고 여러 칸이 나뉜 수조에 넣었다. 각각의 칸에는 많은 것들이 적혀있었고, 해루모루가 어떤 칸으로 들어가는지에 따라 그것을 미래를 예측하는 것으로 활용하기 시작했다. 지진이 언제 일어날지, 이상기후가 닥치지는 않는지, 누가 선거에서 당선되는지, 어떤 팀이 스포츠 경기에서 승리하는지, 어떤 회사의 주식이 오를지. 그런 것들을 해루모루가 어떤 칸으로 들어가는지에 따라 예측하려

했던 것이다.

해루모루는 인간들의 의도를 알지 못한 채 그들을 피하기 위해 이리저리 칸을 옮겨다녔다. 그런데 우연에 우연이 겹치면서 해루모루의 선택이 많은 것을 적중시켰고, 인간들은 해루모루를 '예언자 낙지'로 만들고 말았다. 인간들은 해루모루에게 열광했고 무한한 신뢰를 보냈다. 하지만 우연은 계속해서 일어날 수 없는 법. 해루모루의 적중률은 금세 떨어지고 말았다. 그러자 인간들은 돌변했다. 예언자로 추앙한 적이 언제였냐는 듯 인간들은 해루모루를 역적 취급했다. 당장이라도 죽일 것처럼 욕하고 화내며 위협했다. 해루모루는 하던 대로 했고, 달라진 것이 없었지만 인간의 욕망과 태도는 달라져 있었다.

인간이 원하는 답을 주지 않는 예언자는 쓸모없었다. 결국, 해루모루는 평범한 낙지들과 함께 갇혔다. 그곳은 어떤 식당의 수조였다. 그리고 손님의 주문에 따라 해루모루는 끌려가 온몸이 난도질당했다. 주인이 넓적한 칼로 해루모루의 온몸을 조각냈다. 해루모루의 몸은 잘게 잘라져 꿈틀거렸다. 다리 조각 하나 하나에서 전기에 감전된 것 같은 고통이 따로따로 몸을 휘감았다. 몸을 아무리 비틀고 비틀어도 끝나지 않는 고통. 그것을 느끼며 해루모루는 죽어갔다. 손님이 주문한 요리의 이름은 '탕탕이'라는 것이었다.

해루모루의 이야기에 나는 고개를 숙였다. 나는 해루모루에게 했던 인간의 요구가 얼마나 하찮은지 느껴져 부끄러웠다. 그래서 그 옆에 있던 레수르게에게 우리의 여정에 행운을 빌어주길 바랐다. 레수르게는 웃으며 이렇게 말했다.

"나와 행운은 관계가 없소."

행운을 가져다 준다고 알려진 레수르게는 짧게 말했다. 우리는 단호한 그 말에 당황했다. 레수르게는 말했다.

"인간이 우리를 먹지 않던 옛날에는 오히려 좋았지. 인간이 우리를 알고 나서, 하필이면 우리의 몸이 그들의 입맛에 맞고 나서 우리는 불행해졌소."

인간이 처음 가재와 조우했을 때 인간은 그들을 먹지 않았다. 생김새가 벌레와 비슷해 입에 대지 않았던 것이다. 하지만 가재를 먹고 싶어하는 인간이 많아질수록 가재를 잡는 것은 인간에게 행운이 되었다. 그러나 가재의 운명은 그 반대가 되었다. 레

수르게 역시 마찬가지였다. 레수르게가 인간들에게 잡혀 들어간 곳은 거대한 통이었다. 그 통에는 자신과 똑같이 생긴 가재가 여럿 있었다. 집게발을 플라스틱 끈으로 꽁꽁 묶인 채였다. 집게를 펼 수도 없이 꼼짝없이 갇힌 채로 그들이 당한 것은 뽑기였다. 인간들은 돈을 넣고 거대한 통에 갇혀있는 가재들을 쇠로 만들어진 집게로 끌어올렸다. 집게로 가재를 끄집어내는 데 성공한 인간은 가재를 가져가 먹을 수 있는 게임이었다. 인간에게는 행운이었다. 가재들에게는 목숨을 건 게임이었지만 말이다. 가재들은 산 채로 끓는 국물에 넣어졌다. 간혹 끓는 물에 다리가 익어 떨어져 나가도 탈출을 시도하는 가재들이 있었지만, 끓는 물에 떨어지는 운명은 피할 수 없었다. 레수르게는 산 채로 찜통에 들어갔다. 뜨거운 김에 살이 익어가는 고통을 참을 수 없어 발버둥 쳤지만 그곳을 벗어날 수는 없었다.

"인간은 우리 가재들이 탈피脫皮를 해 영생을 누린다는 생각에 우리를 부러워 하고는 하지. 그러나 인간과 함께 살아가는 한 우리에게 세상은 영생을 하더라도 잡히면 지옥의 불구덩이나 다름없는 곳이오."

이곳을 지나오는 동안, 뭔가가 부글부글 끓고 그 위에 날카로

운 칼날이 있는 구덩이를 피하기 위해 나는 안간힘을 썼다. 그것은 인간인 나에게 일생 단 한 번도 경험할 가능성이 없는 일이지만, 가재와 같은 이들에게는 매일매일 수없이 벌어지는 일상 같은 것이었다. 오늘도 그 칼날과 구덩이를 피하지 못한 누군가는 그렇게 죽어갔을 것이다.

인간은 동물을 우상으로 생각하는 경우가 많아요. 국가나 조직이나 스포츠 팀에서도 인간은 동물을 상징으로 정하는 경우가 많죠. 그런데 동물들이 현실에서 인간에게 받는 대우는 정반대인 것 같아요. 어떤 경우에는 구경거리에 지나지 않고 어떤 경우에는 놀이에 이용되기도 해요. 그러다가 음식으로 지위가 바뀐다면 더욱더 상식적으로 생각하기 힘든 일이 벌어지기도 하죠. 살아있는 상태에서 끓여지고 튀겨지고 삶아지는 일은 지옥에서나 상상해볼 만한 일이지만 동물에게는 일상적으로 일어나는 일이 됩니다. 인간이 그들을 먹을 때는 지나치기 쉽지만 말이죠. 연체동물과 갑각류 역시 통증을 느낀다는 사실이 밝혀진 이후 많은 나라에서 잔인한 조리법이 금지되는 추세에 있어요. 오늘 여러분은 어떤 음식을 드셨나요? 혹시 동물 입장에서는 불운과 고통이 되지는 않았을까요?

동물보호법 제10조(동물학대 등의 금지)

제2항

누구든지 동물에 대하여 다음의 행위를 하여서는 아니 된다.

제2호 살아있는 상태에서 동물의 몸을 손상하거나 체액을 채취하거나 체액을 채취하기 위한 장치를 설치하는 행위. 다만, 해당 동물의 질병 예방 및 동물실험 등 농림축산식품부령으로 정하는 경우는 제외한다.

병아리 롤러코스터

"환영합니다!"

병아리 한 마리가 우리를 반갑게 맞이했다. 병아리는 자신의
이름을 '모미'라고 소개했다. 그러고는 메테와 나의 소개를 듣기
도 전에 따라오라고 했다. 우리의 여정 가운데도 이런 곳이 있었
던가. 모미가 우리를 데려간 곳은 놀이공원이었다. 고통받는 영
혼들을 위로해주기 위한 곳인가. 놀이공원이라니. 왠지 이곳과
어울리지 않는 풍경이었다.

우리는 모미가 오라니까 시키는 대로 따라갔고, 거기에는 아
주 높은 곳까지 올라갔다 내려오는 롤러코스터가 있었다. 얼핏
봐도 낙차가 상당했다. 모미는 나에게 롤러코스터 좌석에 앉을
것을 권했다. 내가 머뭇거리자 모미는 한쪽 날개를 롤러코스터

쪽으로 쫙 피면서 미소 지었다. 걱정 말라는 신호 같았다. 좌석은 달랑 하나 있었는데 고양이나 병아리가 타기에는 커보였다. 인간을 위한 것이 분명했다. 그래서였는지 메테는 롤러코스터에서 약간 떨어져 서있었다.

"출발!"

내가 앉자마자 모미는 한쪽 날개를 하늘을 찌를 듯 치켜세우며 소리 질렀다. 모미가 외치는 소리에 맞춰 롤러코스터는 출발했다. 갑작스러운 진행에 나는 어리둥절한 마음에 뭐라 반응하지 못한 채 롤러코스터와 함께 위로 착착착 올라갔다. 아차, 그러고 보니 안전 바가 없었다. 나는 서둘러 모미에게 안전 바가 없다고 소리쳤다. 그러나 모미는 나를 향해 경례하는 자세로 꼼짝도 하지 않았다. 그러는 사이 천천히 올라가던 롤러코스터는 잠시 멈추는가 싶더니 즉시 아래로 하강하기 시작했고 엄청난 속도로 떨어지더니 첫 번째 봉우리를 향해 올라갔다. 그곳이 롤러코스터의 정점이었다. 그 순간, 롤러코스터는 레일을 따라 아래로 달려갔고 안전 바의 도움을 받지 못한 나는 하늘을 향해 날아올랐다. 높이높이 날아오른 나는 여지없이 땅바닥을 향해 곤두박질치고 말았다.

바닥에 널브러진 나를 향해 모미가 뛰어왔다. 그 뒤에는 병아리 구조대로 보이는 구급대원들이 따라왔다. 병아리 구조대는

괴로워 하는 나를 보며 나의 팔과 다리뼈가 부러졌고 두개골에도 금이 갔다고 모미에게 전했다. 나는 뼈가 부러진 고통에 치료해달라고 사정했다. 병아리 구조대는 나를 들것에 옮겨싣고는 롤러코스터를 탔던 곳으로 이동했다. 그러자 부러졌던 뼈들이 원래대로 돌아온 것인지 몸이 멀쩡해졌다. 그랬더니 모미는 다시 롤러코스터에 타라고 했다. 나는 더 이상 타지 않겠다고 말했다. 사실, 욕을 하려다가 메테의 얼굴을 봐서 그건 참았다. 내가 거부하자 병아리 구조대가 돌변해 나를 붙잡고 강제로 롤러코스터에 앉혔다. 그러고는 좌석에 나를 묶어버렸다. 다시 롤러코스터는 착착착 올라갔고 밑으로 떨어지기 직전 병아리 구조대가 나를 묶었던 끈을 풀었다. 롤러코스터는 뚝 떨어지기 시작했고 안전 바가 없었기에 나는 아까와 같이 정점에서 날아가 바닥으로 떨어지고 말았다.

바닥에서 꼼짝 못하고 아파하는 나에게 아까처럼 모미가 병아리 구조대와 함께 다가왔다. 알고 봤더니 롤러코스터는 아까보다 더 높아져 있었고, 그 때문에 몸에 있던 뼈는 여기저기 더 많이 부러져 있었다. 병아리 구조대는 나의 뼈가 아까보다 얼마나 더 부러졌는지 관찰하고 모미에게 이야기했다. 모미는 병아리 구조대의 이야기를 들으며 나의 상태를 확인하고 뭔가를 적었다. 충분히 적을 만큼 적었는지 모미는 병아리 구조대를 시켜 나를 다시 롤러코스터를 탔던 곳으로 데리고 갔다. 나의 몸은 처음 상태로 되돌아갔지만 예상대로 나를 롤러코스터에 태워 더 높은

곳에서 날릴 셈이었다. 나는 참지 못하고 모미에게 따졌다.

"도대체 지금 뭐 하는 거예요?"

모미는 나의 말을 듣고는 대답했다. 높이 올라가서 떨어질수록 뼈가 더 많이 부러지는지 보려고 한다는 것이었다. 나는 그 말을 듣고 화가 치밀어 올랐다. 당연한 것을 보려고 나를 롤러코스터에 태워 떨어뜨렸다고 생각하니 참을 수 없었다. 나는 모미에게 그걸 꼭 직접 해봐야 아느냐고 따져 물었다. 그랬더니 모미는 이렇게 말했다.

"그냥 아는 것과 확인해보는 것은 다르잖아요."

이렇게 말하고 나서 모미의 얼굴은 싸늘하게 바뀌었다. 얼굴은 검게 변했고 눈은 붉은색으로 타오르는 것처럼 보였다. 이어 한마디를 더했다.

"그렇게 하는 것이 너희 인간의 방식 아니더냐."

모미의 말이 끝나고, 그의 등 뒤에서 토끼 한 마리가 등장했다. 토끼는 목에 둥근 반사판 같은 것을 차고 있었는데, 그것 때문인지 움직이는 것이 불편해 보였다. 더욱 중요한 것은 한쪽 눈알이

없었다는 것이다. 한쪽 눈알이 없는 것이 아니라 눈알이 녹은 것인지 텅 빈 눈에서 뭔가가 흘러내리고 있었다.

모미는 토끼의 이름을 '맨드라'라고 말했다. 맨드라는 눈이 흘러내리는데도 아무렇지 않은 듯 서있었다. 모미는 맨드라의 눈이 왜 이렇게 됐는지 맨드라를 대신해 말했다. 인간들이 만드는 화장품이 혹시나 인간에게 피해가 없는지 맨드라의 눈에 발라 실험했기 때문에 이렇게 된 것이라고 했다. 한 번. 두 번. 열 번. 백 번. 천 번. 눈이 망가질 때까지 바르고 또 발랐다고 한다. 얼마큼 많이 발라야 문제가 생기는지 알아보기 위해서였다. 문제가 일어날 것을 안다. 그러나 얼마나 해야 문제가 일어나는지 알기 위해 멀쩡한 눈에 화장품을 바르고 또 발랐던 것이다.

모미는 맨드라의 몸을 돌려 등을 보여주었다. 맨드라의 등은 마치 거북이 등딱지처럼 딱딱하게 굳어있었다. 모미가 말하길, 맨드라의 등에도 인간들은 화장품을 발랐다. 마찬가지로 피부가 변해 떨어져 나갈 때까지 발랐던 것이다. 피부가 완전히 망가지려면 화장품을 얼마나 발라야 하는지 알아보기 위한 것이었다. 덕분에 맨드라는 피부가 타들어 가, 죽고 싶을 정도의 고통을 겪었고 그 통증을 참지 못해 발버둥 치다 목뼈가 부러지고 말았다. 그럼에도 맨드라는 아무 말이 없었다. 모미만이 그 사실을 이야기했다. 맨드라의 등에는 화장품만 바른 것이 아니었다. 세제도 발랐고 페인트도 발랐다. 인간에게 사용했을 때 피해가 없는지 알아보기 위해서였다. 피부가 벗겨지고 또 벗겨질 때까지.

맨드라 뒤로 비글 종 한 마리가 뛰어왔다. 비글은 열심히 뛰었지만 앞으로 나아가지 못했고 자꾸만 다리가 꺾여 주저앉았다. 그래도 뭐가 좋은지 혀를 쏙 내밀고 나를 향해 뛰어와 꼬리를 흔들었다. 그러자 모미가 꼬리를 흔들지 말라는 듯 비글의 엉덩이를 톡 쳤다. 모미는 비글의 이름이 '콩테'라고 했다. 콩테의 한쪽 눈도 맨드라처럼 좋지 않아보였다. 눈알의 색이 완전히 하얗게 변했고 반쯤 튀어나와 있었다. 인간들이 콩테의 눈에는 샴푸를 발랐다고 했다. 콩테는 아팠지만 인간을 좋아했기에 아파도 참고 인간들이 하는 대로 내버려두었다. 그런 성격 덕에 인간들은 마음 놓고 콩테의 눈에 샴푸를 발랐다. 눈알의 색깔이 변하도록.

인간들은 콩테의 눈에 샴푸만 바른 것이 아니었다. 농약도 먹였다. 농약이 인간에게 어느 정도 위험한지 알아보기 위해 콩테에게 먹였던 것이다. 농약은 생명을 끊기 위해 만든 약품이다. 인간에게든 동물에게든 좋을 리 없었다. 좋기는커녕 너무나 위험했다. 착한 콩테는 인간들이 시키는 대로 먹었다. 세제도 먹고, 세균이 든 약품도 먹었다. 인간들이 시키는 대로 다 먹었다. 그래도 콩테는 죽는 순간까지 인간들에게 꼬리를 흔들었다.

어느 순간, 모미 옆에 딱 붙어있는 하얀색 쥐의 이름은 '로토'였다. 로토의 네 발가락은 모두 뭉개져 장갑을 낀 것처럼 생겼다. 인간들이 로토에게 궁금했던 건 진통제가 얼마나 효과가 좋은지였다. 그래서 뜨겁게 달궈진 철판 위에 로토를 올려놨다. 로토는 발이 뜨거워 펄쩍펄쩍 뛰었다. 하지만 뛰어봐도 철판 위를 벗어

날 수 없었기에 발이 타들어 가는 고통을 피할 수 없었다. 인간들은 실험용 진통제를 먹이고 로토를 다시 철판 위에 올렸다. 로토는 또다시 뜨거움을 참지 못하고 펄쩍펄쩍 뛰었다. 인간들은 그걸 보면서 로토가 몇 번을 뛰는지 세고 있었다. 로토가 뛰는 횟수가 적어질수록 진통제의 효과가 있는 것이라 인간들은 믿었기 때문이다. 그 믿음을 위해 로토는 아무리 발버둥 쳐도 벗어날 수 없는 철판 지옥 위에서 몸부림치며 뛰고 또 뛰었다. 발가락이 다 뭉개질 때까지. 고통을 막아주는 진통제 때문에 아이러니하게도 로토는 실험하던 인간들이 상상할 수 없는 고통을 겪어야 했던 것이다.

모미는 로토의 이야기까지 하고, 이름을 부르기 시작했다. 어느새 맨드라와 콩테 그리고 로토 뒤로 끝없이 많은 동물들이 등장해 서있었다. 그 수가 열을 넘어 백이 되고 천과 만을 넘어 수십만 수백만 수천만이 넘고도 계속 늘어나고 늘어났다. 지구를 다 덮고도 남을 만큼 끝없이 많은 동물이 묵묵히 서서 모미가 부르는 이름을 듣고 있었다. 그 이름을 다 부르는 데 10만 년이 흘러도 모자랄 정도였다. 나 역시 가만히 그 이름들을 듣고 있었다.
이름을 부르는 동안, 그야말로 아득한 세월이 흐른 것 같았다. 어느 순간 모미는 이름 부르기를 멈췄다. 그리고 모미는 나에게 롤러코스터에 다시 타라고 했다. 롤러코스터 더 높은 곳에서 떨어지면 뼈가 얼마큼 더 부러지는지 봐야겠다는 것이었다. 모미

의 말에 맞춰 모여있는 동물들이 합창을 했다.

"봐야겠다! 봐야겠다! 우리는 봐야겠다!"

나는 수많은 동물들이 동시에 외치는 소리에 주눅이 들어 다리에 힘이 풀려 주저앉아 꼼짝도 못하고 있었다. 모미가 병아리 구조대를 시켜 나를 끌고 가려고 했다. 그러자 메테가 나서서 말했다.

"이 자는 빠또야라고 하는 인간으로, 이 세계에 오게 되어 온 갖 고난을 겪으며 자신의 세계로 돌아가고 있습니다. 그 과정 자체가 고행의 길입니다."

이 말을 듣고 모미는 말했다.

"그게 내가 하는 말과 무슨 상관인가."

그러자 메테는 그 말에 대해 답했다.

"우리의 괴로움이 이 자의 고난을 통해 마음에 닿을 때 더 많은 인간이 우리의 고통을 알게 되고, 그것이 언젠가 비극의 고리를 끊는 길이 될 것이기 때문입니다."

모미는 메테의 말을 듣고 말했다. 그 말은 들릴 듯 말 듯했다.

"그것이 과연 가능할까. 인간을 상대로."

이어서 수많은 동물들이 합창했다.

"끊어야 한다! 끊어야 한다! 반드시 끊어야 한다!"

그 소리가 나의 귓전에 끝없이 울려퍼졌다.

여러분은 동물실험에 대해 생각해 본 적 있나요? 동물실험에 대한 입장은 크게 두 가지 중 하나일 거예요. 안타깝지만 꼭 필요하기에 어쩔 수 없는 일이다, 혹은 동물에게 피해가 크기에 없어져야 한다. 그것도 아니면 두 가지 중 중간 어디쯤 있겠죠. 그런데 필요한 부분이 있다고 인정해도 반드시 생각해야 할 것이 있어요. 그 실험이 이미 있는 결과를 확인하기 위한 것이라면 어떨까요? 또는 그 실험의 결과가 꼭 필요한 것은 아니지만 안 하는 것보다 낫다는 이유를 설명하는 것이면 어떨까요? 아니면 그 실험이 인간의 생명을 살리기 위한 것이 아니라 궁금증을 확인하거나 욕망을 채우는 것이라면 어떨까요? 당연한 결과를 숫자로 확인하기 위한 것이라면요? 이런 이유로 하는 동물실험으로 동물은 지옥보다 더 극심한 고통을 겪다가 죽어야 합니다. 그래서 우리는 동물실험에 대해 많은 고민을 할 수밖에 없어요. 동물실험에 관한 대중의 인식이 높아지면서 한국 역시 많은 것이 바뀌고 있지만, 인간이 누리는 것이 불필요하게 동물을 고통받게 하는 건 아닌지 관심 갖는 것이 중요할 겁니다.

동물보호법 제47조(동물실험의 원칙)

제2항

동물실험을 하려는 경우에는 이를 대체할 수 있는 방법을 우선적으로 고려하여야 한다.

제3항

동물실험은 실험(에 사용하는)동물의 윤리적 취급과 과학적 사용에 관한 지식과 경험을 보유한 자가 시행하여야 하며 필요한 최소한의 동물을 사용하여야 한다.

제4항

실험동물의 고통이 수반되는 실험은 감각능력이 낮은 동물을 사용하고 진통제, 진정제, 마취제의 사용 등 수의학적 방법에 따라 고통을 덜어주기 위한 적절한 조치를 하여야 한다.

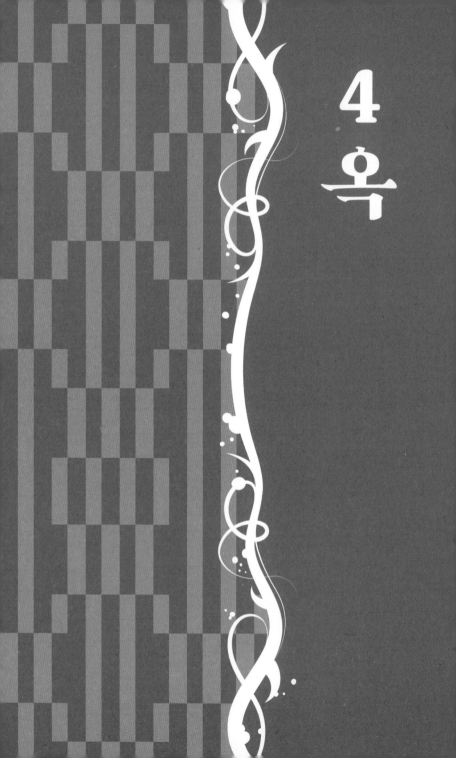

4

옥

"그대들은 자신이 어디에 있는지 아는가?"

    곧게 뻗은 길 한편에서 나는 소리를 듣고 메테와 내가 돌아보
았을 때, 거기에는 인간의 아기로 보이는 형체가 발가벗은 채로
바닥에서 한 뼘 높이에 둥둥 떠있었다. 형체가 아기처럼 보였지
만, 키는 어른인 나와 비슷할 정도였다. 허벅지부터 발끝까지 검
은 털이 북슬북슬 난 것이 꼭 곰의 다리 같았다. 그러나 털이 있
는 부분은 다리뿐이어서 머리도 맨질맨질했고 살도 통통하게 올
라서 영락없는 아기였다. 다만, 피부가 반짝반짝 빛나는 것인지
빛이 그에게만 따라다니는 것인지 전체적으로 형상이 환하고 밝
았다. 그는 메테를 알아보고 반갑게 인사했다.

"미요 메테 갸르노 파쏘 메롱이군. 여기는 올 일 없다고 생각했는데, 무슨 일인가?"

그의 물음에 메테는 우리의 여정을 설명했고, 나를 그에게 소개했다. 그리고 메테는 그가 누구인지 나에게 알려줬다. 메테의 설명으로는, 그는 도깨비이며 이름이 '만수'라고 했다. 이어 만수는 나에게도 미소를 보이며 인사했다.

"그런데 여기는 더 이상 길이 없는데 어찌 통과하려는가?"

만수는 이렇게 말하고는 길의 끝을 가리켰다. 거기에는 가로로 기다란 바위 하나가 있었는데, 그 크기가 시내버스 길이와 비슷했다. 만수의 말에 의하면 그 바위를 끝으로 길은 없다는 것이었다. 메테와 나는 난감해 했다. 어디서부터 길을 잘못 든 것인가. 그게 아니라면 왔던 길을 되돌아가야 하는 것인가. 그것도 아니라면 갈 수 없는 여정을 시작했던 것인가.

"다만 저 바위 밑에 구멍이 하나 있는데, 그곳은 그대들이 갈 곳은 아니다."

우리는 그 말에 깜짝 놀라서 거기는 어디냐고 물었다. 그러자 만수는 말했다.

"그곳은 버림받은 영혼들이 쉬는 곳이다. 나는 그곳을 지키고 있다. 그러니 돌아가라. 여기는 더 이상 길이 없다."

바위 밑에 구멍이 있다. 그곳은 어딘가로 통하고 있다. 그러나 길은 아니다. 어떻게 해야 할까. 나는 만수에게 그곳으로 가게 해 달라고 말했다. 나의 말을 들은 만수는 약간은 난감한 듯 약간은 한심한 듯, 묘한 표정을 짓더니 이렇게 말했다.

"그렇게 원한다면 가게 해줄 수는 있다. 허나, 내가 하는 대로 가만히 있어야 한다. 하겠는가?"

나는 하겠다고 대답했다. 그러자 만수는 왼손 새끼손가락으로 바위를 들었다. 바위는 만수의 손에 의해 종이 상자처럼 사뿐히 들렸다. 거기에는 만수의 말대로 작은 구멍이 하나 있었다. 내가 구멍을 보는 순간,

"카하합!"

갑자기 만수가 오른손 집게손가락을 내 얼굴에 찌를 듯 펴는
가 싶더니 바늘 수십 개에 찔린 것처럼 눈이 따가웠다.

"으아아아악!"

나는 비명을 질렀다. 순간, 눈앞이 캄캄해지며 아무것도 보이
지 않았다. 이어 나는 어디론가 쑤셔 박히는 느낌이 들었다. 아마
도 좁은 구멍으로 떨어진 것 같았다.

목이 긴
개 이야기

나는 구멍 속으로 들어온 것 같았다. 눈을 떠도 아무것도 보이지 않았고 눈을 감아도 아무것도 보이지 않았다. 그래서 눈을 뜬 것인지 감은 것인지 분간하기 어려웠다. 나는 손을 앞으로 쭉 뻗어보았다. 아무것도 잡히는 것이 없었다. 손을 옆으로 휘저어 보았다. 손에 닿는 것은 없었다.

"메테. 메테."

나는 메테를 작게 불렀다. 소용없었다. 아무 소리도 들리지 않았다. 어떻게 해야 할까. 잠시 망설이다가 다시 한 번 메테를 불러보았다. 메테는 나를 홀로 남겨두지 않고 곁에 있을 것이라고 확신했기 때문이다. 도깨비 '만수'가 나를 여기에 떨어뜨렸어도

메테가 나를 찾아 이 여정을 도와줄 것이라 굳게 믿었기 때문이다. 일단 나는 그 자리에 앉았다. 메테를 기다릴 생각이었다. 여기서 가만히 기다리면 메테가 올 것이다. 다른 곳으로 갈 생각은 하지 못했다. 내가 어디론가 움직이면 나를 찾는 메테가 헤맬 것 같다는 생각이 들었다. 하지만 메테가 나를 찾지 못하면 나는 이 구멍 속에서 영원히 빠져나가지 못하고 그대로 돌이 될 것 같았다.

아무 소리도 들리지 않고 아무것도 보이지 않았다. 오랜 시간 한자리에 앉아있었다. 얼마나 시간이 흐른 지 알 수 없었지만, 느낌만으로 판단한다면 20년은 흐른 것 같았다. 메테는 나타나지 않았다. 만수도 나타나지 않았다. 메테가 나를 찾고 있었다면 지금쯤 나타났을 것이다. 만수도 이것이 장난이었거나 일종의 시험이었다면 이제는 나타났을 것이다. 그러나 그 누구도 보이지 않았다. 이제는 움직여야 할지도 모른다. 만일 메테가 나를 기다리고 있다면, 만약 그렇다면 내가 여기에 있다가는 정말로 만나지 못할 수도 있었다. 움직이지 않는다면 희망은 없는 것이다. 그래서 나는 눈을 뜨고 손을 더듬어 방향을 잡아보았다. 눈을 떴지만 보이는 건 없었다. 어쨌든 메테를 찾아야 했다.

얼마 지나지 않아 뭔가가 보이기 시작했을 때, 나는 그것이 내 눈에 보이는 것인지 아니면 보이는 것 같은 환상에 빠진 것인지 구분하기 어려웠다. 왜냐하면 작은 초롱불 하나가 어둠을 밝히고 있었기 때문이다. 초롱불은 미약했지만 어두운 곳을 밝히는 유일한 불빛이었기에 눈이 부실 정도로 밝았다. 그 불빛은 어디

서 나타난 것일까. 점점 가까워 오는 불빛에 집중했다. 그리고 초롱불을 목에 건 무언가가 다가왔다. 그것은 개였다. 주둥이와 코를 보고 개라는 것을 확신했다. 그러나 이상한 점이 있었다. 머리는 분명 개였는데 목이 길어도 너무 길었다. 나는 잘못 봤나 싶어 다시 봤지만, 개의 머리만 보일 뿐 몸통은 보이지 않고 목만 어둠 저편으로 길게 이어진 것이 보였다. 아나콘다처럼 거대한 뱀 몸뚱이에 개의 머리를 붙인 것 같은 모양이었다. 그래서 개인가 기린인가 아니면 사슴인가 하는 생각도 했지만, 내가 아는 한 그 얼굴은 보더 콜리 종으로 보이는 개였다.

개는 나의 얼굴에 자신의 얼굴을 가까이 댔다. 자세히 보니 그의 눈은 하얗게 변해있었다. 앞이 보이지 않았던 것이다. 까만 코도 바싹 말라있었다. 그래서 냄새를 맡기 어려운 것처럼 보였다. 그럼에도 개는 말라버린 코를 벌름거리며 내 얼굴에 대고 냄새를 맡았다. 나의 냄새를 통해 뭔가를 확인하려는 것 같았다. 뜻대로 되지 않는 듯 내 얼굴 여기저기에 코를 대고 킁킁거렸지만 눈은 보이지 않으니 냄새에 더 의지하는 것 같았다. 어느 순간, 하얗게 변한 눈이 잠시 커지더니 스르륵 물러나 사라졌다. 그가 사라지면서 불빛도 함께 사라져 내가 있는 곳에는 다시 어둠이 찾아왔고 아무것도 보이지 않았다.

나는 어둠 속에서 개가 사라진 방향을 가늠해 더듬더듬 움직였다. 얼마 후, 개가 사라진 쪽에서 작은 빛이 보이기 시작했다. 나는 멈춰 서서 그것을 보았다. 그 빛은 지면에서 튀어오르며 움

직이는 것처럼 콩콩콩 오르내리고 있었다. 점점 밝아지던 그 불빛이 가까이 왔을 때, 그것은 아까 개의 목에 걸려있던 초롱불이라는 것을 알 수 있었다. 초롱불은 자신을 '초롱불'이라고 소개했다. 그건 말을 안 해도 충분히 알고 있었다. 초롱불은 나에게 물었다.

"나리는 누구길래 여기에 자리 하나 잡지 못하고 계신가요?"

나는 내가 여기에 오게 된 사연과 도깨비 만수를 만난 이야기, 결정적으로 메테를 잃게 되어 앞길이 막막해진 처지에 대해 이야기했다. 초롱불은 그것 참 이상한 일이라는 듯 고개를 갸웃갸웃했다. 나는 초롱불에게 도와달라고 말했다. 솔직히 말하면 초롱불에게 사정했다. 메테도 없는 상태에서 내가 의지할 수 있는 것은 눈앞에 있는 초롱불뿐이었기 때문이다. 초롱불은 그렇다면 자신의 주인에게 물어보자고 했다. 초롱불이 주인이라고 말한 존재는 아까 봤던 개였다. 그렇게 해서 나는 초롱불을 따라 어둠 속을 기어갔다. 서서 걷지 않은 이유는 초롱불이 아주 낮게 통통거리며 갔기에 그에 발맞추기 위해서였다.

초롱불이 나를 데리고 간 곳은 부드러운 카펫이 깔린 방이었다. 방은 넓었고 음식과 물도 있었다. 깨끗하고 넓고 풍족해 보였으나 너무 어두웠다. 초롱불이 내는 빛 외에는 반딧불 같은 불빛

만 있어서 가까운 곳에 있는 것들만 눈에 들어왔다. 초롱불은 멈춰 선 후 말했다.

"주인님, 길을 잃은 나그네가 난처한 상황에 처하게 되어 여기로 모시고 왔습니다. 주인님의 은덕이 미칠 수 있다면 나그네에게 도움을 주소서."

초롱불의 말에 아까 보았던 개의 모습이 드러났다. 굉장히 목이 길어 몸통은 어디 있는지 잘 보이지 않았다. 초롱불은 그 개를 자신의 주인이자 '화살 꼬리'라고 소개했다. 화살 꼬리는 아까와 마찬가지로 내 얼굴 가까이에서 냄새를 맡더니 금세 흥미를 잃은 듯 고개를 돌렸다. 나는 다급하게 화살 꼬리에게 말했다. 내가 만나야 하는 메테와, 그를 만나기 위해서는 어디로 가야 하는지에 대해서였다. 그것도 아니라면 그런 방법을 아는 존재가 있는지 물어봤다. 그 말을 듣고 화살 꼬리는 말했다.

"그대는 인간이 맞지요? 인간도 누군가에게 버림을 받겠지만 희망을 버리시오. 버린 상대가 마음을 바꾸는 일은 없는 것 같으니까."

그런 말을 하고 화살 꼬리는 가버렸다. 나는 화살 꼬리가 한 말을 생각하며 멍하니 있었다. 그 모습을 보고 초롱불이 내게 말했다.

"우리 주인님도 버림받았습니다. 그리고 여기에서 기나긴 시간을 견뎌내고 있지요."

화살 꼬리는 다섯 형제 중 몇 번째인지 확인할 수 없는 순서로 태어났다. 화살 꼬리는 자신이 태어난 곳이 어딘지, 엄마개와 형제들이 누군지 알기도 전에 어떤 인간이 어디론가 데리고 갔다. 유리벽으로 되어있는 그곳에서 엄마도 없고 형제들도 없이 웅크리고 있던 어느 날, 화살 꼬리는 보호자를 만났다. 보호자는 화살 꼬리에게 '뭉크'라는 이름을 지어주었다. 그래서 화살 꼬리는 엄마가 준 화살 꼬리라는 이름을 버리고 뭉크라는 이름으로 살았다. 보호자는 너무 사랑스러웠다. 자신을 품 안에 꼭 안아준 보호자의 가슴은 한없이 따뜻했다. 화살 꼬리는 그때 그 냄새를 일생에 가장 중요한 냄새로 가슴속에 담아 기억했다. 그리고 화살 꼬리는 엄마와 형제들을 잊었다. 보호자는 화살 꼬리에게 무슨 말인가를 끊임없이 했다. 화살 꼬리는 보호자가 하는 말을 알 수 없었지만 뭐라도 보호자의 마음에 드는 것을 하려고 가만히 있지 않았다. 그럴 때마다 보호자는 소리 내어 웃었다. 자신이 보호자를 웃게 한 것에 화살 꼬리도 기분이 좋았다. 멈추지 않았다. 보호자가 웃을 수만 있다면 몸이 부서지도록 무슨 일이든 하겠다고 화살 꼬리는 다짐했다.

화살 꼬리가 조금 더 자라자, 화살 꼬리에게는 행복한 일이 하나 더 생겼다. 보호자와 하는 산책이었다. 골목을 누비고 공원에서 쉬고 풀 냄새, 나무 냄새를 맡고 지나가는 새들과 고양이들을 구경했다. 보호자 말고 다른 인간 구경도 실컷 했다. 다른 개들을 만나면 괜히 자랑하고 싶었다. 이 인간이 내 보호자이고 너희 보호자보다 훨씬 더 아름답고 사랑스럽고 좋은 인간이라고. 그러면 지나가는 개들도 질투하지 않을 수 없었다. 그런 질투를 받아보지 않았다면 아마도 화살 꼬리의 심정을 알 수 없을 것이다.

이제 화살 꼬리는 다 컸다. 처음에는 집이 작아진 줄 알았지만 그건 아니었다. 보호자는 집에 없는 시간이 많아졌고, 산책을 나가는 시간은 줄었다. 보호자가 아닌 다른 인간도 집에 나타났지만 화살 꼬리는 다른 인간의 냄새가 마음에 들지 않았다. 보호자가 없을 때는 심심해서 집 안 이곳저곳 돌아다니며 놀다 잤다. 그래도 보호자는 기다리면 언젠가는 나타났다. 보호자가 없는 동안 착하게 잘 놀았다고 말하고 싶었지만, 보호자는 무슨 말인가 크게 말하고는 했다. 목소리가 컸지만 무슨 뜻인지 알 수 없었다. 다만 사랑스럽지 않고 무섭다는 생각이 들었다. 그래도 보호자는 자기 전에 화살 꼬리를 꼭 안아주었다. 따뜻했다. 처음 보호자를 만났을 때의 냄새가 났다. 그러나 화살 꼬리의 덩치가 커지자 보호자가 안아주는 시간도 줄어들었다.

어느 날, 보호자는 화살 꼬리를 자동차에 태우고 여행을 갔다. 화살 꼬리는 기분이 좋았다. 차창 사이로 비집고 들어오는 강한

바람을 콧구멍과 입속으로 들이마시며 이 세상의 행복이 자신에게 있음을 실감했다. 보호자는 "우와~" 하고 소리를 질렀고 그에 맞춰 화살 꼬리 역시 "아우~" 하고 소리를 질렀다. 푸른 숲과 작은 개울이 흐르는 곳에 도착했을 때, 화살 꼬리는 나무와 개울의 이곳저곳을 탐험하며 정신없이 냄새를 맡았다. 새로운 냄새가 수백 가닥의 실처럼 콧구멍 속으로 들어오는 후각의 향연에 취해 화살 꼬리는 한참을 헤매고 다녔다. 어느 순간 고개를 들었을 때 보호자는 없었다. 같이 타고 온 자동차도 없었다. 보호자의 냄새를 맡아보려 했지만 어느 지점에서 냄새는 끊어져 있었다.

화살 꼬리는 생각했다. 보호자는 어디 갔을까. 먹을 것을 가지러 갔을까. 내가 냄새를 맡는 동안 나를 잃어버려서 찾고 있는 것일까. 그럴 것이다. 나를 찾고 있을 것이다. 그렇다면 이 자리를 벗어나면 안 된다. 보호자와 헤어진 곳에 가만히 있어야 보호자가 나를 찾을 수 있다. 그런 생각으로 화살 꼬리는 그 자리에 가만히 앉아 보호자를 기다렸다. 밤이 오고 아침이 왔지만 보호자는 나타나지 않았다. 그래도 화살 꼬리는 보호자가 혹시 자기를 못 찾을까봐 그 자리를 지켰다. 배가 고프고 오줌이 마려웠지만 참았다. 혹시나 보호자가 왔다가 자신을 놓칠까봐 움직이지 않았다.

두 번의 밤이 지나고 그다음 밤 그리고 셀 수 없는 밤이 지나고도 보호자는 오지 않았다. 화살 꼬리는 생각했다. 자신을 찾아 헤매고 있을 보호자를 위해서는 자신이 움직여야 한다고. 그래서

왔던 길로 거슬러 가기 시작했다. 그러나 냄새의 흔적이 없어 어디로 가야 할지 길을 찾을 수 없었다. 이곳저곳 돌아다녔지만 어디로 가야 할지 알 수 없었다. 보호자와 타고 온 행복한 자동차와 비슷한 건 많았지만 보호자는 거기에 있지 않았다.

"결국 주인님은 동물 보호소에 들어갔다가 어느 동물 보호 단체의 도움을 받아 입양 센터에 가게 되었습니다. 하지만 우리 주인님은 거기에서도 자신의 보호자만 기다렸습니다. 입양자가 나타나면 누군지 확인하고 보호자가 아니면 돌아누워 아무 말도 하지 않았습니다. 먹지도 일어나지도 않았습니다. 그대로 웅크린 채 보호자가 오기만을 기다렸지요. 또다시 인기척이 나면 목을 길게 빼 보호자인지 보았지만 아님을 알고 다시 누웠고 다시 깨어나지 못했습니다. 기나긴 기다림으로 목이 길어진 영혼은 지금도 이 어두운 곳에서 보호자를 기다리고 있습니다. 다시는 만나지 못할 보호자를 말이죠."

나는 다시 한 번 화살 꼬리가 있는 방향으로 시선을 돌렸다. 누군가로부터 버려진 영혼을 감싸는 그 짙은 어둠이 길게 드리워져 있었다. 나의 착각이었는지 모르지만, 화살 꼬리가 맡았던 행복한 냄새가 잠시나마 나의 코를 스치는 것 같았다.

함께 살던 반려견을 버리는 인간은 그것으로 끝난 것 같지만 동물은 그렇지 않아요. 유기된 동물에게는 그 순간부터 지옥이나 다름없는 삶이 기다리고 있으니까요. 인간들의 눈에 띄어 동물 보호소에 가게 된다면 그곳에서 생을 마감할 가능성이 높아요. 동물 보호소는 보호자가 찾는 노력을 하고 있다면 다행이지만 그렇지 않다면 입양되지 않는 한 안락사 될 수밖에 없는 곳이에요. 동물 보호소에서 입양이 활발하게 이루어지지 않기에, 결과는 불행의 고리를 벗어날 수 없는 것입니다. 운 좋게 안락사를 하지 않는 동물 보호 단체의 보호소에 간다면 어떻게 될까요? 마음은 편하고 안심될 수도 있겠네요. 그러나 개는 인간과 교감하면서 사는 것을 행복으로 여기며 진화해 왔어요. 생명의 연장만큼이나 중요한 것이 자신의 반려인을 찾는 것이죠. 그래서 버려진 개들은 기다립니다. 자신을 버린 보호자가 올 때까지 그곳에서 기다립니다. 다른 인간의 도움을 받을 때도 기다립니다. 동물 보호소에 가서도 기다립니다. 어떤 때는 먹지도 않고 기다립니다. 혹시 오늘은 올까 내일은 오겠지, 싶은 마음으로 지금 이 순간도 기다리고 있습니다.

동물보호법 제10조(동물학대 등의 금지)

제4항

소유자등은 다음의 행위를 하여서는 아니 된다.

제1호 동물을 유기하는 행위

제2호 반려동물에게 최소한의 사육공간 및 먹이 제공, 적정한 길이의 목줄, 위생, 건강 관리를 위한 사항 등 농림축산식품부령으로 정하는 사육, 관리 또는 보호의무를 위반하여 상해를 입히거나 질병을 유발하는 행위

부들부들 발바닥의 망치

개 '화살 꼬리'가 등을 돌린 후 웅크린 채 대답도 반응도 없는 상태로 돌아가자, '초롱불'은 그 옆에서 서서히 불빛을 잃어갔다. 그리고 처음 이곳에 왔을 때처럼 어둠이 실내에 가득 찼고 아무것도 보이지 않았다. 하는 수 없이 나는 바닥에 엎드린 채 앞으로 기어가기로 했다. 오른손으로는 땅을 짚고 왼손으로는 앞에 무엇이 있는지 허우적거리며 나아가는 터라 속도가 나지 않았다. 내가 앞으로 가고 있는 건지 제자리에서 빙글빙글 돌고 있는 건지 구분할 수 없었다. 도깨비 '만수'의 말에 틀린 것이 없었다. 이곳은 길이 없는 곳이다. 메테가 무척이나 보고 싶었다. 메테가 나를 찾고 있다면 어서 나를 발견했으면 좋겠다는 마음뿐이었다.

그때, 한쪽 구석에서 작은 불빛이 반짝이는 것이 보였다. 그 불빛은 나를 향해 콩콩콩 튀면서 다가오고 있었다. 초롱불이었다.

초롱불은 화살 꼬리가 자신을 보냈다고 말했다. 아무 말 없던 화살 꼬리는 초롱불에게 내가 잃어버린 이를 찾을 수 있도록 도와주라고 했던 것이다. 마침 초롱불은 세상의 여러 곳에 대해 잘 아는 분을 알고 있다며 그를 만나러 가자고 나에게 제안했다. 초롱불의 제안을 거절할 이유가 없었다.

'부들부들 발바닥'이라는 이름을 가진 개는 초롱불이 안내한 곳에 앉아있었다. 짧은 털을 가진 황구처럼 생긴 그는 앞발을 세운 상태로 나를 쳐다보는 표정이 의외라고 말하는 것 같았다. 이런 곳에서 인간을 보았으니 그럴만도 했다. 초롱불의 설명을 듣고 부들부들 발바닥은 나를 반갑게 맞이했다. 부들부들 발바닥이 거처하는 곳은 작은 천막 같이 생긴 곳으로 운치가 있으면서도 임시 숙소 느낌도 들었다. 나는 그에게 어떻게 여기에 왔는지 물었다.

부들부들 발바닥은 세상의 많은 곳을 돌아다녔다고 했다. 그가 그렇게 돌아다니게 된 건 도망을 쳤기 때문이다. 그가 도망쳤던 곳은 엄청나게 많은 개들이 갇혀있던 곳이었다. 자신의 주인은 거기에 살았고 자신에게 그곳을 지키는 임무를 맡겼다. 개들의 농장을 말이다. 개들의 농장에는 두 부류의 개들이 살고 있었다. 한쪽에는 다른 곳에서 이곳으로 들어온 개들이었고, 다른 한

쪽에는 원래부터 이곳에 갇혀있던 개들이었다.

다른 곳에서 들어온 개들은 한때 누군가의 집에 살던 개들이었다. 한때 집에서 사랑받으며 반려견으로 살던 개들이 집을 잃거나 혹은 보호자에게 버림받아 '동물 보호소'라 불리는 수용소에 갔다가 이곳 개 식용 농장까지 오게 된 것이었다. 그들은 여기서 주는 밥을 입에 대고 목으로 넘기기 어려워 했다. 옛 보호자가 주던 맛난 음식을 먹던 개들에게 인간이 먹다 버린 쓰레기로 만든 밥을 먹으라고 했을 때 그것은 음식으로 보기 쉽지 않았을 것이다. 커다란 통에 가득 담겨 반쯤 썩어가는 것을 먹거리라고 할 수는 없었기 때문이다. 물 한 모금조차 마시는 게 쉽지 않았다. 맑은 맹물이 없어 짜고 매운 국물을 억지로 마시고 나면 갈증은 오히려 목을 타게 만들었다. 하지만 그거라도 마시면서 견뎌야 했다. 원래부터 이곳에 살던 개들은 사방이 철망으로 되어있는 '뜬장'에서 아래는 똥이 산처럼 쌓여가도, 발바닥의 살이 철망에 찢어지고 무릎뼈가 뒤틀려도 참고 살았다. 새로 들어온 개들은 그 모습을 보며 점차 현실을 포기하고 말이 없어졌다.

부들부들 발바닥은 주인의 명령을 따르는 것만 생각했다. 자신은 싸구려 사료라도 먹었고 맹물을 먹을 수 있었다. 묶여있었어도 땅바닥에서 지내며 나무로 만든 집에 살았다. 주인을 위해 부들부들 발바닥은 다른 개들의 고통에는 관심 없었다. 자신을 믿고 있는 주인만 바라보고 충성하며 살았다. 그랬던 부들부들 발바닥이 도망치게 된 것은, 그렇게 믿었던 주인이 배신했기 때문이다.

어느 날, 부들부들 발바닥의 목줄을 푼 주인은 자신의 집 쪽으로 그를 데리고 갔다. 그러더니 부들부들 발바닥의 목줄을 바투 잡은 주인은 부들부들 발바닥의 목에 목줄 대신 밧줄을 묶기 시작했다. 그리고 잘 묶였는지 확인한 후 부들부들 발바닥을 나무에 매달았다. 죽음을 직감한 부들부들 발바닥은 사력死力을 다해 발버둥 치며 몸을 뒤틀기 시작했다. 무슨 수를 쓰든 벗어나기 위해 발광하지 않을 수 없었다.

그러다 뒷발로 주인의 얼굴을 가격했고, 그 바람에 주인이 밧줄을 놓치며 뒤로 넘어졌다. 극적으로 풀려난 부들부들 발바닥은 목에 밧줄이 묶인 채 일단 뛰었다. 그러나 곧바로 주인의 손이 밧줄을 잡아챘고, 부들부들 발바닥은 다시 주인의 손에 들어가고 말았다. 흥분한 주인은 주변을 두리번거리다가 해머를 잡아들었고 숨 쉴 새도 없이 부들부들 발바닥의 머리를 내리쳤다. 그 광경을 다른 개들이 지켜보고 있었다. 다행히 첫 번째는 피했으나 두 번째는 그렇지 못했다. 해머에 맞은 것이었다. 그나마 부들부들 발바닥이 머리를 틀어버려 귀 뒤쪽으로 빗맞았고, 그 틈에 발버둥 쳐 주인의 손에서 벗어났다.

"그리고는 절대 잡히지 않는 몸이 되어, 마을과 산과 들을 떠돌며 세상의 모든 곳을 돌아다녔지요."

정말로 부들부들 발바닥의 머리에는 새끼손가락만한 흉터가

자리 잡고 있었다. 주인에게 맞아서 생긴 것이리라. 부들부들 발바닥은 인간의 손에 들어가면 절대 안 된다는 것을 깨달았다. 개는 둘 중 하나다. 보호자가 있는 개와 보호자가 없는 개. 그러니까 길 위에 혼자 있는 개는 보호자가 있을 수가 없다. 즉, 개에게는 야생이라는 말이 존재하지 않는 것이다. 보호자 없는 개는 잡혀 동물 보호소에 간다. 거기서 원래 보호자를 만나거나 새로운 보호자를 만나지 못하면 죽는다. 보호자를 만났다 해도 또다시 자신을 버리거나 망치로 때리면 죽는다. 그러니 길에서 돌아다니는 개는 법적으로 존재하지 않는 존재이지만, 부들부들 발바닥은 길에서 사는 개의 삶을 선택했다. 불안전하고 손가락질당하는 위태로운 삶 속으로 들어간 것이다.

　부들부들 발바닥은 이렇게 말하고는 나에게 어디로 가려는지 물었다. 자신이 도움이 될 수도 있다고 생각하고 물었던 것이다. 나는 잃어버린 메테를 찾기 위해 어디로든 가야 한다고 했다. 그곳이 어딘지 모르지만 말이다. 그러자 부들부들 발바닥은 나에게 한 가지 제안을 했다.

　"오, 안내자도 잃고 갈 길도 잃은 가여운 영혼이여. 나의 작은 소원 하나만 들어주면 당신이 어디로 가야 할지 알만한 분을 만

나게 해주겠소. 부디 나의 말을 쉽게 듣지 마시고 내가 기대하는
바에 실망이 없도록 해주시오."

　부들부들 발바닥이 한 뜻밖의 제안에 나는 당황했지만, 그의
사연을 듣고 조건 없이 도와주고 싶은 마음이 생겼기에 그의 제
안에 흔쾌히 그렇게 하겠다고 답했다. 부들부들 발바닥이 나에
게 부탁한 소원은 간단했다. 자신을 죽이려 했던 주인의 머리를
망치로 때려달라는 것이었다. 사실, 나는 그의 소원이 무엇이든
들어줄 결심을 하고 있었다. 하지만 그 말을 듣자 여러 이유로 어
렵겠다는 생각이 들었다. 우선, 나는 이 세계에서 나의 세계로 여
행하는 몸이라 부들부들 발바닥의 전 주인이 사는 곳으로 갈 수
가 없었다. 혹여 간다고 해도 내가 현실 세계에서 누군가의 머리
를 망치로 내리치는 것은 범죄나 다름없으니 그것을 쉽게 하겠
다고 할 수도 없었다. 전 주인이 아무리 악한 자라도 법이 존재하
는 나라에서 사적인 복수를 하는 것이 과연 옳은가 하는 생각도
들었다. 그보다 내가 그런 일을 할 수 있는 위인이 못 된다는 것
이 먼저일지 몰랐다.

　나의 완곡한 거절에 부들부들 발바닥은 옅은 웃음을 지으며
뭔가를 나에게 건넸다. 그건 망치였다. 나는 온몸에 소름이 올라
왔다. 이걸로 인간을 죽이라는 것인가. 부들부들 발바닥이 웃고
있으니 더 무서웠다. 그런 나의 모습에 크게 신경 쓰지 않고 부
들부들 발바닥은 상상하는 그런 것과는 다르니 안심하라고 일렀

다. 마치 내가 속으로 생각하는 것을 읽는 것 같았다. 자신을 믿으라는 말과 함께 망치를 내 손에 쥐어주고 뒤를 돌아보라고 했다. 거기에는 낯선 나무 문 하나가 동그마니 서있었다. 벽도 없이 공간 중간에 문만 덜렁 있는 상태였다. 초롱불은 호기심 때문인지 부들부들 발바닥과 이야기를 끝낸 것인지 앞장서서 문을 열었다. 어두운 이쪽과 달리 은은한 빛이 문에서 흘러나왔다. 안쪽이 궁금했던 나는 목을 빼 그 안을 보는데, 초롱불이 나를 문안으로 밀어넣었다.

안에 들어가자 은은한 불빛이 안개처럼 걷히며 어떤 형체가 드러났다. 한 인간이 서있었고, 그의 뒤로 두 줄로 늘어선 철창에 개들이 가득 들어차 있었다. 그 모습은 실제 모습이 아니라 안개와 얇은 실로 짜 만든 형상처럼 보였다. 홀로그램 같았다고 하면 이해가 쉬울지도 모르겠다. 거기 서있는 인간이 아마도 부들부들 발바닥의 주인으로 보였다. 그때 그는 개 한 마리를 끌고 가 손에 든 것으로 때리려는 동작을 하고 있었다. 그 모습을 보자 나도 모르게 그에게 다가가 부들부들 발바닥이 준 망치를 높이 들었다. 그런데 부들부들 발바닥이 준 망치는 진짜 망치라기보다는 장난감 망치 같은 것이었다. 망치 머리는 물렁했고 손잡이는 흐물흐물했다. 그런 탓에 정확히 머리를 맞히기 쉽지 않았다. 어쨌든 최선을 다해 힘껏 그 인간의 정수리를 내리쳤다. 타격 없는 공격이었으나 나의 망치에 맞은 인간은 순간 하던 행동을 멈췄

다. 그 덕에 잡혀있는 개는 인간의 손을 벗어나 하늘로 날아갔다. 나는 멈추지 않고 뛰어다니며 개들이 갇힌 철창의 문을 다 열어버렸다. 그러자 그 개들도 하늘로 날아올라 오로라처럼 빛을 내며 하늘로 퍼져나갔다. 하늘을 가득 채우며 반짝이는 그 모습은 장관이었다. 개들은 하늘 산책길을 나서는 듯 맑은 눈을 하고 있었다. 그때까지도 나의 망치에 맞은 인간은 멍하니 서있다가 한참 동안 잊어버렸던 일이 생각난 듯 걸어서 멀리 사라졌다.

내가 들어왔던 문앞에 초롱불이 서있는 것이 보였다. 나는 그리로 걸어갔다. 나를 문안으로 밀어넣을 때와 달리 초롱불은 정중하게 기다리는 것 같았다. 나는 문으로 나갔고 부들부들 발바닥과 다시 만났다. 그와 동시에 문은 사라졌다. 부들부들 발바닥은 은은한 미소를 짓고 있었다.

"잘해주었소."

나는 내가 무엇을 했는지 잘 알지 못했다. 잘한 건지 어설펐던 건지 판단이 명확하지 않았다. 어쨌든 부들부들 발바닥의 마음에 들었다면 나로서는 다행이었다. 부들부들 발바닥은 고마움에 대한 답례로 무슨 일이든 척척 해내는 분을 만나게 해주겠다고 약속했다. 그러나 아직은 그 누군가가 나를 메테에게 데려가줄 수 있는지 알 수 없었다.

버려진 개는 독특한 지위에 있어요. 정확히 말하면, 존재할 수 없는 존재라고 하는 것이 맞겠죠. 법적으로 개는 반드시 보호자가 있어야 해요. 그래서 버려져 길에 돌아다니는 개는 신고할 경우 동물 보호소로 가게 되고 원래의 보호자를 찾아주거나 새 보호자를 만나야 합니다. 그렇지 않다면, 남은 길은 안락사 즉 죽음뿐이 없어요. 그것이 개의 삶이죠. 그런데 새 보호자가 반려인이 아닌 경우도 있어요. 개를 다른 목적으로 이용하려는 경우입니다. 예를 들면, 강아지 공장에 보내거나 식용 농장에 파는 경우가 있겠죠. 식용을 목적으로 사는 개의 삶은 지옥이나 다름없습니다. 더러운 음식을 먹어야 하고 깨끗한 물을 마실 수 없고 추위와 더위를 견뎌야 하고 몸의 상처를 묵묵히 감수해야 합니다. 더욱 잔인한 것은, 인간과 공동체의 교감을 차단당하는 것이죠. 결국 마음에 따뜻한 온기조차 느껴보지 못한 채 죽음의 공포에 노출되어 있다는 것입니다. 보호자에게서 버림받은 개는 더 좋은 보호자를 만나거나 불편한 삶을 사는 것으로 끝나지 않고, 죽음보다 더 잔인한 삶을 살게 된다는 것을 기억해야 합니다.

동물보호법 제10조(동물학대 등의 금지)

제1항

누구든지 동물을 죽이거나 죽음에 이르게 하는 다음의 행위를 하여서는
아니 된다.

제1호 목을 매다는 등의 잔인한 방법으로 죽음에 이르게 하는 행위

제2호 노상 등 공개된 장소에서 죽이거나 같은 종류의 다른 동물이 보
는 앞에서 죽음에 이르게 하는 행위

제3항

누구든지 소유자등이 없이 배회하거나 내버려진 동물 또는 피학대동물
중 소유자등을 알 수 없는 동물에 대하여 다음의 어느 하나에 해당하는
행위를 하여서는 아니 된다.

제1호 포획하여 판매하는 행위

제2호 포획하여 죽이는 행위

제3호 판매하거나 죽일 목적으로 포획하는 행위

도마뱀 악어와 머리 둘 달린 거북이

'초롱불'이 앞장섰고 나는 그 뒤를 따라갔다. '부들부들 발바닥'도 옆에 있었다. 나는 부들부들 발바닥에게 우리가 누구를 찾아가는 건지 물었다. 부들부들 발바닥은 그가 도마뱀이라고 했다. 현명한 자이며, 진리를 꿰뚫고 있고, 세상의 답을 알고 있다고 했다. 그를 믿으면 내가 걱정하는 문제의 실마리가 풀릴 것이라는 말도 했다. 메테를 만날 수 있다는 말이었다. 부들부들 발바닥의 말에 나는 기대감이 생기며 안심이 됐다.

초롱불이 성실하게 안내한 곳에는 목욕탕이 있었다. 정확히 말하면 욕실이었다. 아니다. 더 정확히 말하면 욕조였다. 한쪽 벽이 유리로 된 작은 건물 안에 욕조가 있었다. 초롱불은 유리문 앞에서 왔다 갔다 하더니 뭔가 찾은 듯 한 곳에 멈춰 뭔가를 비추고

있었다. 그것은 안으로 들어갈 수 있는 열쇠였다. 나는 가까이 가 열쇠로 문을 열었다. 초롱불과 부들부들 발바닥이 따라 들어왔다. 초롱불이 나의 앞으로 폴짝 나가더니 욕조 앞으로 가 불을 밝혀주었다.

"이 안에 도마뱀 '리씨'가 있소."

부들부들 발바닥이 그렇게 말하고는 욕조를 향해 도마뱀을 불렀다. 물속에 있어 잘 들리지 않는지 도마뱀 리씨는 반응이 없었다. 정말로 도마뱀이 있다는 것을 믿어야 하는지 말아야 하는지 조급한 마음이 몰려올 때, 욕조의 물에 파장이 일더니 무언가가 눈과 코를 쏙 내밀었다. 그 존재는 잠시 우리를 관찰하더니 머리까지 모두 물밖으로 나왔다. 그런데 내가 보기에 그는 도마뱀이 아니었다. 얼핏 봐도 분명 악어였다. 그럼에도 부들부들 발바닥은 흔들림 없이 그를 도마뱀으로 소개했다. 도마뱀 리씨는 우리를 쳐다보며 말했다.

"지금 저 강아지에게 소개받은 악어 리씨유. 나는 악어인데, 저 녀석이 그렇게 불러 다들 그렇게 부르는 것이니 오해 마슈."

부들부들 발바닥은 리씨가 악어였다는 사실을 지금에야 알게 된 것처럼 놀라는 눈치였다. 부들부들 발바닥은 악어라는 사실

255

을 왜 말하지 않았냐고 물었다. 그랬더니 악어 리씨는 자신이 도마뱀이라고 한 적도 없고 악어라고 한 적도 없으니 그렇게 알라고 했다. 어쩌다 보니 이름처럼 '도마뱀'이 앞에 붙어 도마뱀 리씨라고 불리는 듯했다. 부들부들 발바닥은 호칭 문제보다는 나에 대한 부탁이 급하니 리씨가 도마뱀인지 악어인지는 나중에 가리기로 했다. 우선 부들부들 발바닥은 리씨에게 도깨비 '만수'를 어떻게 해야 만날 수 있는지 물었다. 내가 메테와 헤어질 때 만수와 같이 있었으니 그를 찾으면 메테를 만날 수 있지 않을까 하는 생각에서였다. 그 물음에 리씨는 이렇게 말했다.

"그걸 내가 어떻게 알겠슈. 나에겐 도깨비 만수를 어디 가면 만날 수 있을지 아는 방법이 없슈."

그 말에 나는 놀랐다. 무엇보다 놀란 것은 부들부들 발바닥이었다. 리씨에게 불가능한 것은 없다고 믿고 있었기 때문이다. 리씨는 자신이 그런 존재가 된 배경에 대해 덤덤하게 말했다.

"나는 인간에게 잡혀 어느 공연장에 끌려가 구경거리로 살았슈."

리씨가 살던 곳은 따뜻한 아시아 나라의 어느 작은 강이었다. 그곳은 큰 강이 멀지 않은 곳이라 리씨와 같은 종족들이 많이 살았다. 인간들은 그들을 '샴 악어'라 불렀다. 샴 악어는 인간에게 인기가 많았다. 사납지 않고 크기가 작은 편이라 인간들은 그들을 잡아다가 가죽을 벗겨 가방이나 지갑을 만들고, 동물원이나 쇼에 이용했다. 그런 이유로 리씨는 가족과 친구들이 하나둘 사라지는 모습을 지켜봐야 했다. 물론, 리씨 역시 인간의 손아귀에서 벗어나지 못하고 체험 동물원으로 잡혀가게 되었다.

"인간들은 내 다리를 묶고, 목도 묶고, 막대기로 쿡쿡 찌르고, 손으로 만지고, 내 등에 올라타며 놀았슈. 나는 그걸 그냥 참았슈."

리씨가 참자 인간들은 리씨에게 더 많은 일을 하기 시작했다. 리씨의 등에 의자나 타이어를 올려놓기도 했고, 머리에 수박을 깨기도 했다. 심지어 리씨의 머리를 향해 볼링공을 굴리기도 했고, 꼬리를 줄로 묶어 당기는 시합도 벌였다. 그래도 리씨는 참고 있었다. 언젠가 살던 곳으로 돌아갈 수 있으리라는 믿음에 참았던 것이다. 그러던 어느 날, 쇼는 시들해지고 구경꾼들의 발길이 끊어졌다. 리씨가 견뎌낸 인내의 시간도 끝나가는 것 같았다. 그

것은 곧 살던 곳으로 돌아가 예전처럼 강에서 인간의 방해 없이 헤엄칠 수 있다는 뜻이기도 했다.

그러나 리씨의 기대는 허망한 것이 되고 말았다. 리씨를 구경거리로 만든 인간들은 그를 고향으로 돌려보내지 않았다. 돌려보낼 생각 같은 건 애초에 없었다. 리씨가 가게 된 곳은 어느 건물의 욕실에 있는 욕조였다. 인간들은 거기에 물을 채운 후 리씨를 넣었다. 그곳은 폐업한 가게라 리씨를 버린 인간들은 가끔 와서 리씨가 살아있는지 확인할 뿐이었다. 그렇게 리씨는 인간들이 올 때마다 답답하고 좁은 곳을 벗어날 수 있을까 기대했지만, 그런 희망은 허사로 돌아가고 말았다.

인간들의 기괴함은 예측 그 이상이었다. 좁은 욕조에서 살아있는 악어를 본 인간들이 그 상태로 악어가 얼마나 버티는지 내기했던 것이다. 리씨는 처음엔 인간들이 그런 내기를 한다는 사실도 몰랐다. 누가 생명을 놓고 그런 일을 할 것이라 상상할 수 있으랴. 그런데 시간이 지나면서 자신에게 먹을 것을 주는 것보다 살아있는지부터 확인하는 인간들의 모습에서 이상한 낌새를 느꼈다. 신기한 눈빛으로 자신을 보는 인간들의 눈동자는 흥미에 가득 차있었고, 인간들이 세는 숫자는 날이 갈수록 늘어났다. 어느 날은 카메라로 사진을 찍는 날도 있었다. 리씨가 그곳에 있는 것이 고통스러운 일이라든지 고향으로 돌려보내는 것이 인간들의 책임이라든지 등의 말을 하는 인간은 아무도 없었다. 그렇게 리씨는 17년을 살았다. 어느 날, 리씨는 그 상태 그대로 굳어

죽었고, 인간들은 그의 사체 위에 훈장처럼 '17'이라는 숫자를 써 붙였다.

🐱

"인간들은 내가 불사의 존재라도 되는 것처럼 말했슈. 오래 버 틴다는 사실 때문에 못하는 게 없을 거라는 말도 했슈. 그건 괴로 운 나날을 죽을 수 없어 견뎌낸 것이지 다른 건 없었슈."

리씨는 그렇게 말하고는 욕조 속으로 잠수했다. 이대로 리씨 와의 대화는 끝나고 다시는 그를 볼 수 없을 것 같았다. 부들부들 발바닥도 자신이 리씨에 대해 제대로 알지 못하고 떠든 것을 후 회하는 것 같았다. 잠시 후, 욕조에서 리씨가 눈을 쏙 내밀었다. 그리고 얼굴까지 물밖으로 나왔을 때는 입에 뭔가를 물고 있는 것이 보였다. 그것은 크기가 수박만한 공이었는데, 겉은 매끈한 살구색으로 되어있었다. 리씨는 그것을 우리 앞에 툭 떨어뜨렸 다. 그러자 공 가운데에 작은 선이 하나 생기더니 거기에서 옅은 빛이 새어나오며 두 조각으로 갈라졌다. 그리고 그 틈에서 거북 이 한 마리가 나왔다. 그런데 그 거북이는 보통 거북이가 아닌 것 같았다. 머리가 두 개나 달려있었기 때문이다. 리씨는 그들을 소 개했다.

"나보다 똑똑한 것은 더 말할 것 없는 친구유. 머리에 빨간 줄이 있는 친구가 '미키'이고 다른 색의 줄이 있는 친구가 '오형'이유. 궁금한 건 뭐든 이들에게 물어보슈."

두 개의 머리를 가진 거북이 미키와 오형은 붉은귀거북이와 남생이가 합쳐진 모습이었다. 미키가 붉은귀거북이였고 오형이 남생이였다.

리씨의 말에 의하면, 미키는 어릴 적 어느 집 어항에서 살다가 덩치가 커지자 동네 저수지에 버려졌다고 한다. 그 집의 인간은 방생이라는 이름으로 저수지에 놓아줬지만 미키는 사실상 버려졌다. 그 이후 미키는 저수지를 떠돌고 먹이를 쫓다가 강에서 자신과 생김새가 비슷하지만 원래 강의 주인으로 살던 거북이들을 만났다. 그들은 남생이였다. 곧이어 미키는 자신과 똑같은 종족도 많다는 사실을 알게 되었고, 그 숫자는 점점 늘어났다. 인간들이 끝없이 방생했기 때문이다. 결국 붉은귀거북이 종족과 남생이 종족과의 대전이 벌어졌다. 이 전쟁에서 붉은귀거북이 종족은 예상보다 쉽게 승리했다. 인간의 도움이 있었기 때문이다. 남생이가 약재가 된다고 생각한 인간들이 남생이를 잡아먹었던 것이다. 반면, 인간들은 붉은귀거북이 종족을 계속해서 강에 버렸다. 붉은귀거북이 종족과 인간의 협동 작전으로 남생이 종족은 패배했고 결국 남생이 종족은 강과 개천 여기저기로 숨어들었다. 붉은귀거북이 종족의 깃발이 눈에 띄는 강과 하천마다 휘날

렸다.

그러나 붉은귀거북이 종족이 누렸던 영광의 나날도 오래가지 않았다. 곧이어 남생이 종족의 반격이 시작되었다. 남생이들의 숫자가 줄면서 인간들에 의해 보호종이 되었던 것이다. 거기다가 남생이 종족이 토종이고 붉은귀거북이 종족이 외래종이라는 이유가 덧붙으면서 이번에는 인간들이 남생이 종족의 편에서 싸우기 시작했다. 2차 대전의 서막이었다. 남생이 종족은 얼마되지 않는 숫자로 붉은귀거북이 종족을 공격했다. 처음에는 월등히 많은 숫자를 보유한 붉은귀거북이 종족에게 남생이 종족이 적수가 되기 어려울 것 같았다. 하지만 인간의 개입으로 상황은 바뀌었다. 인간이 붉은귀거북이 종족을 생태 교란종으로 지정해서 퇴치하기 시작했던 것이다. 붉은귀거북이 종족은 학살에 가까운 공격을 당하며 맥없이 무너져 버렸다.

그런데 두 종족은 생각했다. 붉은귀거북이 종족을 마음대로 풀어놓은 것도 인간이다. 남생이 종족을 잡아먹은 것도 인간이다. 결국 잘못은 인간에게 있는데 싸움은 누가 하는 것인가. 그래서 미키와 오형은 하나로 뭉쳤다. 인간만 가만히 있으면 우리끼리 싸울 일이 없다는 의미에서 그렇게 했다는 것이다.

"내가 인간과 오래 살아봐서 아는데, 도깨비는 멀리 있지 않아. 인간에게 붙어있다."

미키는 인간의 집에서 살았던 기억을 더듬었다. 미키의 말에 의하면, 도깨비라는 존재는 인간이 만든 물건의 정령이므로 인간과 멀리 있을 수도 없고 그럴 필요도 없다는 말이었다. 그러므로 인간인 내가 지니고 있을 가능성이 높다는 것이었다. 곧바로 나는 나의 몸을 살펴봤지만 몸 어디에도 만수가 붙어있을 만한 곳은 없는 것 같았다. 그러자 오형이 말했다.

"내가 보기엔 도깨비는 자연의 정령이니까 강이나 숲에 있을 가능성이 있다. 그런 곳으로 가야 도깨비 만수를 만날 수 있다."

이 말에 미키는 발끈하며 오형의 말이 틀렸다고 말했다. 그러면서 당장 나의 몸을 뒤져보자고 했다. 그 말에 오형은 아니다, 강과 숲으로 가서 찾아야 한다고 고집을 꺾지 않았다. 둘 사이의 논쟁이 시작되자 리씨는 물속으로 조용히 잠수했다. 둘의 싸움에 개입하지 않겠다는 표현이었다. 초롱불과 부들부들 발바닥은 미키와 오형 사이에서 시선을 바꾸며 어쩔 줄 몰라했다. 나는 그들 사이에서 어떤 결론이든 빨리 났으면 하는 생각으로 엉거주춤 서있었다.

자유라는 것은 무엇일까요? 아무도 간섭하지 않는 상태라면, 그것
이 자유일까요? 인간에게 스스로 살아갈 수 있는 경제적 여건이 없
다면 완전히 자유로운 상태가 아닌 것처럼, 동물에게도 자신이 살
아갈 수 있는 환경이 아니라면 자유로운 상태라고 할 수 없을 것입
니다. 인간은 재미를 위해 다른 환경에 사는 동물을 낯선 곳에 풀어
놓고는 합니다. 자신이 살던 환경이 아닌 곳에서 동물은 둘 중 하나
를 선택해야 합니다. 죽거나 혹은 그곳 생태계를 바꿔놓거나. 두 경
우 모두 좋은 결과를 가져오지는 못합니다. 뒤늦게 인간은 원래대
로 돌려놓으려고 동물들에게 또다시 희생을 강요하니까요. 지구의
모든 생명체는 자신의 생명을 유지하기 위해 저마다 경쟁하고 치열
한 삶을 살아갑니다. 재미를 위해 균형을 깨뜨리는 건 결국 인간뿐
일지 모릅니다.

동물보호법 제3조(동물보호의 기본원칙)

누구든지 동물을 사육, 관리 또는 보호할 때에는 다음의 원칙을 준수하여야 한다.

제1호 동물이 본래의 습성과 몸의 원형을 유지하면서 정상적으로 살 수 있도록 할 것

제3호 동물이 정상적인 행동을 표현할 수 있고 불편함을 겪지 아니하도록 할 것

제5호 동물이 공포와 스트레스를 받지 아니하도록 할 것

동물원 및 수족관의 관리에 관한 법률 제8조(허가 등)

제1항

동물원 또는 수족관을 운영하려는 자는 다음 각 호의 사항에 대하여 대통령령으로 정하는 요건을 갖추어 동물원 또는 수족관의 소재지를 관할하는 시, 도지사에게 허가를 받아야 한다.

제1호 보유동물 종별 서식환경 기준 및 동물원 또는 수족관의 규모별 전문인력 기준

제2호 보유동물 질병관리계획

제3호 동물원 또는 수족관 안전관리계획

제4호 동물원의 휴, 폐원 또는 수족관의 휴, 폐관 시 보유동물 관리계획

제5호 그 밖에 보유동물의 적정 관리를 위하여 필요한 사항으로서 대통령령으로 정하는 사항

멧돼지
기차를 타고

어떤 때는 눈으로 보지 않고도 알 수 있는 것이 있다. 귓속으로 소리의 음파가 전달되지 않아도 알 수 있는 것도 있다. 그런 것이 있다. 나는 그런 것이 있다는 것을 잘 안다.

그때도 그랬다. 도깨비 '만수'의 행적을 찾기 위해 붉은귀거북이 '미키'는 나의 몸을 수색해야 한다고 말했고 남생이 '오형'은 강과 숲으로 가야 된다고 실랑이를 벌여 정신없을 때, 한 움큼의 바람이 내 얼굴에 닿았는데 바로 그것이 그랬다. 이어 머리카락이 휘날릴 정도의 바람이 따라왔다. 나는 그 바람의 정체를 알 수 없었다. 만수에 의해 떨어져 버린 지하 깊은 곳에서 난데없는 바람이라니. 이곳 어딘가가 지상과 연결되어 있지 않다면 어떻게 그게 가능한 일이란 말인가. 설마 만수 놈이 나를 놀려먹을 생각

에 장난이라도 치는 걸까. 그러는 사이 바람의 여운 때문인지 서늘한 공기가 위에서부터 아래로 몸을 감싸며 몸을 오슬오슬 떨게 만들었다. 그때 나는 그 바람에 뭔가 있다는 걸 직감했다. 공기가 흐물흐물해졌다고 해야 할지 내 몸이 그렇게 되었다고 해야 할지 분간이 안 되면서 공기가 울렁거리는 사이, '부들부들 발바닥'은 닥칠 상황을 알고 있다는 듯 내게 말했다.

"이제 곧 숲으로 가겠군요. 거기서 도깨비 만수를 찾아요."

부들부들 발바닥의 말이 끝난 후 나는 이상한 현상을 목격했다. 하나의 빛줄기가 허공에 물감을 뿌리며 그림을 그리듯 울렁거리는 공기에 무늬를 그려나갔고, 곧이어 그 무늬는 구체적인 형체로 나타나기 시작했다. 그것은 기차였다. 네 개의 차량을 연결한 모양의 작은 기차였던 것이다. 하지만 기차가 나를 쳐다보는 것을 봤을 때, 그것이 단순한 기차가 아님을 알게 되었다. 다시 보니 그것은 기차가 아니라 돼지였다. 산에서 사는 멧돼지의 커다란 얼굴이 나를 무덤덤하게 쳐다보고 있었다. 마치 예정된 승객의 탑승을 기다리는 듯했다. 그 눈빛에 정신을 빼앗긴 나는, 운명인 것처럼 어느 순간 기차에 올라타고 있었다. 얼굴은 멧돼지에 몸통은 기차로 된 멧돼지 기차의 첫 번째 칸은 엄마멧돼지, 두 번째 칸은 이모멧돼지, 세 번째 칸은 딸멧돼지, 마지막 네 번째 칸은 아들멧돼지였다. 나는 엄마멧돼지가 있는 첫 번째 칸에

올라탔다. 나를 태운 기차는 서서히 출발했다.

기차의 속도는 금세 빨라져 기차 안에 있는 손잡이를 꽉 잡지 않으면 기차에서 떨어져 날아갈 것 같았다. 아무것도 보이지 않는 어둠 때문에 귓전을 스치는 바람만이 앞으로 나아가고 있음을 확인해주고 있었지만, 기차는 길이 보이는지 힘차게 무저갱 같은 암흑 속으로 빨려 들어갔다. 나는 아무런 생각 없이 내가 움직이고 있다는 사실에만 집중하고 있었다. 어느덧 나무로 가득한 숲이 시나브로 주위를 채워나갔다. 빛도 하나 없는 어둠의 구렁텅이에 숲이라니. 나는 지금 어디쯤 와있는 것일까. 나는 만수와 메테를 찾을 수 있을까. 여기까지 온 상황에서 메테가 다른 곳에서 나를 찾고 있다면 어떻게 되는 걸까. 머릿속이 복잡해질 때쯤 기차는 멈춰섰다.

나는 기차에서 내려 주위를 천천히 둘러보았다. 인간의 발이 닿지 않은 숲속의 서늘한 기운이 느껴졌다. 이런 깊은 구덩이 속에 이토록 농밀한 숲이 있다는 것이 믿어지지 않아 어떻게 된 것인지 멧돼지에게 물었다. 엄마멧돼지는 앞쪽을 보고 있다가 나에게 시선을 돌렸고, 아까처럼 감정 없는 눈으로 나를 보았다.

"이것은 진짜 숲이 아니니까."

맨 뒷 칸에 있던 아들멧돼지가 한 말이었다. 그 말을 들은 나는 다시 한 번 숲의 여기저기를 두리번두리번 살펴봤다. 그러면

서 손을 뻗어 나무줄기와 가지를 만져보았다. 그러자 나의 손이
닿는 즉시 나무는 힘을 잃고 뿌연 먼지를 뒤집어쓴 것처럼 변하
더니 곧바로 시멘트 덩어리로 바뀌어 버렸다. 나는 눈앞에 벌어
지고 있는 일에 대한 이유와 의미를 알 수 없었다. 여기에 만수가
있는 것일까. 나의 질문에 딸멧돼지가 대답했다.

"예전에는 있었지만 지금은 없지. 도깨비 집도, 우리 집도."

그 말을 듣고, 여기서 만수를 만날 수 없다는 생각에 낙심한 나
머지 나는 그 자리에 다리를 쭉 펴고 앉았다. 그냥 그렇게 앉아있
으니 나도 시멘트 덩어리가 되든지 먼지가 되든지 상관없는 기
분이 들었다. 그런 심정이었다. 그러자 이모멧돼지가 딱하다는
말투로 나에게 제안하듯 말했다.

"괴로워 하지 말아요. 거기 앉아있는 것 말고 다른 계획이 없
다면 우리와 함께 가요. 넓은 고요의 세계를 떠돌며 우리와 함께
행복을 찾아요."

나는 그 말에 대답하지 못했다. 정신이 제대로 돌아오지 않은
상태였기 때문인지 사리 판단을 할 상황이 아니었다. 내가 겨우
꺼낸 말은, 당신들은 어디서 왔고 어디로 갈 것이냐는 말뿐이었다.
그들의 이름은 '두보마'였다. 왜 '그'가 아니라 '그들'의 이름이

냐면 각각의 이름은 없고 하나의 이름으로 통했기 때문이다. 두보마라는 이름은 본래 엄마멧돼지의 이름이었다. 다른 멧돼지들도 이름이 있었지만 모두 사라지고 이제는 하나의 이름만 남아 두보마 가족이라 불린다고 했다.

두보마 가족의 집은 도토리 숲이라 불리는 곳에 있었다. 정확히 말하면, 당시 두보마 가족에게는 지금의 셋째 딸과 막내아들이 없었다. 태어나기 전이었기 때문이다. 그 시기에 두보마 가족은 처음으로 집을 버리고 도토리 숲을 떠나게 되었다. 겨울이 시작되려는 늦가을이었다. 도토리 숲에 있던 집을 버린 이유는 도토리가 사라졌기 때문이다. 가을 한복판에 숲에 널리고 널린 도토리는 도토리나무가 죽은 것도 아닌데 씨가 마른 것처럼 사라졌다. 그래서 두보마 가족은 먹을 것을 찾아 다른 숲을 찾아나섰다.

그들이 찾아간 곳은 웅덩이 숲이었다. 그곳은 숲도 깊고 먹을 것도 어느 정도 있었고 웅덩이 물을 마실 수도 있었다. 다만 한 가지, 웅덩이 숲이 도토리 숲보다 나쁜 점은 멧돼지들이 너무 많다는 것이었다. 얼마 후 두보마는 일곱 마리의 새끼를 낳았다. 다른 멧돼지들도 새끼들을 낳았다. 웅덩이 숲은 멧돼지들로 가득 찼고 사나운 멧돼지들이 생겼다. 두보마는 어쩔 수 없이 원래 살던 집에서 방법을 찾기로 하고 도토리 숲으로 돌아왔다. 하지만

도토리 숲이 있어야 할 자리에 도토리 숲은 없었다. 인간의 기계가 숲을 전부 파헤쳐서 붉은 흙으로 뒤집어진 폐허만 자리하고 있었다.

두보마는 동생과 새끼들을 데리고 다른 숲을 찾았다. 그러는 사이 새끼 두 마리가 인간의 올무에 걸려 죽었다. 세 마리가 올무에 걸렸는데 한 마리는 두보마가 올무를 입으로 뜯어내 살았다. 그때, 두보마의 이빨 하나가 부러졌다. 두보마 가족이 간 곳은 좁은 길 숲이었다. 좁은 길 숲은 환경이 열악했다. 먹을 것이 부족했고 인간도 많이 다녔다. 그러는 사이 새끼 한 마리가 담비 집단에게 물려 죽었고, 새끼 두 마리는 인간의 총에 맞아 죽었다. 두보마가 어떻게 해볼 사이도 없이 새끼들은 죽어갔다. 할 수 없이 두보마 가족은 다시 도토리 숲으로 왔다. 혹시나 도토리 숲에 새로운 나무가 자라나 인간들이 망친 숲이 예전으로 돌아오지 않았을까, 하는 기대가 있었다. 기대는 여지없이 무너지고 말았다. 그곳에는 아파트라고 불리는 인간의 거대한 집들이 가득 차있었다. 도토리 숲이 어디쯤 있었는지만 간신히 알 수 있을 정도였다.

불행히도 바뀐 것은 그뿐만이 아니었다. 인간의 땅으로 변해버린 고향은 그들을 반겨줄 마음이 없었다. 반기기는커녕 괄시도 그런 괄시가 없었다. 두보마 가족을 보자 인간들은 놀라서 소리치며 몰려와 총을 쏘았다. 그들은 그저 그들의 길을 지나갔을 뿐인데 말이다. 두보마 가족은 인간을 피해 필사적으로 뛰었다. 그들 앞에 바다가 가로막고 있었지만, 살기 위해 달려간 그들을

막을 수는 없었다. 두보마 가족은 바다를 건너 아무도 없는 섬으로 건너갔다. 그들 앞에 놓인 운명은 무엇이었을까. 섬에는 인간도 없지만 먹을 것도 없었다. 배고픔이라는 건 처음에는 두려움보다 미약한 듯하지만, 어느 시점을 지나면 삶에 있어 그 어떤 것도 그것보다 더 강력한 의지를 만들어 내는 것은 없다.

두보마는 앞장서 바다를 건넜고 식구들도 뒤따랐다. 두보마를 따라간 것은 두보마의 동생과 딸과 아들이 전부였다. 두보마는 헤엄쳤고 새끼들은 열심히 따랐다. 육지로 올라와 두보마가 있는 힘을 다해 달릴 때도 식구들 역시 죽을힘을 다해 쫓아갔다. 두보마는 한때 도토리 숲이었던 곳에서 필사적으로 도토리가 쌓여 있던 곳의 위치를 찾아냈다. 그러나 아무리 찾고 또 찾아도 도토리는 보이지 않았고 높고 높은 아파트만 이어질 뿐이었다. 위치는 맞는 것 같았지만 시멘트 벽과 낯선 나무들만 눈에 들어왔다. 배고픔과 당황스러움으로 이성을 잃은 두보마는 닥치는 대로 뛸 수밖에 없었다. 그러는 사이 인간의 추적이 시작됐다.

인간들은 사냥개를 앞세우고 총을 쏘며 두보마 가족을 뒤쫓았다. 두보마 가족은 허기에 지쳐 기력이 떨어질 대로 떨어졌지만 어쩔 수 없이 뛰고 또 뛰었다. 총알은 그들보다 훨씬 빠르고 날카롭고 잔인했다. 탕, 소리와 동시에 뛰어가던 두보마가 쓰러졌고 연거푸 공기를 가르는 총소리에 두보마 가족 모두가 쓰러졌다. 몸 여기저기 총알이 뚫고 지나간 자리에서는 피가 흘렀다. 두보마의 눈은 새끼들을 보고 싶었지만 몸을 돌릴 수 없었다.

두보마 가족은 이곳 어둠의 세계에서 다시 만났다. 도토리 숲 같은 것은 존재하지 않는 세계였지만, 이제 두보마는 어디에서도 찾을 수 없는 도토리 숲을 남아있는 기억의 힘을 빌어 만들었다. 작은 힘에도 먼지 바람이 되는 나약한 형상이었지만, 그것은 두보마 가족이 간직하고 싶은 마지막 기억이었다. 그리고 더 이상 헤어지지 않기 위해 두보마 가족은 몸과 몸을 하나로 연결했다. 숲에서도 바다에서도 섬에서도 그리고 인간의 땅에서도 흩어지지 않고 살기 위해 안간힘을 썼지만, 결국 총이 갈라버린 가족의 연대를 기차처럼 연결해서라도 간직하고 싶었던 것이다. 그와 동시에 몸이 하나가 된 것처럼 이름도 두보마 하나만 남게 되었다.

"우리와 함께 가요. 같이 두보마 가족이 되어요."

다시 한 번 두보마 가족은 나에게 그런 말을 했다. 하지만 나는 그럴 수 없었다. 만수를 찾아야 했고, 메테를 만나야 했다. 그리고 나의 세계로 가야 했다. 그때, 작은 불빛 하나가 보였다. 깜빡. 깜빡. 깜빡. 그 불빛은 앞으로 지나갔다. 잠시 후, 그 뒤로 은하수의 물결 같은 불빛이 이쪽을 향해 다가왔다.

멧돼지는 덩치가 크고 때때로 사납죠. 그래서 한국에서는 인간을 위협하는 몇 안되는 야생동물이기도 해요. 그러다 보니 인간 세상에 나타난 멧돼지는 인간을 위협하지 않더라도 눈앞에 등장했다는 이유만으로 사살되고는 합니다. 물론 생태계의 불균형으로 특정 개체 수가 지나치게 증가한다면 인위적으로 조절할 수도 있을 겁니다. 그렇더라도 사살로 모든 문제를 해결할 수는 없습니다. 왜냐하면 그 원인은 다양하고, 대개 그 원인을 제공한 것은 인간의 욕심일 가능성이 크기 때문입니다. 그들의 서식지와 먹을 것을 빼앗은 것이 인간이라면, 그들에게 죽음을 강요할 것이 아니라 함께 살 수 있도록 다른 방법을 찾는 것, 그것도 인간의 몫일 겁니다.

야생생물 보호 및 관리에 관한 법률 제3조
(야생생물 보호 및 이용의 기본원칙)

제1항
야생생물은 현세대와 미래세대의 공동자산임을 인식하고 현세대는 야생생물과 그 서식환경을 적극 보호하여 그 혜택이 미래세대에게 돌아갈 수 있도록 하여야 한다.

제2항
야생생물과 그 서식지를 효과적으로 보호하여 야생생물이 멸종되지 아니하고 생태계의 균형이 유지되도록 하여야 한다.

반딧불이 원정대

깜빡이던 작은 불빛 하나가 앞을 지나간 후, 트라이앵글 소리가 한 번 울렸다. 그 소리를 시작으로 불빛들이 하나둘 늘더니 주위를 가득 채우면서 은하수 같은 빛의 물결이 흐르고 있었다. 그것은 반딧불이의 군무였다. 다시 한 번 트라이앵글 소리가 청명하게 울리며 노랫소리가 들리기 시작했다.

"고귀하도다. 고귀하도다. 살아있음이 고귀하도다.
아름답도다. 아름답도다. 삶과 죽음이 아름답도다.
가엾도다. 가엾도다. 생의 끝이 가엾도다."

노랫소리가 들리는 곳을 보니, 반딧불이의 군무에 휩싸여 한 무리의 불빛이 밝게 빛나고 있었다. 반딧불이는 그 불빛을 추앙

하듯 그 앞에 모였다가 휘돌기도 했고 오르락내리락하기도 했으며 상들리에처럼 위에서 반짝거리기도 했다. 불빛이 가까워 오자 그 정체가 드러났다. 그것은 고라니의 무리였다. 고라니 무리가 하얀 천을 걸친 채 천천히 걸어오고 있었다. 맨 앞에 있는 고라니는 왕족이 쓸법한 백색 관을 머리에 쓰고 있었는데, 관 위에는 여러 개의 촛불이 빛나고 있었다. 뒤에 있는 고라니들의 머리 위에도 같은 관들이 보였고 촛불의 행렬이 이어지고 있었다. 그들은 낮고 고요한 소리를 내며 노래를 불렀다. 그 노래는 삶이 끝난 것에 대한 회한과 서러움이 담겨있었다.

그 무리가 내가 있는 곳에 가까이 왔을 때, 맨 앞에 오던 고라니의 몸에 걸쳐있던 하얀 천이 스르르 벗겨지더니 바닥에 떨어졌다. 그 순간, 고라니의 배가 드러났는데 그 모습이 너무도 처참했다. 배의 가운데 피부는 길게 찢어져 갈라져 있었고 그 틈으로 내장이 튀어나와 흘러내리고 있었다. 그 내장의 일부는 바닥까지 내려와 고라니가 걷는 걸음에 맞춰 흔들리며 바닥을 쓸었다. 뒤를 따르던 고라니는 머리가 예사롭지 않았다. 정면을 기준으로 볼 때 한쪽은 그대로 있으나 반대쪽은 두개골까지 깨져 떨어져 있었고 눈알은 대롱대롱 매달려 시계추처럼 흔들리고 있었다. 그리고 입에서 흘러나온 침이 턱을 타고 내려오다가 바닥에 뚝뚝 떨어졌다. 그 뒤로는 다리가 부러져 배로 기어오는 고라니가 있었는데 오래도록 그렇게 했는지 뱃가죽이 밀려 주름이 층층이 진 데다가 양옆 다리가 꺾인 채로 붙은 모양새가 되어 흡사

벌레가 기어가는 것 같았다.

나는 고라니 무리 중간에 뒷다리를 질질 끌며 앞다리 힘으로 가고 있는 고라니에게 다가갔다. 그는 선두 무리를 따라가느라 진둥한둥하며 발걸음을 재촉하고 있었는데, 나는 그에게 어디로 가는지 물었다. 그는 나에게 반딧불이를 따라가고 있다고 말했다.

"그들은 알고 있지요. 인간이 없는 고요의 땅을요. 그곳에 가면 없다고 하죠. 인간의 길과, 인간의 칼이."

나는 말뜻을 이해하지 못해 다시 물었다.

고라니의 이름은 '코보노'라고 했다. 코보노는 얕은 산이 감싸고 있는 작은 저수지 근처에서 살았다. 먹을거리가 많아 코보노는 그곳이 마음에 쏙 들었다. 어느 날, 어떤 인간이 와서 저수지 근처에 나무와 풀을 밀어내고 인간들이 먹는 풀을 길렀다. 인간이 키우는 풀은 금방 자랐다. 풀들이 촘촘하게 자라지 않고 풀이 자라는 땅 중간에 길도 있어 먹기에도 편했다. 그래서 코보노는 인간의 풀을 먹었다. 인간의 풀은 맛있었다. 물론 풀을 먹다 인간에게 들키면 도망가야 했다. 왜냐하면 인간이 손에 무섭게 생긴

것을 들고 쫓아왔기 때문이다. 그래도 코보노는 인간의 풀을 먹었다. 원래 먹던 풀이 자라던 자리에 인간의 풀이 자라고 있었고 먹기도 편해서였다.

인간의 풀을 먹는 것은 만만한 일이 아니었다. 인간이 못 먹게 했으니까 말이다. 인간이 험악한 얼굴로 위협하니까 무서웠다. 그것보다 더 무서운 건 인간이 가지고 있는 큰 소리를 내는 물건이었다. 그 물건은 아주 큰 소리를 냈다. 그 소리는 코보노가 낼 수 있는 소리보다 몇 배는 컸다. 문제는 그 물건이 소리만 큰 게 아니라는 데 있었다. 그 소리가 나면 많은 이들이 죽었다. 꿩도 죽었고 너구리도 죽었다. 힘세다고 잘난척하는 멧돼지도 별수 없이 고꾸라지는 것을 봤다. 그래서 무조건 도망가야 했다. 그 물건을 인간은 '총'이라고 불렀다. 그래서 코보노는 먹이를 구하기 위해 여기저기를 헤매고 다닐 수밖에 없었다.

저수지 근처 인간의 풀이 있는 주변에도 먹을 것이 많았지만 거기서 멀어질수록 먹을 것은 확연히 줄어들었다. 코보노는 어쩔 수 없이 배고프면 인간의 풀이 있는 곳으로 가지 않을 수 없었다. 코보노뿐 아니라 다른 고라니나 동물들도 사정이 비슷했다. 그렇게 인간과 코보노 사이의 쫓고 쫓기는 싸움이 이어졌고 그것은 양쪽 모두에게 처절했다. 인간은 자기 재산을 지키기 위해 양보할 수 없었고 코보노는 배고픔을 참을 수 없었기에 다른 방법이 없었다. 이 싸움에서 코보노는 목숨을 걸어야 한다는 점만 인간과 달랐다. 도망을 치자. 인간이 보이면 도망을 치자. 인간의

얼굴이 무섭게 변하면 도망을 치자. 인간이 총이라는 물건을 나에게 쏘면 더 빨리 더 멀리 뛰어가는 거다.

코보노의 삶은 인간의 풀이 많이 자랄수록 험난해졌다. 그래도 인간이 얼마나 무서운지 기억하고 또 기억하며 살아남았다. 하지만 코보노 앞에는 또 하나의 시련이 닥쳤다. 인간의 풀이 자라는 곳으로 가는 길에 넓은 도로가 생겼다. 코보노는 풀 하나 나지 않는 도로를 가로질러 인간의 풀이 자라는 곳으로 먹이를 찾아나서야 했다. 코보노는 도로를 처음 봤을 때 그것을 강으로 착각했다. 코보노는 수영이라면 자신 있었기에 강 따위는 대수롭지 않았다. 강이 갑자기 나타난 것이 신기할 따름이었다. 막상 보니 별것 아니었다. 도로는 강이 아니기에 수영할 필요도 없었고 건너기도 쉬웠다. 인간의 풀이 자라는 곳으로 가는 것이 쉬워졌다는 생각도 했다. 오히려 느긋해지기까지 했다. 인간 없는 평평하고 편안한 길이라니. 이것이야말로 행운의 징조라고 믿었다. 코보노는 그랬다.

저녁의 어스름이 내려앉고 사람의 눈이 긴장을 늦추는 시간, 코보노는 도로를 여유 있게 지나가고 있었다. 먹이를 찾고 있던 것이다. 그러나 한적한 줄만 알았던 도로에 코보노는 자신만 있는 것이 아님을 알게 되었다. 반딧불이보다 백 배는 밝고 멧돼지보다 열 배는 큰 물건이었다. 게다가 속도는 멧돼지에 비할 바가 아니었다. 앞산 너머에 있던 불빛은, 코보노가 잠깐 그 빛에 정신 팔린 사이 눈앞에 다가와 있었다. 그리고 코보노는 그 물건

과 부딪히는 순간 외마디 비명을 지르며 하늘로 날아갔다. 인간의 길과 인간의 칼이 삶을 가른 것이다. 쓰러진 코보노는 길가에 누운 채 꼼짝하지 못했다. 허리가 부러졌기 때문이다. 움직일 수 있는 앞발로 기어가려고 했지만 멀리 가지 못했다. 코보노와 부딪힌 것은 트럭이었다.

"가지 않을 수 없지만 갈 수 없는 것이 인간의 길이요. 가긴 가나 더 이상 갈 수 없는 것도 인간의 길이오."

코보노는 앞발로 기어가며 힘겹게 말했다. 거친 숨을 쉬는 모습이 내가 말을 거는 바람에 가는 길이 더 고통스러워졌음을 말해주는 것 같아 미안한 마음이 들었다. 그 뒤로는 오소리와 살쾡이가 따라오는 모습이 보였다. 살쾡이는 얼굴이 찌그러져 있었는데, 그런 탓에 눈까지 뭉개져서 앞이 보이지 않는 것 같았다. 그럼에도 그 몸으로 오소리를 등에 업고 있었다. 오소리가 걷기 힘들어 했기 때문이다. 오소리는 도로 위에서 사고를 당한 후 오랫동안 방치되었던 것인지 온몸이 마른오징어처럼 납작해져 버리고 말았다. 그래서 네 다리가 양쪽으로 완전히 벌어져 걷지 못하는 상태가 되자 살쾡이가 업고 이동하는 것으로 보였다. 대신 오소리의 동그랗고 까만 눈은 다치지 않아 앞이 보이지 않는 살

쾡이의 눈이 되어 반딧불이가 가는 길을 안내해주고 있었다.

나는 혹시 살쾡이가 도깨비 '만수'나 메테에 대해 아는지 물어 보고 싶었다. 살쾡이는 산에 살고 있고 어떤 의미에서 고양이와 닮았기 때문이다. 살쾡이는 나의 존재를 눈치챈 것인지 내가 말을 걸기 전에 그 자리에 멈춰 냄새를 맡았다. 오소리는 살쾡이의 등에서 까만 눈을 깜빡이며 나를 쳐다보았다. 일단 나는 궁금한 것을 물어보았다. 살쾡이가 아니더라도 오소리가 말해줄지 모른 다는 기대도 있었다. 내 말을 들은 살쾡이는 기분 나쁜 듯 얼굴을 찌그러뜨리며 잘난 인간이니까 잘난 재주로 잘해보라는 말만 남 겼다. 하지만 오소리는 도깨비와 고양이에 대해서는 몰라도 내 가 갈 수 있는 길을 안다고 했다. 오소리가 나를 도와주려는 것에 상관하지 않고 살쾡이는 그냥 출발했다. 오소리는 움직일 수 없 는 몸 대신 눈을 깜빡이며 따라오라는 말을 했다.

살쾡이의 이름은 '더부라니'라고 했고, 오소리의 이름은 '꾜'였 다. 더부라니는 나에게 따라오지 말라고 했다. 거슬리게 하면 다 리를 콱 물어 피를 줄줄 흘리게 만들겠다는 말도 했다. 아무래도 나에게 화가 많이 난 것 같았다. 하지만 꾜는 더부라니가 말만 그 럴 뿐이니 자신만 믿으라고 했다.

"반딧불이는 우리를 인간이 없는 곳으로 안내할 거예요. 우리 는 그곳으로 갑니다. 그런데 당신은 그리로 가서는 안 돼요. 인간 의 세계로 가야죠. 지금 이 길로 가다보면, 반딧불이 중에서 하나

가 푸른빛을 내며 홀로 가는 것이 보일 거예요. 그 반딧불이를 따라가세요. 그러면 거기에 나무와 나무가 누워 얽혀있는 다리 하나가 나타날 거예요. 거기를 건너가세요. 그러면 여기를 벗어날 수 있어요."

꾜가 말을 끝내자 더부라니는 볼일 끝났으면 썩 꺼지라고 말했다. 일단 나는 반딧불이의 길을 따라가야 했으므로 다른 일행의 뒤쪽에서 조용히 걸었다. 이윽고 어느 지점에 이르자 넓은 언덕을 향해 반딧불이의 물결이 올라가기 시작했다. 뒤를 따르던 행렬도 그리로 가고 있었다. 그러자 꾜의 말대로 푸른빛을 내는 반딧불이 하나가 왼쪽 방향으로 홀로 날아가는 것이 보였고 그 쪽에는 좁은 길이 있었다. 꾜가 나를 돌아본 것 같았지만 확실하진 않았다. 나는 푸른 반딧불이를 서둘러 따라갔다. 이윽고 푸른 반딧불이가 나를 나무 다리가 있는 곳으로 데리고 갔다. 그것은 마치 인간이 야생동물들을 위해 만들어 놓은 생태 통로 같았다. 어쩌면 이들도 나와 같이 길을 잃은 인간들을 위해 인간의 통로를 만들어 준 것인지도 모른다.

나는 나무와 나무가 단단히 얽혀있는 다리를 건넜다. 나무들이 얽혀있어서 그런지 단단하고 안정감이 있었다.

우리 모두는 이렇게 얽혀서 살아간다. 그렇게 함께 살아가야만 탈 없이 불안하지 않게 행복할 수 있다. 그 매듭이 풀리지 않

길 바란다. 아니, 누군가 일부러 끊지 않기를 바란다. 내가 딛고 서있는 다리가 무너지지 않길 바란다. 모든 것이 무너져 되돌릴 수 없을 때가 되어서야 후회하지 않기를 바란다.

오늘날까지도 많은 동물이 자동차에 치여 생명을 잃고 있습니다. 어떤 사람들은 로드 킬road kill을 불가피한 일로 생각하곤 합니다. 자동차가 다니는 길에 뛰어든 동물의 잘못이고, 운전자가 운이 나빴다고 생각하기도 하죠. 하지만 그렇게 생각하기에는 너무 많은 동물이 길에서 죽어가고 있습니다. 실수였거나 운이 나빴다고 하기에는 너무 흔하게 일어나는 일이 되어버렸습니다. 그렇다면 문제가 있는 건 아닐까요? 누군가 함정을 파놓은 것처럼 동물들이 자동차 도로 위에서 죽음을 피하기 힘든 이유가 있는 건 아닐까요? 우리는 그런 생각을 해야 합니다. 원래 그들이 살던 곳에 도로를 만든 건 아닌지 말입니다. 인간보다는 자연 생태계가 더 활발히 삶을 영유하고 있는 곳에 도로를 만든 건 아닌지 생각해야 하고, 인간의 편의만 생각해 도로를 너무 많이 만든 건 아닌지도 생각해 보아야 합니다. 자동차는 인간을 더 편하고 더 빠르게 이동시켜 줍니다. 또한 자동차는 인간에게 없어서는 안 되는 문명의 한 부분이죠. 그러나 다른 생명들도 함께 누릴 수 있게 만드는 것이 진정한 문명의 완성이라는 생각이 듭니다.

자연환경보전법 제4조(국가, 지방자치단체 및 사업자의 책무)

제1항

국가 및 지방자치단체는 자연환경보전의 기본원칙에 따라 다음의 조치를 마련하여 시행할 책무를 진다.

제3호 소생태계의 조성, 생태통로의 설치 등 생태계의 연속성을 유지하기 위한 생태축의 구축 및 관리대책의 수립, 시행

야생생물 보호 및 관리에 관한 법률
제8조의2(인공구조물로 인한 야생동물의 피해방지)

제1항

국가기관, 지방자치단체 및 「공공기관의 운영에 관한 법률」 제4조에 따라 지정된 공공기관은 건축물, 방음벽, 수로 등 인공구조물로 인한 충돌, 추락 등의 야생동물 피해가 최소화될 수 있도록 소관 인공구조물을 설치, 관리하여야 한다.

5
옥

"거기 누구 있나요?"

나무가 얽혀있는 다리를 건너온 지 얼마 되지 않았을 때, 나는
그 소리를 들었다. 나는 걸음을 멈추고 귀에 온 신경을 집중했다.
다시 그 소리가 들렸다. "거기 누구 있나요?" 그 소리에 어떤 절
박함이 있다는 생각이 들었다. 그래서였을 것이다.

"저요. 저 여기 있어요."

나는 그렇게 대답했다. 마치 그가 나를 찾고 있다고 생각한 것
처럼 대답했던 것이다. 소리가 나는 쪽으로 내가 발걸음을 재촉
하던 것도 뒤늦게 눈치챘다. 소리가 나는 곳에 도착했을 때, 동그

란 얼굴을 한 녀석이 낙심한 눈빛으로 나를 바라보고 있었다. 그
녀석이 누군가를 찾은 이유는 확실히 절박해 보였다. 얼굴만 빼
고 전부 땅속에 묻혀있었기 때문이다.

"거기 계신 분. 나를 꺼내주세요. 답답해요. 움직일 수 없어요."

　동그란 얼굴만 땅 밖으로 내놓은 녀석은 나에게 도움을 간곡
히 요청했다. 나는 녀석을 땅에서 빼내겠다고 마음먹었다. 다른
생각을 할 이유가 없지 않은가. 나는 녀석의 얼굴 앞에 무릎을 꿇
고 양손으로 머리통 양옆을 감싸 잡았다. 그보다 먼저, 나는 녀석
의 정체를 알 수 없었다. 인간은 아닌 것 같은데 그렇다고 그렇게
생긴 다른 동물을 본 적도 없었다. 머리는 수박만한 게 뽀얀 먼지
를 뒤집어쓴 것인지 누렇게 떴고 귀가 있어야 할 자리에는 아무
것도 없었다. 귓바퀴만 없는 건가 하고 봤더니 귓구멍도 없었다.
눈은 동그랗게 큰데, 코와 입은 점을 찍은 것처럼 작았다. 그런
상태라면 뭘 보기는 잘 볼 텐데 냄새 맡고 먹는 건 시원치 않을
터였다. 어쨌든 나는 녀석의 머리통을 꽉 잡고 위로 뽑아내기 위
해 힘을 줬다. "아아아~!" 녀석은 괴로운지 비명을 지르더니 훌
쩍훌쩍 울기까지 했다. 훌쩍이는 모습을 보니 안쓰러운 마음이
들어, 나는 자세를 다시 잡은 후 두 손으로 땅을 파냈다. 손가락

을 갈고리 모양으로 만들어 제법 능숙하게 팠다.

다시 한 번 녀석의 머리를 잡고 뽑아내길 시도했다. 땅을 파내서 그런지 수월하게 일을 끝낼 느낌이 들었다. 녀석의 비명이 이어졌다. "아아아~!" 그리고 녀석이 땅 바깥으로 뽑혀 올라왔다. 나는 깜짝 놀라고 말았다. 몸통이 가는 빨대처럼 긴 대롱으로 되어있었기 때문이다. 팔도 다리도 없이 가느다란 관이 머리통에 붙어있는 것이 전부였다. 도대체 녀석의 정체는 무엇이란 말인가.

"웃하하하하하하하하하하."

갑작스런 웃음소리에 놀랐지만 곧이어 화가 치밀어 올랐다. 어쩐지 웃음소리가 기분 나빴다. 그 웃음소리의 주인공은 도깨비 '만수'였다.

"내 숟가락이 어디로 갔나 했는데, 거기 있었구먼. 찾아줘서 고맙네. 웃하하하."

만수는 웃으며 내가 땅에서 뽑아낸 녀석을 손가락으로 집어 가져갔다. 나는 그 순간을 놓치지 않고 '숟가락'이라는 녀석의 몸통을 꽉 잡았다. 만수의 손에 이끌려 나는 위로 또 위로 숟가락과

함께 끌려 올라갔다. 나는 부아가 치밀어 올라, 만수를 잡으려고 했으나 만수는 요리조리 피하며 도망쳤다. 어느덧 수박만한 머리를 가지고 있던 숟가락은 한 손으로 잡을 수 있을 정도로 작아져 있었고, 만수의 주머니로 들어갔다.

"숟가락을 장난삼아 땅에 꽂아두면 쓰겠나? 숟가락은 가지고 노는 것이 아니라 음식을 먹으라고 있는 건데 말이야."

이런 말을 남긴 채 만수는 홀연히 자취를 감추었다. 그리고 만수가 사라진 자리에는 문이 하나 있었는데 거기에는 이렇게 쓰여있었다.

나는 누군가의 장난감이 아니다.

문앞에 선 나에게 안으로 들어가라고 말하는 이가 있었다. 그가 누구인지는 목소리만 듣고도 알 수 있었다. 메테였다.

투명 라쿤과 대머리 앵무새

"그 안으로 들어가세요."

그 목소리를 듣고, 나는 그가 메테라는 것을 곧바로 알 수 있었다. 메테는 반가운 것인지 안심한 것인지 알 수 없는 표정을 지었다. 메테가 다가와 내 다리에 꼬리를 말아올리는 걸 보니, 나를 보고 싶었던 것만큼은 확실했던 것 같다. 내가 메테를 그리워 했던 건 말할 것도 없었다. 나는 눈물이 나는 바람에 그걸 숨기려고 메테를 꽉 끌어안았다. 메테는 그것도 모른 채 가르랑거리다가 컥컥거렸다. 그래서 메테를 반짝 들어 머리 위에 올려놓았다. 메테는 문안으로 들어가자고 말했다. 우리는 문을 통과해 5옥으로 발을 들여놓았다.

처음 그곳의 느낌을 말한다면 뭐라고 설명하는 게 좋을까. 따뜻하다고 할까, 아늑하다고 할까. 설렘 같은 무언가가 있다고 하는 게 맞을까. 그곳은 온통 밝은 빛으로 가득했고 바닥에는 부드러운 카펫이 깔려있었다. 그리고 이어진 풍경은 믿기 힘들었다. 과자로 만든 것 같은 나무와 바위가 있었고 벤치와 그네는 초콜릿으로 되어있었다. 바퀴가 달린 작은 수레 역시 쿠키였다. 수레 안에는 막대사탕이 들어있었는데, 그것은 바닥에 드문드문 꽂혀 있는 것과 같은 것들이었다. 버섯도 있었는데 내 허리까지 올 정도로 키가 컸고 마시멜로 느낌이 났다. 그곳에 있는 모든 것이 입에 들어가면 사르르 녹을 것만 같았다. 달콤한 유혹과 포근한 감촉이 판단력을 흐리게 만든 것인지, 더 나아가고 싶지 않은 마음이 생겨 벤치에 앉고 말았다. 메테는 나보다 앞서가다가 나를 보더니 그 자리에 앉아 나를 기다렸다.

벤치는 인간이 앉는 용도는 아닌 듯 불안하게 삐걱거렸다. 자칫 벤치 다리가 부러져 뒤로 자빠질 것 같았다. 그때, 순간적으로 뭔가를 봤다. 다시 봤지만 아무것도 없었다. 이번에는 바위 뒤에서 나를 쳐다보고 있다. 다시 봤지만 역시 없었다. 내가 잘못 봤던 걸까. 메테의 눈치도 살폈지만, 평온하게 나를 기다리고 있었다. 벤치가 불안해 튼튼한 쪽으로 앉았을 때 또 뭔가를 봤다. 이번에는 메테와 나 사이에 있다가 사라졌다. 메테도 본 것일까? 메테는 눈이 동그랗게 변하더니 고개를 홱 돌려 한쪽 방향을 뚫어져라 보았다. 나도 메테가 보는 방향을 따라서 봤다. 아무것도

없었다. 버섯도 그대로고 나무와 바위도 그대로였다. 숨을 곳이 없는 이곳에서 어딘가 자신의 모습을 감췄다고 보기도 어려웠다. 우리는 도대체 뭘 봤던 것일까.

그때였다. 메테가 폴짝 뛰면서 뭔가를 잡으려는 듯 앞발을 휘저었다. 목적한 바를 이루지 못해 분한지 메테는 콧김을 크게 한 번 내쉬고는 엉덩이를 실룩거리며 재빠르게 뛰어가 다시 점프했다. 그리고 그 무언가는 메테가 다시 뻗은 앞발에 걸려 떨어졌다. 그건 동그란 모양의 노란색 바가지였다. 바가지가 떨어진 동시에 모습을 드러낸 것은 또 있었다. 라쿤이었다. 라쿤은 바가지가 떨어져 나간 것에 놀란 것인지 아니면 자신의 모습이 드러난 것에 놀란 것인지 완전히 굳은 채 눈알만 굴리며 서있었다. 놀란 건 메테나 나도 마찬가지였기에 우리 역시 그 상황을 파악하기 위해 얼어붙었다. 먼저 정신을 차린 쪽은 라쿤이었다. 라쿤은 재빠른 동작으로 땅바닥에 떨어진 바가지를 앞발로 집어올려 머리에 뒤집어썼다. 그러자 라쿤의 모습은 그 자리에서 사라졌다.

낮은 자세로 라쿤을 향해 경계하던 메테는 그의 모습이 사라지자 어리둥절한 눈으로 주위를 둘러보았다. 메테는 수레 안에도 들어가보고 바닥에 꽂혀있는 막대사탕도 헤집어 보았다. 과자로 만든 나무 위에 올라가 두리번거리기도 했다. 하지만 라쿤의 모습은 보이지 않았다. 그야말로 감쪽같이 사라졌던 것이다.

아마도 라쿤은 자신의 모습을 완전히 감췄다고 생각했을 것이다. 우리 눈에 모습을 드러내기 전처럼 말이다. 그러나 메테가 노

란색 바가지를 떨어뜨린 후 아까와는 달라진 점이 있었다. 나는 그것을 보았다. 뾰족하고 하얀 테두리가 선명한 두 개의 귀가 공중에 둥둥 떠있던 것을. 나는 눈짓으로 메테에게 그 사실을 알렸고, 메테는 귀가 보이는 곳을 향해 또다시 엉덩이를 실룩거린 후 점프했다. 두 개의 귀는 우리가 있는 곳에서 멀어지기 위해 슬금슬금 이동하던 참이었다. 다시 한 번 메테의 날카로운 냥 펀치에 라쿤의 바가지는 날아가 바닥에 떨어졌다. 라쿤이 눈앞에 나타난 건 예상대로였다. 라쿤은 그 자리에서 꼼짝 못한 채 눈을 감았다. 그리고 이렇게 소리쳤다.

"내 모자를 돌려줘! 아니면 숨을 곳을 만들어 줘!"

메테와 나는 왜 숨으려 하냐고 물었다. 그러자 라쿤은 인간들이 자꾸 쳐다보기 때문에 그렇다고 했다. 그 말에 나는 눈을 감으며 쳐다보지 않겠다고 말했다. 하지만 라쿤은 인간들이 계속 쳐다본다고 말할 뿐 내가 눈을 감고 안 보겠다는 말에는 관심 없는 것 같았다. 그래서 여기에는 인간이 없다고 말해줬다. 라쿤은 그 말에 눈을 간신히 뜨기는 했지만, 속았다는 듯 다시 눈을 꽉 감은 채 그 자리에서 빙글빙글 돌았다. 나는 당황해서 어쩌지 못했는데, 그사이 메테가 라쿤에게 다가가 그를 안으며 진정할 수 있도록 도와줬다. 메테가 안아주는 것도 마다하고 빙글빙글 돌던 라쿤은 바닥에 떨어진 바가지를 발견하고는 그것을 머리에 쓰려고

했다. 그러나 모자는 부서져 라쿤의 모습을 감춰주지 못했다.

"나를 숨겨줘! 나를 살려줘!"

라쿤은 흥분한 채 소리를 지르기 시작했다. 메테는 라쿤에게 자기가 모자를 고쳐주겠다고 약속하며 진정하라고 말했다. 그 소리에 라쿤은 메테가 누군지 물었고, 메테는 자신과 나를 소개한 후 우리 여정에 대해 말했다. 그 말을 들은 라쿤은 진정하고는 자신을 '송도롱'이라 소개했다.

송도롱은 바다 건너 아주 먼 곳에서 살았다. 송도롱과 친구들이 사는 곳은 인간들이 사는 집과 가까웠다. 그래서 송도롱과 친구들은 인간을 무서워 하지 않았다. 인간들도 마찬가지로 그들을 두려워 하거나 꺼려하지 않았다. 가끔 그들을 싫어하는 인간들이 쫓아오면 도망가면 그만이었다. 숲으로 들어가면 나무도 많아 숨을 곳이 있었기에 인간들이 찾을 수 없었다. 하지만 송도롱과 친구들을 좋아하는 인간들이 더 많았다. 송도롱과 친구들은 인간들이 사는 집 가까이로 가 먹을거리를 찾는 일이 잦았다. 그러다 보니 송도롱을 귀여워 하고 먹을 것을 주는 인간도 생겼다.

어느 날은 송도롱을 자동차에 태워주는 인간이 있었다. 차 안

에는 먹을 것도 많았다. 그걸 먹어치우는 사이 송도롱은 바다를 건너 낯선 나라에 오고 말았다. 송도롱이 살게 된 곳은 카페라고 부르는 곳이었다. 그곳은 '라쿤 카페'였다. 그곳은 인간들이 차tea를 마시는 곳이었다. 송도롱은 인간이 무섭지 않았고 인간들 또한 친절했기에 그곳이 나쁘다고 생각하지 않았다. 처음에는 그랬다. 문제는 인간을 보고 싶지 않을 때도 갈 곳이 없었다는 것이다. 좋든 싫든 인간이 있는 곳을 벗어날 수 없었다. 더 큰 문제는, 인간들이 자꾸 자신의 몸을 만지려고 했다는 점이다. 송도롱은 누군가 자신을 만지는 것이 싫었다. 알지도 못하는 인간이 보자마자 만지는 것은 사실 송도롱 입장에서는 위험한 일이었다. 그러다 보니 송도롱은 인간의 손이 징그럽게 느껴졌다. 숨으려고 해도 숨을 곳이 없었고 그러면 그럴수록 인간들은 그것이 귀엽다며 더 만지려고 했다. 결국 송도롱은 만지려는 인간의 손을 물었다. 만지지 말라는 자신의 경고에도 인간들이 아랑곳하지 않았기 때문이다.

그 사건 이후로 송도롱은 인간에게 '사나운 라쿤'으로 불렸다. 병이 있어 위험하다는 말도 했고 '성격이 못된 너구리'로 불리기도 했다. 송도롱은 억울했다. 자신을 만지는 인간이 싫어서 그랬을 뿐이었지만 그 대가는 죽음뿐이었다. 못된 라쿤에게 내린 인간의 벌이었다. 송도롱은 생각했다. 누가 더 못된 것일까.

송도롱은 죽어서도 인간을 피하고 싶었다. 하지만 인간이 송도롱에게 준 공간에는 숨을 곳이 없었다. 예쁘게 만든 열린 감옥. 인간이 송도롱에게 허락한 공간은 딱 그런 곳이었다. 어쩔 줄 몰라 제자리에서 빙글빙글 돌던 송도롱에게 마법 같은 일을 만들어 준 것은 '모요 마테 고로롱'. 바로 메테의 아버지였다. 모요 마테 고로롱은 송도롱에게 언제 어디서든 자신의 모습을 숨길 수 있는 '마법의 모자'를 바가지를 이용해 만들어 주었는데, 송도롱이 쓰던 것이었다. 공교롭게도 메테의 아버지가 만든 바가지가 메테에 의해 깨지면서 귀가 보이고 말았다. 그때 송도롱은 메테의 이름을 듣고 그가 모요 마테 고로롱의 아들이라는 것을 알아채고, 마법의 모자를 새로 만들어 줄 수 있으리라는 믿음에 진정했던 것이다.

정말로 메테는 깨진 바가지를 들어올려 날카로운 발톱을 세우고 빨간빛을 쏘아 모자를 원래대로 붙여놓았다. 송도롱은 다시 바가지를 썼고 처음 만났을 때처럼 모습을 감췄다. 그야말로 마법의 모자, 완성이었다. 그러나 송도롱은 숨지 않고 다시 모습을 드러냈다. 메테에게 마법의 모자를 하나 더 만들어 달라는 부탁을 하기 위해서였다. 메테는 어디에 필요한 것이냐고 물었다. 송도롱은 이 모자가 필요한 친구가 하나 더 있다고 말했다.

송도롱은 바가지를 쓰고 모습을 감춘 후 친구를 데리고 다시

나타났다. 그 친구는 앵무새였다. 다만 앵무새처럼 보이지 않았는데, 그 이유는 털이 다 빠졌기 때문이다. 머리에 있는 털은 완전히 다 빠져 대머리처럼 보였고 몸통 여기저기에도 털이 빠져 있어 흉측한 몰골이었다. 나는 무슨 병이라도 들었느냐고 물었다. 그러자 앵무새는 그런 게 아니라고 말했다.

앵무새의 이름은 '키오라'였다. 키오라 역시 먼바다를 건너왔는데, 그가 지낸 곳 역시 송도롱과 마찬가지로 인간들이 북적거리는 카페였다. 거기에서 키오라와 다른 앵무새 한 마리는 인간들이 말을 시키고 쓰다듬고 먹을 것을 주는 장난감 신세를 면치 못했다. 키오라가 원한 것은 단 하나, 시끄러운 인간들이 없는 곳에서 조용히 지내는 것이었다. 그러나 해가 뜨면 인간들이 몰려왔고 시끄럽게 떠들며 만지고 끊임없이 뭔가를 시켰다. 키오라는 자신의 털을 물어뜯기 시작했다. 그러고 나면 잠시나마 살 것 같은 기분이 들었다. 그래서 또 털을 뜯었다. 그러다가 옆에 있던 앵무새의 털도 잡아 뜯기 시작했다. 옆에 있던 앵무새도 키오라의 털을 뜯기 시작했다. 금세 두 마리의 앵무새는 대머리가 되어버렸고 털이 빠져 생닭처럼 맨살이 드러났다. 털이 빠진 앵무새는 인기가 없었다. 징그럽다고 소리를 지르는 인간도 있었다. 그런 소리를 들으면 털을 두 배 세 배 더 뜯게 되었다.

"제일 원하는 건, 인간들이 없는 곳에 숨는 거요. 나만의 장소."

키오라는 이렇게 말하고는 자신도 송도롱이 가진 마법의 모자를 갖고 싶다고 메테에게 말했다. 메테는 키오라의 부탁을 들어주었다. 바가지는 키오라의 머리에 비해 컸기 때문에 고민하던 차에 키오라가 직접 주워 온 화장품 뚜껑을 마법의 모자로 만들기로 했다. 이제 키오라도 자신이 숨고 싶을 때는 언제든 모습을 감출 수 있게 되었다.

동물을 좋아하는 인간이 있습니다. 마찬가지로 인간을 좋아하는 동물도 있죠. 하지만 처음 만난 인간을 좋아할 동물은 많지 않아요. 인간과 오랜 세월 유대 관계를 가져온 개 외에 대부분의 동물은 낯선 인간을 보자마자 좋아하지 않습니다. 인간이 그렇듯 말이죠. 여기에 낯선 인간이 자신의 몸을 만진다면 그것을 달가워 할 동물은 거의 없습니다. 참는 경우는 있어도 마냥 좋아할 수는 없겠죠. 그러다가 참을 수 없는 지경에 이르면 제자리에서 뱅글뱅글 돌거나 이리저리 왔다 갔다 하는 '정형 행동'을 하게 됩니다. 스트레스에 의한 일종의 정신 질환이죠. 그런 점에서 우리가 동물을 사랑한다면, 그들이 사는 방식과 입장을 이해하고 존중할 필요가 있어요. 동물이 인간보다 지능이 낮다고 해서 감정 없는 인형이나 장난감은 아닙니다. 좋은 것이 있듯 싫은 것도 있고 행복함을 느끼듯 불쾌함을 느끼는 감정도 있습니다. 내가 하는 행동이 동물을 사랑해서 하는 행동일지라도, 동물이 그것을 좋아할지 우리는 고민해야 합니다.

동물원 및 수족관의 관리에 관한 법률 제8조(허가 등)

제1항

동물원 또는 수족관을 운영하려는 자는 다음의 사항에 대하여 대통령령
으로 정하는 요건을 갖추어 동물원 또는 수족관의 소재지를 관할하는
시, 도지사에게 허가를 받아야 한다.

제1호 보유동물 종별 서식환경 기준 및 동물원 또는 수족관의 규모별
전문인력 기준

제2호 보유동물 질병관리계획

제3호 동물원 또는 수족관 안전관리계획

야생생물 보호 및 관리에 관한 법률 제8조의 3
(야생동물 전시행위 금지)

제1항

누구든지 「동물원 및 수족관의 관리에 관한 법률」 제8조에 따라 동물원
또는 수족관으로 허가받지 아니한 시설에서 살아 있는 야생동물을 전시
하여서는 아니 된다.

산천어가 초대받은 마을

"빰빠라밤 빰빰빰 빰빠라밤~"

난데없이 들리는 떠들썩한 소리에 나는 깜짝 놀랐다. 메테 역시 낯선 느낌이 들었는지 왔다 갔다 하면서 귀를 쫑긋 세웠다. 도대체 무슨 소리일까? 내가 듣기로는 악기 소리였다. 심벌즈의 창창창, 소리도 들렸고, 북이 둥둥둥, 울리는 소리도 났다. 여기에 트럼펫이 공기를 가르며 쨍쨍, 울려퍼지는 소리도 덧붙여졌다. 축제라도 열린 것일까. 신이 난 나는 발걸음을 재촉해 소리가 나는 곳으로 다가갔다. 거기에는 거대한 벽이 있었는데 그 벽은 돌을 하나하나 차곡차곡 쌓아 만든 것이었다. 악기 소리는 벽의 너머에서 들렸다. 가까이 다가가서 그런지 소리는 더욱 크고 힘차게 들렸다. 벽에는 작은 문이 하나, 커다란 문이 하나 있었다. 작

은 문은 내 키보다 작았고, 큰 문은 내 키에 두 배도 넘을 정도로 컸다. 나는 작은 문을 선택했고 메테 역시 뒤따라 들어왔다.

문의 안쪽은 더욱 시끌벅적했다. 악기들은 제각기 스스로 소리를 내고 있었는데, 문의 바깥쪽에서 들었던 것보다 악기 수가 훨씬 많았다. 악기들이 내는 소리로 귀가 찌릿찌릿할 정도였다. 풍짝풍짝 풍짝풍짝. 악기들 옆으로는 커다란 호수가 두 개 있었다. 하나는 바람에 잔잔한 물결이 일었고 다른 하나는 표면이 얼음으로 뒤덮여 있었다. 나는 호수 쪽으로 갔다.

그때였다. 무언가가 하늘을 새카맣게 가득 채우며 날아오고 있었다. 그것은 날아온다기보다 떨어지고 있었다. 하늘 저편에서 호수 쪽으로 빨려 들어오듯 떨어지고 있었다. 수면에 부딪힌 그것들은 굉음과 함께 거대한 물보라를 일으키며 물속으로 들어갔다. 그 무언가는 끝도 없이 수면을 때리며 물속으로 들어갔다. 수만. 수십만. 수백만. 상상을 넘어서는 엄청난 숫자에 압도된 나는 멍하니 그 광경을 쳐다보고 있었다. 속절없이 떨어지던 것은 산천어였다. 산천어들은 공중에서 떨어진 충격이 큰지 물속에서 헤엄도 못 치고 이리 휩쓸리고 저리 휩쓸렸다.

물속에 사는 산천어가 하늘에서 떨어지는 것도 기이했지만, 그들이 호수에 떨어지면서 만들어 낸 물보라가 자욱한 안개로 변한 모습에서 물비린내를 풍기기 시작했다.

"우우우우!"

304

"와아아아!"

땅을 울리는 진동 소리가 들리기 시작한 건 그때였다. 함성 소리도 함께 울렸다. 벽 쪽으로 시선을 돌렸을 때, 무언가가 큰 문으로 들어오는 것이 보였다. 거대한 덩치를 가진 시커먼 덩어리들이었다. 그들은 일부러 그러는 것인지 발로 땅을 구르며 앞으로 앞으로 행진했다. 그들의 몸통은 검은색으로 뒤덮인 바위처럼 보였는데 유난히도 눈에 띈 것은 그들의 손이었다. 그들의 손에는 독수리 발톱 같은 날카로운 손가락이 달려있었고, 무엇보다 무시무시한 점은 그들의 손이 불에 활활 타고 있다는 사실이었다. 시커먼 덩어리들은 손이 뜨겁지도 않은지 신난 듯 쿵쾅쿵쾅 소리를 내며 다가왔다. 그 기세에 밀려 나는 뒷걸음질치다가 호수에 빠지고 말았다.

호수 안은 아비규환이었다. 하늘에서 떨어진 충격이 큰 탓인지 산천어들은 정신 나간 듯 왔다 갔다 하고 있었다. 호수는 넓었지만 깊지 않아 산천어들은 엉겨붙어 오갈 데를 찾지 못하고 아무 방향으로 빠르게 헤엄치고 있었다. 그러는 사이 시커먼 덩어리들의 쿵쾅거리는 소리가 가까워지더니 물속으로 불타는 손가락이 쑥 들어왔다. 손가락들은 물속을 휘저으며 산천어들을 낚아챘다. 날카로운 손가락으로 잡아채면서 산천어들의 몸은 여기저기가 찢겨졌다. 몸을 다치지 않은 산천어들도 비명을 질렀다.

불타는 손에 잡히기만 해도 살이 익을 것처럼 타들어 갔기 때문이다.

"앗 뜨거워! 앗 뜨거워!"

산천어들은 좁은 호수에서 도망 다니며 소리를 질러댔다. 그 사이 타오르는 손들은 산천어들을 여기저기서 잡아갔으며 물속에서도 그 불은 꺼지는 법이 없었다.

견디다 못한 산천어들이 얼음 호수 쪽으로 탈출하기 시작했다. 불타는 손으로 가득 찬 호수는 뜨거워질 대로 뜨거워져 뿌연 수증기가 올라올 정도로 숨 막히는 상황이었다. 얼음 호수로 탈출한 산천어들은 뜨거워진 몸을 식히며 숨을 돌렸다. 호수가 얼음으로 덮여있었기에 불타는 손가락들도 따라오지 않아 산천어들의 화상 입은 몸도 잠시나마 안정을 찾을 수 있었다.

나도 불타는 손가락을 피하려 했으나 산천어보다 덩치가 크고 속도가 느려서 피하지 못하고 온몸이 찢긴 상태로 얼음 호수 쪽으로 건너갔다. 온몸에 난 상처로 욱신거려 움직이기도 힘들었고 옆구리에 주먹보다 큰 크기의 화상도 입었지만 살기 위해 어쩔 수 없었다. 몸을 숨길 수 있는 얼음 호수가 있는 건 다행이었다. 불행히도 그 시간은 길지 않았다.

뽕.

얼음 호수의 표면에 동그란 구멍이 하나 났다. 이어 옆에 다른 구멍도 생겼다. 뽀보봉. 그러더니 표면에 구멍이 연이어 뚫리면서 순식간에 얼음 호수는 구멍으로 덮였다. 그리고 구멍 속으로 날카로운 바늘이 들어왔다. 한 구멍에 여러 바늘이 들어오는 곳도 있었다. 얼음 호수는 금세 바늘로 가득 찼다. 얼음 호수 또한 좁았기에 산천어들은 몸을 숨길 곳을 찾다가 서로 부딪혔다. 당황한 산천어들이 헤엄치다가 바늘에 걸렸다. 어떤 이는 몸통에 바늘이 박혔고, 어떤 이는 꼬리지느러미가 바늘에 걸려 찢어졌다. 눈에 박혀 눈알이 뽑히는 일도 여기저기서 일어났다. 낚싯바늘을 무는 이는 없었다. 워낙 난장판에 정신이 없는 터라 바늘을 덥석 무는 일은 많지 않았다. 그러나 바늘은 많고 공간은 좁아 계속해서 바늘에 몸이 걸릴 수밖에 없었다. 나 역시 바늘에 코가 걸려 코가 찢어지는 바람에 말할 수 없는 고통의 비명을 지르고 말았다.

이윽고 어둠이 찾아왔다. 그와 함께 불타는 손가락과 바늘도 사라졌다. 여기저기 산천어의 사체가 떠다녔다. 죽지 않은 산천어들도 눈에 초점 없이 멍한 상태로 목표 없는 헤엄을 치고 있었다. 나도 찢어진 코를 잡고 물밖으로 나왔다. 메테가 내 모습을 보더니 놀랐다. 메테는 콧구멍이 하나가 된 나의 코를 핥아주며 같이 가자고 말했다. 병원이 있나 싶어 메테를 따라갔더니 그건 아니었다. 산천어들은 모여 회의를 하고 있었다.

"우리는 싸우자. 이대로 있으면 죽음밖에 없다. 뭐라도 하다 죽자. 우리는 싸우자."

'우뢰아토스'. 산천어들의 영웅이었다. 우뢰아토스가 산천어들을 모으고 이렇게 말했다. 우뢰아토스는 자신들에게도 힘이 있다고 했다. 무작정 도망친다고 살 길이 생기는 건 아니라고 했다. 그렇게 산천어들의 마음을 움직이려 했다. 산천어들은 지쳐 있었지만 우뢰아토스의 말을 경청했다. 그리고 반격의 결의를 다졌다. 그냥 당하지 않으리.

"선장! 선장! 선장!"

산천어들은 우뢰아토스를 '선장'이라고 부르며 연호했다.

날이 밝았다. 선장 우뢰아토스는 산천어들이 우왕좌왕하지 않도록 조를 짰다. 무슨 일이 있어도 당황하지 않고 같은 조끼리 움직이면서 돕도록 했다. 그중에서 다치지 않고 건강한 산천어들을 공격조로 만들었다. 공격조는 우뢰아토스를 도와 반격을 계획했다. 공격조는 세 개의 조로 다시 나뉘었다. 먼저 돌격조는 몸으로 부딪혀 공격하는 조였다. 덩치가 크고 싸움에 자신 있는 산천어들이 돌격조에 가세했다. 물기조도 만들었다. 이빨이 튼튼하고 턱 힘에 자신 있는 산천어들이 합류했다. 총알조도 있었다.

이들은 입에 돌을 물고 적을 향해 발사하기로 했다. 그런 재능을 가진 산천어들이 몇 있어서 조를 만들 수 있었다.

"우우우우!"
"와아아아!"

다시 소리가 들리며 시커먼 덩어리들이 몰려왔다. 역시 불타는 손가락으로 호수의 물을 휘저으며 산천어들을 잡아챘다. 산천어들은 미리 만들어 놓은 조별로 서로서로 도와가며 피했다. 첫 번째로 돌격조가 불타는 손가락을 향해 돌진했다. 강력한 타격을 주기 위해 있는 힘껏 부딪혔다. 우뢰아토스는 더 강한 공격을 위해 후방에 있는 산천어들에게 뒤에서 밀어주라는 지시를 했다. 이어 물기조가 나섰다. 불타는 손가락에 데지 않도록 빠르게 물고 빠졌다. 뜨거운 불만 아니었다면 물고 늘어질 수 있었지만 너무 뜨겁기에 어려운 일이었다. 그래서 총알조가 나섰다. 총알조는 불타는 손가락에 직접 닿지 않기에 화상의 위험 없이 공격할 수 있었다. 퉤! 퉤! 퉤! 총알조는 작은 돌멩이를 입에 가득 물고는 목표물을 향해 강하게 뱉어 총알처럼 날렸다. 작전은 우뢰아토스의 지휘 하에 일사불란하게 진행됐다.

그러나 불타는 손가락은 우뢰아토스의 치밀한 작전에도 쉽게 물러서지 않았다. 돌격조는 화상을 입어 살이 탔고 물기조는 턱이 빠져버렸다. 총알조의 돌멩이도 큰 타격을 주지 못했다. 우뢰

아토스는 얼음 호수 쪽으로 후퇴하도록 명령했다. 이번에는 총알조를 앞세워 낚싯바늘을 끊을 생각이었다. 그래서 특별히 묶기조를 투입했다. 바늘과 연결된 줄을 서로 묶을 생각이었다. 그러나 이번에는 호수 표면을 덮고 있던 얼음이 깨지더니 거기에까지 불타는 손가락이 밀고 들어왔다. 우뢰아토스는 묶기조를 후퇴시키고 다른 산천어들도 가장자리로 흩어지도록 했다.

"으아아아!"

그 순간, 우뢰아토스가 불타는 손가락에 잡혀 올라갔다. 타는 듯한 뜨거움에 우뢰아토스는 비명을 질렀다. 시커먼 덩어리는 손으로 우뢰아토스를 잡고 하늘로 번쩍 들어올리며 기괴한 소리로 기쁨의 함성 같은 것을 질렀다.

나는 우뢰아토스와 눈이 마주쳤다. 우뢰아토스의 눈은 이글이글 타오르고 있었다. 강한 의지를 가지고 있었으나 그것이 향하는 곳은 알 수 없었다. 잠깐 사이 우뢰아토스의 눈빛은 힘을 잃어갔다. 우뢰아토스의 힘겨운 싸움에도 호수는 산천어들의 사체로 가득 채워지고 있었다.

인간들은 이런 말을 합니다. "어차피 먹을 건데 뭐 어때?" 결과적으로 먹기 위해 동물을 죽일 것이기에 그 동물이 어떻게 죽든 무슨 상관이냐는 의미일 겁니다. 하지만 당하는 입장에서는 완전히 다른 이야기가 됩니다. 죽더라도 고통 없이 죽는 것과 괴롭게 죽는 것은 다른 이야기라는 말입니다. 더구나 괴롭히는 과정이 재미를 위해서라면 어떨까요? 여러분도 누군가가 심심해서 재미 삼아 자신을 괴롭힌다면 그것보다 더 비참한 일은 없겠죠? 어떤 인간은 말하죠. 물고기인데 뭐 어떠냐고요. 과연 그럴까요? 많은 물고기들은 인간보다 차가운 온도에서 살아가도록 진화되어 왔습니다. 물고기들은 인간의 체온 정도로도 뜨거움을 느낍니다. 물고기가 그런 걸 아느냐고요? 물고기도 신경 체계를 갖고 있고 통증은 신체 손상에 대한 경고의 의미를 갖고 있습니다. 물고기들이 느끼는 고통이 인간이 느끼는 고통의 정도와 같을지 모르지만, 과학계에서는 물고기 나름의 고통의 메커니즘을 가지고 있다는 결론을 내렸습니다. 어차피 먹을 것이라고 손으로 잡고 낚싯줄로 잡으며 갖고 놀다가 죽이는 것을, 괜찮다고 할 수 있을까요?

동물보호법 제10조(동물학대 등의 금지)

제2항

누구든지 동물에 대하여 다음의 행위를 하여서는 아니 된다.

제2호 살아있는 상태에서 동물의 몸을 손상하거나 체액을 채취하거나 체액을 채취하기 위한 장치를 설치하는 행위. 다만, 해당 동물의 질병 예방 및 동물실험 등 농림축산식품부령으로 정하는 경우는 제외한다.

제3호 도박, 광고, 오락, 유흥 등의 목적으로 동물에게 상해를 입히는 행위 다만, 민속경기 등 농림축산식품부령으로 정하는 경우는 제외한다.

의자 등에 붙어버린 거북이

확신할 수 없었지만 강렬한 빛이 끊임없이 내리꽂히는 것으로 봐서는, 우리는 태양 아래 있는 것이 분명했다. 머리 하나 가릴 그늘 없는 곳이 시작된 지 한참 되었지만 빛은 밝고 주위는 뜨거웠다. 우리 앞에 놓인 길은 점점 더 사막처럼 변해갔다. 걸음도 속도가 나지 않고 갈수록 처졌다. 메테도 나만큼 지쳐있었는지 말없이 걷기만 했다. 쉬어가고 싶어도 뜨거운 빛 때문에 그럴 수 없었다.

무거운 다리를 끌며 모래 위를 걷는 일은 쉽지 않았다. 메테 역시 달궈진 모래로 발바닥이 뜨거워 따끔거리는지 걸음을 총총거렸다. 이대로는 말라죽을지 모른다는 불안감마저 들기 시작할 무렵이었다. 다행히 몸을 피할 수 있는 무언가가 보였다. 그것은 커다란 과일 껍데기 같기도 했고 망가진 천막 같기도 했다. 무언

가의 뚜껑이었는지도 모르겠다. 그런 것이 무슨 상관이랴. 뜨겁고 강렬한 빛을 피할 수만 있다면 다른 건 이후에 생각해도 늦지 않았다. 메테와 내가 같은 생각을 했다는 건 말할 것도 없었다.

둥근 뚜껑의 한쪽을 들어 그 안으로 몸을 피한 메테와 나는 한숨 돌릴 수 있었다. 그곳은 열기를 식히기에 충분했다. 솔직하게 말하자면, 그 정도가 아니라 아늑하기까지 해 당분간 지내야 했어도 마음에 들 정도로 만족스러웠다. 잠시 열기를 식힌 메테와 나는 말은 안 했지만 어떻게 이 길을 가야 할지 고민하고 있었다. 그 순간이었을 것이다. 메테가 아직 기운을 되찾지 못하고 있을 때, 머리에 좋은 생각이 떠올랐다. 누군가 이 세상에 해결되지 않는 문제는 없다고 했던가. 뚜껑 한쪽에는 틈이 있었고 나는 그곳으로 목을 내밀어 보았다. 조금 힘을 주니 목을 내밀고 뚜껑 채로 앞으로 기어갈 수 있었다. 머리와 얼굴은 좀 뜨거워도 그냥 걷는 것보다는 훨씬 나았고 자세도 안정적이었다. 의외로 나는 기는 것에 재능이 있는지 몰랐다.

그런 상태로 내가 움직이자 메테는 정신을 차리고는, 뚜껑 안에서 두리번거리더니 나의 등에 올라탔다. 그 상태로 나는 앞으로 나아가기 시작했다. 그러다가 참기 힘든 지경에 이르면 뚜껑 안으로 몸을 피해 쉬었다. 그리고 다시 머리를 뚜껑 밖으로 내밀고 앞으로 나아갔다. 밤이 오면 수월하게 앞으로 갈 수 있었겠지만 불행히도 밤은 오지 않았다. 태양처럼 빛나는 정체불명의 빛덩어리는 공전하지도 꺼지지도 않았다.

"이봐, 거기 친구. 우리는 같이 가는 것이 더 좋다."

잠깐의 휴식 이후 다시 길을 가기 시작했을 때, 나를 부르는 소리가 들렸다. 소리가 나는 방향으로 고개를 돌렸다. 거기에는 딱 봐도 어마어마한 덩치를 자랑하는 거북이 하나가 떡 버티고 있었다. 그는 나를 보더니 흠칫 놀라는 기색이 역력했다. 그러고 나서 목을 길게 빼고는 나를 자세히 보았다. 나 역시 그를 자세히 보았다. 그렇게 우리는 서로를 잠시 바라보았다. 그는 거북이 중에서도 크기로 유명한 코끼리거북이었다.

"나의 친구인 줄 알았는데 아니라는 걸 알게 되었다. 잘 가라."

코끼리거북이는 그렇게 말하고는 천천히 자신의 길을 가기 시작했다. 아마도 뚜껑을 덮고 기어가는 우리를 거북이로 생각했던 것 같다. 나는 코끼리거북이에게 같이 가자고 했다. 우리끼리 무작정 가는 것보다 그와 함께 가는 것이 유리할 것 같았다. 그가 길을 잘 알 것이라는 믿음도 있었다. 우리의 제안이 의외라는 생각이 들었는지, 그는 우리에게 왜 자신과 같이 가려는지 물었다. 그 말에 메테는 우리를 소개하고 사정도 설명했다. 그러자 그는 자신의 이름을 '흠흠보마'라고 했다. 그러면서 도움이 될지는 모르겠지만 하고 싶은 대로 하라는 답을 했다. 그래서 우리는 동행하게 되었다.

여전히 빛이 강했기에 우리는 아까처럼 뚜껑을 뒤집어쓴 채 흠흠보마를 쫓아갔다. 아까와 달라진 건 없지만, 흠흠보마와 함께 간다는 사실만으로도 편했다. 몸보다는 마음이 편했다는 게 맞았다. 그러다 한 가지 깨달은 것이 있었다. 처음에는 거북이라는 생각에 흠흠보마의 동작이 아주 느릴 것으로 생각했다. 실제로도 흠흠보마는 정말 느렸다. 그러나 시간이 지날수록 그가 결코 느리지 않다는 사실을 알게 되었다. 천천히 움직였지만 꾸준히 앞으로 나아갔기에 기어가는 것이 익숙지 않았던 나는 갈수록 그를 따라가지 못했다. 내가 뒤로 처지자 흠흠보마는 중간에 한 번 멈춰 우리 쪽을 봤지만 별다른 말 없이 전진했다. 그러나 두 번째 뒤를 돌아보았을 때는 안 되겠다 싶었는지 우리가 자신을 따라잡을 때까지 기다렸다. 그리고는 말했다.

"이봐, 친구. 너희들은 원래 느린가?"

나는 이런 환경에 익숙하지 않고 뚜껑을 덮고 가는 것도 쉽지 않아 그렇다고 말했다. 그러자 흠흠보마는 자신도 같은 입장이라고 말했다. 그러면서 나를 신기한 눈으로 쳐다보았다. 그러더니 목을 길게 빼 하늘을 보았다. 강렬한 빛이 그의 얼굴을 때리고 몸 전체로 쏟아져 내렸다. 갑자기 목을 자신의 등딱지 속으로 넣어 입에 뭔가를 꺼내 물었다. 그것은 안장이었다. 흠흠보마는 안장을 자신의 등에 얹고 안장에 붙은 줄을 자신의 등딱지에 걸었

315

다. 자세히 보니 흠흠보마의 등에는 몇 개의 구멍이 뚫려있었고 거기에는 동그란 모양의 고리가 박혀있었다. 안장을 등에 고정시킨 흠흠보마는 우리 보고 자신의 등에 타라고 했다. 메테와 나는 잠시 고민했지만, 그의 호의를 거절하는 건 예의가 아니라는 생각에 그의 말을 따랐다. 사실은 많이 지쳐있던 데다 흠흠보마를 따라간다는 것 자체가 무리라는 이유가 더 컸지만 말이다.

우리는 뚜껑을 뒤집어쓴 채 흠흠보마의 등에 올라탔다. 그의 등에 탄 채 길을 가게 되었지만 미안한 마음도 들고 궁금한 것도 생겼다. 왜 흠흠보마의 등에는 안장을 고정하는 고리가 박혀있을까. 이상한 일이었다. 그래서 물어보았고 흠흠보마는 천천히 걸어가며 이야기했다.

흠흠보마는 넓은 바다가 있는 곳에서 살았다. 그곳은 강렬한 태양이 있고 부드러운 바람이 부는 곳이었으며 맛있는 나뭇잎과 열매도 많은 곳이었다. 그날도 흠흠보마는 뜨거운 태양이 넘어가고 저녁이 가까운 시간에 길을 나섰다. 알을 낳을 때가 되어서 든든히 먹어야 했기에 일찍 나오기도 했다. 마침 이상하리만치 먹거리가 많은 장소를 물색해 두었기에 갈 곳은 정해져 있었다. 그런데 흠흠보마는 목적지에 도착하기 전에 인간들에게 잡혀 머나먼 땅으로 가게 되었다.

원래 흠흠보마는 해가 진 후 돌아다니는 것이 일상이었다. 신선한 잎과 열매를 먹고 바람을 얼굴로 느끼는 것을 좋아했기 때문이다. 하지만 흠흠보마가 인간의 손에 이끌려 간 곳에는 그런 것이 없었다. 그곳은 하루 종일 태양처럼 강렬한 빛이 내리쬐는 곳이었다. 그 빛을 피하고 싶었지만 피할 곳도 없었고 묶여있었기 때문에 꼼짝없이 참을 수밖에 없었다. 거기다가 인간들이 너무도 많았다. 하루 종일 인간들은 줄을 서서 흠흠보마의 등을 만져댔다. 왜 그러는지 모르겠지만 인간들은 그랬다. 등은 자신을 보호하고 있었고 위험을 향해 노출할 필요는 없었다. 어떤 공격을 받을지 몰랐기 때문이다. 그랬기에 인간의 손이 닿을 때마다 흠흠보마는 불안했다.

어느 날, 흠흠보마에게 진짜 시련이 닥쳐왔다. 인간들이 몰려와 그의 등에 구멍을 뚫었던 것이다. 이유는 구멍에 고정 핀을 박아 인간들이 앉을 수 있는 의자를 만들려는 것이었다. 흠흠보마의 등을 만지는 것보다 거기에 앉게 하는 것이 돈을 더 많이 벌게해줄 거라고 생각했기 때문이다. 그런 사연으로 흠흠보마의 등에 구멍이 생겼다. 거북이 등은 '철통 갑옷'이 아니었다. 그들에게 등딱지는 갈비뼈와 같다. 겉은 몰라도 깊은 구멍은 뼈를 뚫는 것과 똑같다. 소리를 지를 수 없었던 흠흠보마는 입을 크게 벌리고 눈물을 흘리는 것으로 고통을 참아냈다.

이후 흠흠보마는 하루 종일 밝은 빛이 비추는 곳에서 어린이들을 태웠다. 산들바람도 없고 나뭇잎도 열매도 없는 곳이었다.

밤에 어둠이 찾아오면 혼자 남았다가 다시 아침이 오면 밝은 빛 아래에서 인간을 태우는 것이 전부인 삶이었다.

"나는 아직도 이해가 가지 않는다. 왜 나는 인간을 태웠는가. 왜 인간들은 나를 탔는가. 왜 나의 몸에는 구멍이 생겼는가. 그렇게 해서 인간들은 무엇을 얻는가."

그 말을 마친 후 흠흠보마는 고개를 다시 자신의 등딱지 쪽으로 넣더니 또다시 뭔가를 입에 꺼내 물었다. 그의 입에 있던 건 카멜레온이었다. 카멜레온은 노랗기도 하고 빨갛기도 하고 어떻게 보면 하얗기도 한 밝은 빛깔로 빛나고 있었다. 다만 옆구리에 콩알만한 구멍이 나있었는데, 그것의 정체는 흠흠보마를 통해 알 수 있었다. 카멜레온의 이름은 '오토'였다.

그 역시 흠흠보마가 있던 곳에 같이 있었다. 그곳에서 오토는 '체험관'이라는 방 안에서 살았다. 인간들이 자신을 만지고 여러 가지를 관찰할 수 있는 곳이었다. 카멜레온은 몸의 색깔이 변하는 특기가 있어 인간들에게 인기가 많았다. 오토는 그 덕에 하루 종일 색을 바꾸며 긴장해야 했다. 카멜레온은 두려움을 느끼면 어두운 색으로 변하기에 오토 역시 인간들이 무서워 고동색으로

변하는 경우도 많았다. 그러면 인간들은 다른 색깔로 변하는 것을 보기 위해 더 밝고 더 다양한 색깔이 있는 장소로 오토를 데리고 다녔다.

어떤 때는 색깔이 변하는 피부가 신기하다고 만지고 더 이상 색깔이 바뀌지 않으면 색을 칠하기도 했다. 결국 오토의 피부는 인간의 손에 병들어 구멍이 나고 색을 바꿀 능력을 잃었다. 그러자 인간들은 그의 몸에 알록달록한 색을 칠하는 것으로 오토의 역할을 바꿨다. 지금 우리가 본 오토의 모습은 그렇게 해서 만들어졌던 것이다.

흠흠보마는 이제 헤어질 시간이라고 말했다. 사막이 끝나고 어둠이 찾아오기 시작했다. 메테와 나는 흠흠보마의 등에서 내려왔다. 오토는 흠흠보마의 등딱지 안으로 들어갔다. 흠흠보마는 이별 전에 우리에게 한 가지 말을 남겼다.

"인간은 이 세계를 몰라도 너무 모른다."

인간들은 '체험'을 좋아해요. 아주 오래 전, 자신들의 조상이 했던 수렵 생활의 유전자가 남아있어서 그런 걸까요? 과거와 달리 살면서 실제로 해볼 수 있는 것이 점점 줄어들기 때문일까요? 이유가 어떻든 동물을 가까이에서 보고 만지고 안고 타는 것은 다른 문제일 겁니다. 동물을 체험한다는 것은 인간에게는 색다른 재미일지 모르지만, 동물에게는 목숨을 걸어야 하는 가혹한 일입니다. 하기 싫은 것을 억지로 해야 하고 두려움을 견디고 참아야 하며 자신이 살던 환경을 포기해야 하기 때문입니다. 그럼에도 인간들은 가까운 곳에서 편하게 동물을 보고 싶어 합니다. 그럴수록 동물들의 삶은 망가집니다. 자신의 즐거움을 위해 상대를 괴롭히는 것. 이것을 인간들은 뭐라고 부르나요?

야생생물 보호 및 관리에 관한 법률 제8조(야생동물의 학대금지)

제2항
누구든지 정당한 사유 없이 야생동물에게 고통을 주거나 상해를 입히는 다음 각 호의 학대행위를 하여서는 아니 된다.
제1호 포획, 감금하여 고통을 주거나 상처를 입히는 행위
제2호 살아 있는 상태에서 혈액, 쓸개, 내장 또는 그 밖의 생체의 일부를 채취하거나 채취하는 장치 등을 설치하는 행위
제3호 도구, 약물을 사용하거나 물리적인 방법으로 고통을 주거나 상해를 입히는 행위
제4호 도박, 광고, 오락, 유흥 등의 목적으로 상해를 입히는 행위
제5호 야생동물을 보관, 유통하는 경우 등에 고의로 먹이 또는 물을 제공하지 아니하거나, 질병 등에 대하여 적절한 조치를 취하지 아니하고 방치하는 행위

어느 북극곰의 북극 여행

어느덧 주위가 환해지고 있었다. 어둠이 있으면 다시 여명이 찾아오듯, 운명은 돌고 돌아 시작 지점으로 데려다 놓는 것처럼 보였다. 다만, 이 빛은 정체가 모호했다. 아침에 만날 수 있는 신선한 공기를 담은 빛도 아니었고 태양의 열기로 가득 찬 강렬한 빛도 아니었다. 보일 듯 말 듯 시나브로 눈을 채우는 종류의 빛이었다. 푸른빛과 붉은빛이 조금씩 섞인 그것은 신비롭게 다가왔다.

그 빛을 통해 본 세상은 아름다웠다. 하얀 눈으로 덮인 산이 보였다. 그 아래에는 얼음덩어리들이 바위처럼 떠있었고, 가장자리에는 얼음벽이 반짝거렸다. 하얀빛으로 가득한 설원의 풍경을 보니 가슴까지 시리도록 밀려드는 감동에 넋을 잃을 정도였지만, 추위에 노출될 걱정에 저절로 옷을 여미게 되었다. 나는 추위를 잘 타 온도가 조금만 떨어져도 고생했기에 더욱 그랬다. 그러

나 예상과 달리 춥지는 않았다. 오히려 사막의 기운이 남아있어 훈훈한 바람이 부는 착각까지 들었다.

문제는 추위가 아니었다. 발이 스멀스멀 빠져드는 것이 아래를 보니 여기는 늪이었다. 한 발짝 내밀 때마다 점점 더 깊숙이 들어갔는데, 그러다가는 몸이 전부 빠질 것 같았다. 메테도 뭔가 잘못된 것을 느꼈는지 폴짝 내 머리 위로 올라왔다. 세상에. 메테의 무게 때문만은 아니겠지만 나는 더욱더 하얀 늪 속으로 빠져들어 가슴 높이까지 빠져버리고 말았다. 급기야 자맥질하지 않으면 안 될 지경이 되어버렸고, 깊이를 알 수 없는 얼음늪으로 사라질 판이었다.

"저기다!"

내 머리 위에서 주위를 두리번거리던 메테가 외쳤다. 나는 물장구를 치면서 고개는 메테가 소리치는 쪽을 향했다. 거기에는 작은 배 하나가 걸쭉한 얼음늪을 가르며 흘러가고 있었다. 나는 그쪽으로 방향을 잡고 헤엄쳤다. 메테는 도움을 주려는 듯 내가 헤엄치는 동안 배가 있는 방향을 큰 목소리로 알려주었다. 드디어 배에 닿았을 때, 메테가 사뿐히 뛰어 배 안으로 들어갔다. 그런데 메테가 깜짝 놀라 소리를 치며 다시 내 머리 위로 뛰어올라왔다.

"으어어어엉~"

동시에 다른 비명 소리도 배 안에서 들렸다. 나는 배에 다가가 빼꼼히 안쪽을 들여다보았다. 거기에는 눈을 동그랗게 뜨고는 놀라서 꼼짝 못하는 북극곰 한 마리가 있었다. 나도 놀라 북극곰의 얼굴을 멍하니 쳐다보았고, 나를 보던 북극곰은 눈을 더 크게 떴다. 북극곰의 반응으로 보아 우리에게 위협이 될 것 같지 않아 나는 배 위에 올라탔다. 메테 역시 배 안으로 뛰어들었다. 북극곰은 공격은커녕 우리가 무서운지 경계하는 자세를 잡고 뒤로 물러났다. 우리가 등장하기 전까지 그는 편안히 누워 여행을 즐기고 있었던 것 같다. 그래서 멀리서 봤을 때 그가 보이지 않아 메테는 빈 배가 떠있는 것으로 생각했던 것이다.

어쨌든 우리에게는 배가 필요했기에 실례를 무릅쓸 수밖에 없었다. 잠시 동안 대치 상황이 이어졌다. 짧은 사이, 우리는 아무 말도 못 했고 움직이지도 않았다. 숨 막히는 공기가 우리 사이를 가로막고 있었다. 메테가 그 정적을 깨고 우리를 소개했다. 그제야 나는 참았던 숨을 내쉬었다. 북극곰은 메테의 말에도 달라질 것 없다는 듯 꼼짝 않고 우리를 번갈아 보았다. 긴장이 풀려 지친 나는, 될 대로 되라는 심정으로 배 안에 벌렁 누워버렸다. 메테도 늘어지게 기지개를 켜더니 몸을 동그랗게 말고 자리를 잡았다.

북극곰은 황당했을 것이다. 혼자 있던 배에 불청객 둘이 올라타 주인 행세를 했으니 말이다. 북극곰이 자세를 고쳐 잡은 건 그

로부터 한참 후였다. 그는 먼저 나의 발냄새를 맡았고 몸 여기저기에 코를 들이댔다. 귀찮았던 나는 가만히 있었다. 그랬더니 그는 용기가 났는지 내 얼굴에까지 코를 가져다대고 큼큼거렸다. 그러다가 내 콧구멍 속에 콧김을 "흥!" 하고 불어넣는 바람에 나는 "와하하하!" 웃음을 터뜨리고 말았다. 나의 웃음소리에 깜짝 놀란 북극곰은 몸이 굳은 채 자기소개를 했다.

"나는 '마누바'라고 해. 엄마를 찾으러 가고 있어."

그 사건이 메테와 나의 나른했던 휴식을 깨웠다. 덩치가 커서 느긋하게 여행이나 다니는 곰으로 생각했는데, 알고 보니 나이가 어렸다. 그래서 나는 마누바에게 어떻게 하다가 엄마를 잃어버렸는지 물었다. 그러자 마누바는 엄마를 잃어버린 것이 아니라 엄마를 본 적이 없다고 했다. 사실, 엄마를 본 적 없는 것만이 아니라 엄마가 어디 사는지도 모른다는 것이었다. 그는 어떤 이유로 엄마를 찾는 여행을 하게 된 것인가.

마누바는 동물원에서 태어났다. 그러나 마누바가 엄마를 볼 수는 없었다. 태어나자마자 다른 동물원으로 보내졌기 때문이다. 마누바는 낯선 곳에서 아무것도 배우지 못한 채, 사육사가 먹

을 것을 주면 먹고 있으라는 곳에서 시키는 대로 지냈다. 사육사라는 인간은 마누바에게 잘해줬다. 마누바가 잘 먹지 못하면 맛있는 것을 구해다 줬고 마누바가 아프면 곁을 지키며 돌봐주었다. 그러니 마누바에게는 사육사가 엄마처럼 느껴졌다는 것이 무리는 아니었다.

그럼에도 마누바에게 동물원 생활은 괴로웠다. 날 때부터 살았던 곳이지만 몸에 맞지 않았다. 특히 여름이면 더욱 심했다. 더위를 참기 힘든 마누바는 숨 쉬기도 어려워 했다. 아무리 자세를 바꿔도 마찬가지였다. 마누바를 위해 동물원은 얼음을 가져다주었다. 환경도 바꿔주려고 노력했다. 하지만 한계는 있었다. 먹을 것에 얼음을 섞어줬지만 금세 녹았고 어설픈 노력은 북극 환경을 만들기에 애초부터 불가능한 것이었다. 대안은 플라스틱으로 만든 얼음을 가져다 놓는 것이었다. 바닥에도 눈이 쌓인 것처럼 하얀색 페인트칠을 하고 플라스틱 가루를 뿌렸다. 마누바의 집이 설원으로 바뀌었다. 다만, 하나도 춥지 않은 겨울 세계였다.

가짜 북극 때문이었는지 다른 이유가 있어서였는지 모르지만, 동물원 사정은 점점 안 좋아졌다. 그러자 마누바는 다른 곳에 출장 전시를 다녔다. 다 자란 곰이 아니었지만 인간에게는 맹수였기에 이동할 때마다 마누바는 마취를 당했다. 몽롱한 상태로 낯선 곳에서 눈을 뜨면 인간들이 마누바를 구경하며 웃는 모습이 보였다. 멍한 눈으로 침 흘리는 것이 마누바의 진짜 모습이 아니었지만, 인간들은 북극곰을 잠 많고 게으르고 침 흘리는 동물로

이해했다. 그리고 또다시 마취를 당해 다른 곳으로 옮겨가 같은 취급을 당했다.

어느 날, 마누바는 드라마 촬영에 동원되었다. 북극곰이 출연하는 장면의 배경으로 웅크리고 있는 역할이었다. 마누바는 인간의 안전을 위해 마취되었고, 보이지 않는 곳에 족쇄가 채워졌다. 드라마 촬영이 시작되었고, 마취되어 몽롱한 마누바 옆을 오토바이가 다다다, 소리를 내며 지나가는 장면이 연출되었다. 그 순간, 놀란 마누바가 마취가 덜 된 상태에서 일어섰고 그것에 놀란 인간들이 도망치는 사이 인간들을 지키려고 트럭이 돌진해 마누바를 들이받았다. 그 사고로 마누바는 한쪽 다리를 잃었다.

마누바가 다치자 인간들은 결정을 내렸다. 그것이 자신들로 인해 입은 부상에 대한 보상이었는지 아니면 가치를 잃은 상품에 대한 처분이었는지 모르지만, 마누바를 북극으로 보내기로 했던 것이다. 북극을 본 적도 없는 북극곰에게 그곳은 어떤 의미였을까? 한 번도 살아본 적 없는 낯선 고향으로 가는 것은 마누바에게 행운이었을까 불행이었을까. 인간들의 결정에 마누바는 설렜다. 엄마를 볼 수도 있으리라는 기대를 했다. 그래서 마누바는 잠시나마 행복했다. 다친 다리를 질질 끌면서도 생기를 되찾은 건 그런 이유에서였다. 하지만 마누바의 꿈은 이루어지지 않았다. 다리의 상처가 문제가 되어 이동이 어려워졌고, 인간들은 마누바를 안락사시키기로 결정했기 때문이다.

마누바는 살아있던 세상에서 이루지 못한 여행을 이어가고 있었다. 엄마를 찾아서. 그리고 한 번도 살아보지 못한 고향을 찾아서. 하지만 이상한 것이 있었다. 왜 이곳은 춥지 않은 걸까? 하얀 눈과 얼음으로 덮여있고, 얼음처럼 보이는 것이 덮인 물속에서도 하나도 춥지 않았다. 눈과 얼음이 가득한 환경에서 여유 있게 배 위에 누워있다는 건 뭔가 잘못되었다고 의심하지 않을 수 없었다. 그래서 우리는 얼음벽 가까이 가보았다. 내가 먼저 얼음을 만졌지만 얼음은 차갑지 않았다. 왜냐하면 그것은 진짜 얼음이 아니었기 때문이다. 플라스틱으로 그럴듯하게 만든 가짜 얼음이었다. 설경도 눈도 모두 가짜였다. 마누바는 아직도 그가 살던 세계에서 벗어나지 못하고 있었다.

우리는 묵묵히 앉아 배가 움직이는 대로 둔 채 앉아있었다. 마누바는 어디로 가는 걸까. 그에게 갈 곳이 있기나 한 것일까. 얼마나 시간이 지났을까. 멀리 마누바처럼 생긴 곰 하나가 서있는 것이 보였다. 작아서 잘 보이지 않았지만, 마치 누군가를 기다리는 것처럼 우리 쪽을 바라본 채였다. 어쩌면 마누바를 기다리던 건지도 몰랐다. 우리는 천천히 그쪽으로 다가갔다. 가까이 다가갈수록 우리의 기대는 실망으로 바뀌었다. 거기에 서있던 것은 북극곰의 사체였다. 살은 이미 썩어 뼈만 남았고 가죽만 그 위에 덮여있었다. 눈알 없는 눈은 우리 쪽을 바라본 채 멈춰있었다. 마

치 마누바의 엄마가 마누바를 기다리다 그대로 죽은 것이 아닌가 하는 생각이 들 정도였다. 마누바의 엄마는 북극으로 가지 못했으니 그의 남아있던 뼈라면 모를까 그럴 일은 없었을 것이다.

"아아아~"

그러나 마누바는 엄마를 만난 듯 뼈와 가죽만 남은 북극곰에게 안겨 울었다. 자신의 얼굴을 뼈에다 비비고 냄새를 맡으며 애절한 마음을 표현했다. 썩어있는 뼈는 플라스틱으로 된 얼음 위에서 말없이 마누바를 지켜보고만 있었다.

모든 생명에게는 자신만이 살아가는 데 적당한 환경이 있습니다. 오랜 세월 진화를 거치면서 자신이 원하는 환경으로 이동했거나 적응했기 때문이죠. 따라서 이런 조건이 쉽게 바뀌지는 않습니다. 인간들만 없다면 말입니다. 인간이 동물원이나 쇼, 전시, 콘텐츠를 만들기 위해 동물들을 이용하는 동안 많은 동물들이 자신들이 살던 곳이 어떤 곳이었는지 모른 채 태어나서 살다가 죽는 것이죠. 다시 자연으로 돌아갈 수 없는 동물들에게 인간은 무엇을 해줄 수 있을까요? 한 번도 겪어보지 못한 고향의 온도와 냄새와 물과 공기를 인간은 줄 수 없기 때문에 인간에게 남은 선택은 많지 않을 겁니다. 계속 인간의 욕심을 채울 것인가, 아니면 멈출 것인가. 인간들의 현명한 선택을 기대합니다.

동물보호법 제10조(동물학대 등의 금지)

제2항

누구든지 동물에 대하여 다음의 행위를 하여서는 아니 된다.

제4호 동물의 몸에 고통을 주거나 상해를 입히는 다음에 해당하는 행위

가. 사람의 생명, 신체에 대한 직접적 위협이나 재산상의 피해를 방지하기 위하여 다른 방법이 있음에도 불구하고 동물에게 고통을 주거나 상해를 입히는 행위

나. 동물의 습성 또는 사육환경 등의 부득이한 사유가 없음에도 불구하고 동물을 혹서, 혹한 등의 환경에 방치하여 고통을 주거나 상해를 입히는 행위

다. 갈증이나 굶주림의 해소 또는 질병의 예방이나 치료 등의 목적 없이 동물에게 물이나 음식을 강제로 먹여 고통을 주거나 상해를 입히는 행위

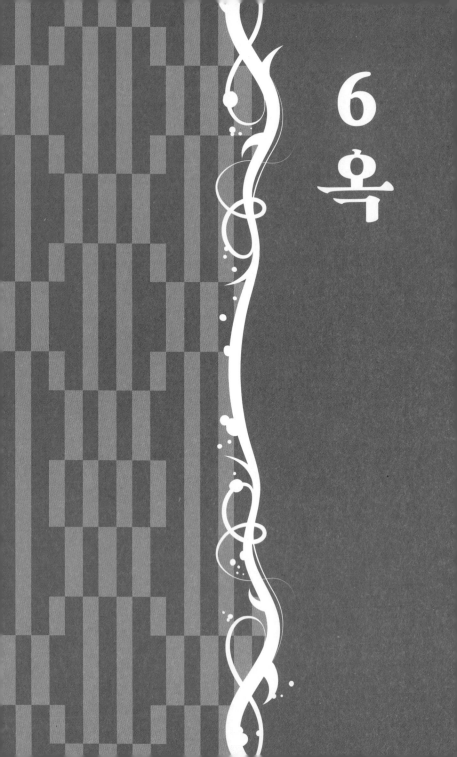

6
옥

갑자기 주위가 어두워지는 바람에 나는 메테를 놓치고 말았다. 메테를 불러보았지만 답이 없었다. 나는 다시 혼자 남을지 모른다는 두려움 때문에 어쩔 줄 몰랐다. 눈도 여러 번 깜빡이고 고개도 돌려보았지만 짙고 깊은 어둠뿐이었다. 크게 소리를 질렀지만 그 소리마저 멀리 가지 못하고 사라져 버렸다.

또각, 또각, 또각.

그때, 작은 소리가 들리기 시작했다. 그 소리는 처음엔 작았지만 점점 커졌다. 내가 있는 곳으로 가까워지는 것 같았다.

그 소리의 정체는 추측하기 어려웠다. 어떤 종류의 물건이 어떤 식으로 부딪혀 저런 소리를 내는지 상상이 가지 않았다. 머리

카락이 소름으로 바들바들 떨리는 느낌을 받았던 건 그래서였을
것이다. 모습을 드러낸 건 내가 잠시나마 상상했던 것과 거리가
멀었다. 젤리 과자 한 개만한 곰이 내 앞에 모습을 드러냈던 것이
다. 그것은 하도 작아 젤리 과자라는 느낌이 들었을 뿐 정확하지
는 않았다. 그 녀석이 내게 말을 걸었던 것도 조금은 비현실적으
로 느껴졌다.

"아~"

그 작은 녀석은 소리를 냈다. 나는 무슨 소린지 들으려는 생각
에 무릎을 꿇고 고개를 숙여 그 녀석 쪽으로 얼굴을 가져다댔다.
그 녀석은 다시 "아~" 소리를 내며, 자신의 입을 한껏 벌리고 내
게 뭔가를 내밀었다. 손마저 작아서 잘 보이지 않았지만, 손에 쥐
고 있는 무언가가 있는 걸로 봐서 내게 뭔가 주려는 것으로 보였
다. 나는 그 녀석이 시키는 대로 입을 크게 벌렸다. 그러자 그 녀
석은 내 입에 자신이 쥐고 있던 뭔가를 넣었다. 그것은 좁쌀만큼
작은 사탕이었다. 아니 그렇게 생각했다. 왜냐하면 그 작은 것이
입에 들어오자 경험하지 못한 맛이 입안을 채웠기 때문이다. 그
맛은 다른 사탕과는 달랐다. 달콤하면서도 사르르 녹는 것은 사
탕과 비슷했지만 머릿속까지 파고들어 온몸을 자극하는 건 사탕

그 이상이었다. 짜릿하고 아름다웠다. 황홀하고 어지러웠다. 혓바닥에서 시작해 가슴속 깊이 고통으로부터 마비시키는 전율이 전해졌다.

그 녀석의 "아~" 소리를 따라 나도 모르게 또 입을 벌렸다. 그때, "안 돼!" 하는 소리가 들렸다. 메테의 목소리 같았지만 상관하지 않고 입을 벌렸다. 사탕 한 알이 입으로 들어오는 줄 알았는데, 그 녀석이 내 입으로 쏙 들어왔다. 나는 깜짝 놀랐지만 그럴 새도 없이 그 녀석은 이 하나를 부러뜨렸다.

또각.

그러고 나서 녀석은 이를 오도독오도독 맛나게 씹어먹었다. 벌어진 일은 믿기 힘들었다. 콩알만 했던 녀석이 잠깐 사이 쥐만큼 커졌다. 녀석은 살짝 웃더니 벌리고 있던 내 입에 작은 사탕을 또 던져넣었다. 나는 이 하나가 나간 것도 잊고 또다시 사탕을 맛있게 먹으며, 멍하니 아무것도 없는 어둠을 바라보았다. 그사이 쥐와 같이 변한 녀석은 나의 다른 이를 뽑아 오도독오도독 씹어먹었고 금세 토끼만큼 커졌다.

나의 이를 삼킨 짐승은 강아지만큼 송아지만큼 커졌네
내 입안은 어둠처럼 변해갔고
짐승은 그사이에도 점점 더 자라고 자랐네
시간이 흘러 내 입안은 공허하게 텅 비어버렸고
이를 먹고 자란 짐승은 산처럼 거대하게 변해있었네

머리와 몸통은 곰처럼 생겼으나 코는 돼지처럼 큰 구멍이 뻥
뚫려있었고 호랑이의 발을 가진 짐승이 내 앞에 있었다. 뒤통수
에서 등까지는 갈기 같은 털이 붙어있었고, 머리통 위쪽에는 염
소의 것과 비슷해보이는 뿔 두 개가 나와있었다. 나는 말을 했지
만 이가 다 뽑혀 빈 바람 소리만 입에서 나왔다. 나의 모습을 보
고 짐승은 자신의 얼굴을 내 쪽으로 가까이하며 말했다.

"나는 이곳을 지키는 '무바리' 님이시다. 이곳은 인간으로 하여
금 학대로 고통을 당한 동물들의 영혼이 거쳐가는 곳. 네놈이 여
기가 어딘지 알고 왔는지 모르겠지만, 여기를 왔을 때는 각오를
했어야 할 것이다. 너희 인간이 만든 세상의 죄악을 네놈 혼자 떠
안고 싶지 않다면 많은 고통을 감수해야 할 것이기 때문이니라.
기억해야 할 것이다. 분명히 말하지만 지금부터 네가 받는 고통
은 모두 너희가 만들어 낸 것이지 우리의 것이 아닌 것이니라. 고

통에 가까이 가보지 못한 자는 그것에 대해 쉽게 말하리라. 하지만 그것이 자신의 일이 됐을 때는 꽁무니를 빼고 말지어다."

나는 어둠 속 한가운데 서있는 나무문 하나를 발견했고 가까이 다가갔다. 뒤돌아봤을 때 무바리는 거기에 서서 나를 지켜보고 있었다. 내가 문에 다가서자 한마디를 더했다.

"너의 이는 지옥의 건너편에 있는 마지막 문으로 나가게 되면 돌려주지."

그 말을 뒤로한 채 나는 문을 열었다. 오래도록 켜켜이 쌓여서 순환하지 못한 공기가 서늘한 냄새를 풍기며 다가왔다. 귓가에 진동하는 뿌연 소리는 나의 귀를 아래로 잡아끌었다. 백야에 멀어버린 눈은 밝은 빛이 있다는 것 외에 어떤 것도 구분해내지 못했다.
갑자기 나의 코에 차갑고 촉촉한 느낌이 닿았던 건 그때였다. 메테의 코였다. 메테는 나를 위로하려는 듯 혀로 나의 코와 입을 핥았다. 나는 메테를 꼭 껴안았다. 메테는 내 머리카락도 핥았다. 나는 메테를 안은 채 문안으로 발을 내디뎠다.

용서하소서

나의 죄를 용서하소서

이 내 몸에 상처를 내어 피가 흐르고

그 피가 강을 물들여 바다에 닿도록

그리고 그 바다가 다시 돌아 새 생명이 될 때까지

억겁의 시간이 지날지라도

언제가 되더라도

용서하소서

비둘기 집사와 수상한 박사

　돌로 만든 계단이 아래로 아래로 이어져 있었다. 계단에는 난간이 없었고, 그 아래는 어둠이었기에 높이를 가늠할 길이 없었다. 메테와 나는 묵묵히 계단을 내려갔다. 가끔 위치를 알 수 없는 곳에서 낮고 희미한 소리가 들려왔다. 그것은 육중한 물건이 땅에 끌릴 때 나는 소리처럼 들리기도 했고, 고통의 신음이 쌓이고 쌓여 공기 중을 떠도는 소리처럼 들리기도 했다. 그래서였는지 나는 머리카락이 뻣뻣해지는 것을 느꼈고, 메테 역시 비슷했는지 꼬리가 붕슝붕슝 부풀어 오른 것을 볼 수 있었다.

　긴 계단 아래에는 돌로 만든 커다란 건물이 하나 있었다. 우리는 그 건물의 문안으로 들어갈 생각이 없었다. 문을 지나쳐 돌로 만든 계단이 이어져 있었기에 그 앞을 지나치면 그만이었다. 그러나 우리는 문안으로 들어갔다. 두 가지 이유가 있었는데, 하나

338

는 문앞을 지나치기 직전에 눈이 내리기 시작했기 때문이다. 눈은 차가운 눈이 아니라 뜨겁고 따가웠다. 하늘에서 수없이 떨어지는 구슬 같은 눈은 빛나지 않았지만 무척 뜨거워 머리와 온몸을 태울 지경이었다. 다른 하나는 마침 그 시점에 문이 저절로 쩍하고 열렸던 것이다. 메테와 나는 고민할 사이도 없이 문안으로 들어갔다.

문 안쪽에는 기이한 복장을 한 자가 서있었다. 그는 고개를 최대한 올려야 보일 정도로 키가 컸는데, 마술사들이 쓰는 것과 비슷한 검은색 모자를 쓰고 있었고 마찬가지로 검은색 가운을 뒤집어쓰고 있었다. 가운을 얼마나 올려 썼는지 얼굴이 보이지 않을 정도로 가려져 있었고, 그 사이로 눈이 빠끔히 빛났다. 그는 자신을 박사 나리의 집사라고 소개하며 손을 아래로 내려 우리에게 따라오라는 신호를 보냈다. 아마도 키 차이가 많이 나서 몸을 굽히는 대신 이상한 손짓을 한 것이라고 생각하며 우리는 그를 따라갔다.

그곳은 밖에서 본 것보다 훨씬 으리으리한 모습이었다. 천장은 높았고 돌로 된 장식들이 비밀 요새를 연상케했다. 집사는 어느 방문 앞에 멈췄다. 그 방문 역시 돌벽에 두꺼운 철제로 만든 구조물이었다. 집사는 우리를 위해 문을 열어주었고, 우리는 그 안으로 들어갔다. 철문 안에는 넓은 공간이 있었고, 한쪽에 두 의자가 놓여있었다. 집사는 손짓으로 의자에 앉으라 했고 우리는

그의 안내대로 거기에 앉았다. 우리가 앉은 정면에는 유리로 된 벽이 있었는데 거기에는 작은 입술 하나가 그려져 있었다. 잠시 후, 그 입술이 움직이면서 말하기 시작했다.

"나는 박사 '반신'이요. 여러분에게 특별한 무대를 선사할 수 있게 되어 영광이요. 그럼, 인류를 위한 위대한 공연을 경건한 마음으로 감상해주길 바라오."

박사 반신이라는 자의 말이 끝나자 유리벽 너머로 커다란 탁자 위에 유리 상자 하나가 보였다. 그 안에 쥐 한 마리가 갇혀있었다. 쥐는 상자를 벗어나려고 상자 구석구석을 훑으며 혼란스러워 하고 있었다. 잠시 후, 쥐의 네 발이 묶여 꼼짝 못하는 꼴이 되었다. 바닥에서 올라온 고정쇠가 쥐의 발을 감싸쥔 것이다. 쥐는 발버둥 쳤지만 거기서 벗어나기에는 조금의 가능성도 없어보였다. 이후 일어난 일은 믿기 힘들 정도로 참담했다.

쥐의 위에서 밝은 빛이 내려와 쥐의 몸을 환하게 쬐었고, 어느새 빛이 닿은 부분이 타들어 가기 시작했다. 그걸 본 메테와 나는 당장 멈추라고 집사에게 말했다. 집사는 꿈쩍하지 않고 자신은 박사 나리의 하명만 따른다고 말했다. 아무리 말해도 그 말밖에 하지 않았다. 박사 반신이라는 자의 입술을 향해서도 말해봤지만, 입술은 "위대한 처벌, 위대한 처벌."이라는 말만 기계처럼 반복했다. 쥐의 몸은 타들어 갔고 쥐는 고통에 몸부림쳤다. 단단한

유리벽에 가로막혀 어쩌지 못하는 나는 메테에게 도와주라는 눈빛을 보냈다. 메테는 쥐의 요청이 있어야 도와줄 수 있다며 쥐에게 소리쳤다. 그 소리를 들었는지 발버둥 치던 쥐는 우리를 향해 말했다.

"살려줘."

그 말을 들은 메테가 날카로운 발톱을 세우고 유리벽을 조각냈다. 그사이 펑 하는 소리와 함께 무언가 나타나 쥐가 갇혀있는 유리 상자를 부수고 쥐를 구해 품에 안았다. 메테와 나 역시 서둘러 다가가 쥐의 상태를 확인했다. 쥐의 몸에는 살이 타들어 가 검게 변한 구멍이 뚫려있었다. 메테는 쥐의 몸을 감싸며 치료를 시작했다. 쥐를 구한 정체불명의 존재는 집사와 비슷하게 생긴 모자를 쓰고 비슷하게 생긴 옷을 입고 있었다. 그런데 그는 집사의 목을 잡더니 그대로 집사를 내동댕이쳤다. 그 바람에 집사의 검은색 모자가 벗겨지면서 그의 얼굴이 드러났다. 놀랍게도 집사는 비둘기 얼굴을 하고 있었다.

더 놀라운 것은 집사를 내동댕이쳤던 그도 모자를 벗었는데, 역시 비둘기의 모습을 하고 있었다. 다른 점이 있다면, 집사와 달리 그의 머리는 대머리처럼 털이 벗겨져 있었다. 그는 메테와 나를 향해 인사하며 자신을 '김삼도'라고 소개했다. 그사이 메테는 쥐를 치료하고 있었기에, 나는 우리를 김삼도에게 소개하고 어

떻게 된 일인지 물었다.

　김삼도는 도시에 살던 비둘기였다. 그의 말에 의하면, 비둘기들은 인간을 좋아한다고 했다. 어느 정도로 좋아하는지 정확하지 않지만, 좋아하는 정도가 아니더라도 인간을 싫어하는 비둘기는 별로 없다고 했다. 인간 가까이에는 먹을 것이 많다는 것이 대부분의 이유였다. 김삼도의 말에 의하면, 비둘기들은 인간들 역시 비둘기를 좋아한다고 믿었다. 그렇기에 도시는 비둘기들에게 더없이 좋은 삶의 터전이 될 수 있었다. 김삼도 역시 그렇게 믿으며 별 탈 없이 살아가고 있었다. 그 일이 있기 전까지 말이다.

　사실, 그 일이 있기 전에 김삼도를 비롯한 몇몇 비둘기들은 눈치채고 있었다. 인간들이 비둘기에게 호의적이지만은 않다는 사실을. 원래 그랬던 것인지 인간들의 마음이 변한 것인지는 몰랐다. 어쨌든 인간들은 노골적으로 표를 내지 않았지만 비둘기를 적으로 생각하기 시작했다.

　그러던 어느 날, 따뜻한 날이었다. 길에 있던 먹거리를 주워 먹고 배가 찼던 김삼도는, 술집이 몰려있는 좁은 골목 한 켠에서 잠을 청하고 있었다. 밤이 되면 골목에는 인간들이 버린 신선한 음식 찌꺼기가 많았기에 다른 비둘기들보다 먼저 먹으려면 조금의

휴식이 필요했던 것이다. 늘어지게 잠을 잔 후 일어나 덜 깬 상태로 뒤뚱뒤뚱 천천히 걷던 김삼도는 누군가가 자신의 머리를 후려갈기는 바람에 그 자리에서 죽고 말았다. 지나가던 취객이 야구방망이를 김삼도에게 휘둘렀던 것이다. 비둘기가 더럽고 기분 나쁘다는 이유에서였다. 김삼도는 그 바람에 목이 꺾였고 머리 털이 다 빠져버렸다.

　"인간들은 우리를 해롭다고 하지. 기생충이 득실거려 더럽고 도심 여기저기 똥을 싸 더럽고 인간들의 쓰레기를 먹어 더럽다고 하지. 그래서 해로우니까 사라져야 한다고 생각하지. 인간들은 우리를 '하늘을 나는 쥐'라고 조롱하기도 하고. 저 녀석이나 우리나 인간한테 죽어 마땅한 게 맞는 것인가."

　김삼도는 그렇게 말하며 자신이 구한 쥐를 가리켰다. 쥐는 메테의 치료를 받고 몸을 회복하고 있었다. 쥐의 이름은 '노구'였다.

　노구는 마당 있는 집 한편에 작은 구멍을 만들어 살아가던 집 쥐였다. 노구의 삶은 조심하고 또 조심하는 일의 연속이었다. 자

신을 죽이려고 호시탐탐 기회를 노리던 집주인 인간의 눈을 피해 사는 것이 노구에게는 당연한 일이었다. 그러면서도 노구는 집주인이 그럴만하다는 생각을 했다. 인간의 집에 들어와 살면서 인간의 먹을 것을 나눠 먹었으니 말이다. 그래도 인간 덕에 먹을 것과 안락한 잠자리를 얻었고, 만약 인간이 집을 버리면 자신이 곤란해지기에 위험하더라도 인간이 거기서 계속 살기를 바랐다. 노구는 그 정도로 생각했다. 조심하면 같이 살 수 있는 숨바꼭질 정도로.

하지만 집주인은 적극적이고 집요했다. 급기야 쥐덫을 곳곳에 놓아 노구를 노렸다. 집주인의 기대와 달리 노구는 집주인이 놓아둔 함정을 완전히 파악하고 있었다. 조심하면 살 수 있다. 조심하기만 하면 별일 없을 것이었다. 노구는 항상 긴장하고 정신을 바짝 차렸다. 그러나 (노구의 입장에서) 목숨을 건 숨바꼭질의 끝은 노구의 패배로 끝날 수밖에 없었다. 결국, 노구는 집주인이 놓아둔 낯선 쥐덫에 걸려들었다. 그리고 인간과의 숨바꼭질에서 진 대가는 가혹했다. 노구에게 어떤 이유로 그렇게 화가 났는지 모르겠지만 분노를 참지 못한 집주인은 노구를 편히 죽일 마음이 없었다. 인간이 선택한 노구에 대한 '형벌'은 고데기로 등을 지지는 것이었다. 노구는 자신의 살이 녹아내려 죽을 때까지 자신이 인간에게 저지른 죄가 어떤 것인지 몰랐다.

그때, 유리에 붙어있던 박사 반신이라는 자의 입술이 움직였다.

"인간에게 해를 끼치는 동물들을 없애는 것은 인류가 공통적으로 가지고 있는 의지이자 모두가 동의한 문화이다. 어서, 집사는 처벌 의식을 다시 집행하라!"

박사 반신의 명령이 떨어지자 집사는 다시 모자를 집어 쓰고, 메테에게서 쥐를 빼앗으려 했다. 그러자 김삼도는 다시 집사의 목을 붙잡으며 말했다.

"더 이상 인간의 꼭두각시 노릇은 그만둬라. 네가 인간에게 그럴 이유가 뭐가 있는가."

그러자 집사는 김삼도에게 말했다.

"인간은 무섭다. 인간은 힘이 세다. 인간이 없으면 배고픈 생활을 하게 된다. 나에게는 인간이 더 중요하다."

김삼도는 그 말을 듣고 집사를 놓아주었다. 인간이 없으면 살

수 없다는 집사에게 인간은 좋은 존재였다. 그러나 인간은 집사와 같은 동물은 해가 된다며 없애고 싶어한다. 그렇다면 인간은 좋은 것이고 집사는 나쁜 것인가. 인간이 휘두른 야구방망이에 맞은 김삼도에게 인간은 나쁜 것이다. 그렇다면 인간은 없어져야 하는가. 인간에게 나쁜 것은 불에 타 죽어도 방망이에 맞아 죽어도 마땅한 것인가. 김삼도는 복잡한 심정으로 메테와 나를 바라보았다.

인간에게 피해를 주는 동물을 '유해 야생동물'이라 부릅니다. 인간 세계에서 인간 위주로 생각하는 일은 당연한 것이며, 인간의 이익을 우선하는 것도 자연스러운 것입니다. 그러나 그것이 인간에게 무한한 권리를 부여하는 건 아닙니다. 반대로 인간이 어떤 동물에게 피해를 준다고 해서 인간이 없어져야 하는 것은 아닌 것처럼 말이죠. 자신의 이익을 지키기 위해 행동하는 것이 옳다고 생각하여, 필요 이상으로 신체적 고통을 주는 것이 보장되어야 하는 것 또한 아닙니다. 유해 야생동물이라고 해서 죽이는 일은 옳은 일이 아닙니다. 쥐가 해롭다고 해서 고문해도 되는 걸까요? 비둘기가 보기 싫다고 해서 방망이에 맞아 죽는 것이 허락되어야 할까요? 인간에게 그럴 힘이 있다고 해서 모든 것이 정당한 것인지 생각해 봐야 합니다.

야생생물 보호 및 관리에 관한 법률 제8조(야생동물의 학대금지)

제1항
누구든지 정당한 사유 없이 야생동물을 죽음에 이르게 하는 다음의 학대행위를 하여서는 아니 된다.
제1호 때리거나 산채로 태우는 등 다른 사람에게 혐오감을 주는 방법으로 죽이는 행위
제2호 목을 매달거나 독극물, 도구 등을 사용하여 잔인한 방법으로 죽이는 행위

어둑서니 여우의 탐색

슬픔을 간직한 자는 잘 보이지 않는다
슬픔의 크기가 크면 클수록 그 슬픔은 숨는다
그래서 커다란 슬픔은 잘 보이지 않는다
슬픔을 가슴에 묻어둔 자와 함께 깊이깊이 잠들기 때문이다

"나는 어디 있을까?"

귓가에 들리는 소리를 나는 무시했다. 의미를 알 수 없었고, 겨우 앞만 보이는 길을 따라가기 바빴기 때문이다. 메테도 아무 말 없이 걷는 것을 보면 그 소리를 들은 건 나뿐이겠다고 생각했다. 그러나 그것이 보였을 때 더 이상 침묵할 수 없었다. 그것의 형상은 망석중이*를 닮아있었다. 머리 부분에는 썩은 헝겊이 감겨있

었고 몸통은 긴 장대로 되어있었는데, 시커먼 털이 솜사탕처럼 가득 부풀어 장대를 휘감고 있었다. 그 장대는 아래쪽으로 내려가 땅에 단단히 박혀있었다. 나는 메테에게 그것이 무엇이냐고 물었다. 메테는 답하지 못했다. 메테는 그것을 볼 수 없었기 때문이다.

지면에 붙어있었다면 그것은 스쳐 지나가는 인연에 불과했을 것이다. 그러나 그렇지 않았다. 한참 걸어간 후에도 그것이 다시 보였다. 아까 보였던 것과 마찬가지로 장대 위에 헝겊이 칭칭 감겨있었고 장대를 몇 바퀴 휘감은 시커먼 털 역시 같은 것으로 보였다. 아래쪽에 꼬리처럼 부풀어 오른 털 역시 아까와 같다는 생각이 들었다. 분명 그것은 뿌리를 내린 듯 땅에 꽂혀있었다. 그렇다면 어떻게 나를 따라올 수 있다는 말인가. 아까와 다른 형상인가. 그럴 리 없었다. 그렇다고 하기에는 모든 것이 너무나 똑같았다. 나의 착각이었을까. 아니면 똑같은 구조물을 가로등처럼 줄지어 배치한 것일까. 그것도 아니라면, 메테와 나는 같은 곳을 빙글빙글 돌고 있다는 말일까. 그렇다면 메테의 눈에 보이지 않을 리 없었다.

그사이에 그것을 또 지나쳤고, 한참 걸어갔고 또다시 그것은 눈앞에 모습을 드러냈다. 이번에는 더 가까이 있었다. 그래서 장대 꼭대기에 칭칭 감긴 천 사이로 눈동자처럼 빛나는 것까지 보

나무로 다듬어 만든 인형의 하나. 팔다리에 줄을 매어
그 줄을 움직여 춤을 추게 한다.

이기 시작했고, 아래로는 입처럼 달싹거리며 움직이는 모습이 보였다. 그리고 이런 말이 들렸다.

"나를 찾아줘."

그 모습은 강렬하게 내 눈으로 들어왔다. 나는 메테 쪽으로 고개를 돌렸다. 메테는 아무것도 눈치채지 못한 것 같았다. 내가 보는 것이 메테의 눈에는 보이지 않는다고 생각하자, 갑자기 겁이 난 나는 그것을 못 본척했다. 메테가 보지 못한 것을 내가 본다면 귀신에라도 홀렸다는 말 아닌가. 메테는 내 행동 어딘가 수상했는지 무슨 일이냐고 물었다. 말을 할까 말까 망설이다가 겨우 메테에게 꺼낸 말은, 우리가 같은 곳을 돌고 있는 건 아닌지 묻는 것이었다. 메테는 그럴 리 없다는 간단한 말로 의문을 막았다. 길은 하나라는 것이 이유였다. 틀린 말은 아니었다. 그렇다면 답은 하나였다. 나밖에 볼 수 없는 그것이 나를 따라오고 있었던 것이다.

나는 더 이상 걸을 수 없었다. 그 장대 귀신이 나의 앞을 가로막았기 때문이다. 앞서는 메테의 뒷모습이 보였다. 나는 공포에 휩싸여 소리를 꽥 지르고 말았다. 나로서는 어쩔 수 없었다. 그 소리를 들은 메테가 나에게 돌아왔다. 그러는 사이에도 그것은 움직이지 않고 내 앞에 꼿꼿이 서있었다. 메테는 나에게 무슨 일인지 물었고 나는 앞에 서있는 것에 대해 설명했다. 메테는 앞에 있는 것이 보이지는 않지만 자세히 관찰하는 모습으로 주위를

빙그르르 돌았다. 고양이 눈에는 인간이 보지 못하는 것도 보인 다고 하던데, 이곳에서는 그 반대의 현상이 벌어지고 있었다.

그때, 메테가 자리에 멈추더니 자세를 낮추며 엉덩이를 실룩거렸다. 그 행동은 고양이가 급격한 발진을 하기 직전에 보이는 것과 같았다. 좌우로 왔다 갔다 하던 엉덩이가 멈추자, 곧바로 메테는 강한 뒷발로 땅을 박차고 엄청난 도약을 했다. 그러더니 근사할 정도로 사뿐히 장대 귀신의 머리 위로 올라섰다. 메테가 꼭대기에 올라서자 썩은 것처럼 칭칭 감겼던 헝겊이 스르륵 풀렸고, 안에 있던 것이 모습을 드러냈다. 헝겊 속에 감춰졌던 얼굴은 예상 밖이었다. 무시무시한 귀신일 줄 알았지만, 멀쩡한 여우 얼굴이 나타났다. 마찬가지로 시커멓고 북슬북슬했던 털도 탐스럽고 매력적인 여우의 꼬리로 뒤바뀌어 있었다.

하지만 여우는 진짜 여우 같지 않았다. 여우의 '껍질' 같은 느낌이었다. 느낌만이 아니었다. 여우의 털은 우아하고 멋졌지만 생기가 없었고 눈빛은 탁했으며 주둥이 또한 맥없이 처져있었다. 결정적으로 여우는 말을 했으나 입이 아니라 뒤통수 저편에서 소리가 나는 느낌이었다.

"나의 이름은 '쿨롱'이다. 나는 나를 잃었다. 나를 찾고 싶다. 내가 어디 있는지 알려달라."

메테와 나는 그 소리가 무엇을 의미하는지 알 수 없었다. 자기

자신을 찾는다는 것이 정신적인 문제인지 철학적인 문제인지 이해하지 못했다. 그러나 쿨롱의 말을 듣고는 그것이 무엇을 의미하는지 알게 되었다.

쿨롱은 여우들이 모여있는 곳에서 살았다. 그곳에는 그야말로 여우가 가득했다. 여우들은 철망으로 만든 방이 수없이 연결된 곳에서 살았다. 쿨롱의 아빠도 엄마도 형제도 친구도 모두 거기 있었다. 세상은 참으로 답답한 곳이라고 쿨롱은 생각했다. 좁고 괴롭고 맛없는 것으로 가득한 곳이 바로 세상이었다. 그러나 그것은 견디기 힘든 괴로움의 시작에 불과했다. 그 사건이 눈앞에서 벌어지기 전까지 말이다.

인간들은 쿨롱과 여우들이 사는 곳에 가끔씩 찾아왔는데, 인간들이 하는 일은 두 가지였다. 한 명이 찾아오는 날엔 먹을 것을 채우는 일이었고 두 명이 찾아오면 '그 일'이 벌어졌다. 악마조차 할 수 없는 일. 지옥에서조차 벌어지지 않은 일. 피하고 싶어도 피할 수 없는 일이 그것이었다. 인간이 여우 한 마리를 꺼내 모든 여우가 보는 앞에서 머리를 내리치고 살아있는데도 가죽을 벗겨버렸다. 피부가 벗겨지는 고통을 참을 수 없었던 여우는 반쯤 기절한 상태에서 비명을 질렀고, 그곳에 살던 여우 모두 그것을 보았다. 그날 쿨롱은 그것을 보며 오줌을 쌌다.

그런 끔찍한 일을 당한다는 건, 인간은 물론 평범하게 사는 여우들에게도 죽는 날까지 맞닥뜨리기 힘든 일이다. 쿨롱 역시 그렇게 생각했다. 그러나 쿨롱을 비롯해 함께 사는 여우들에게 그 일은 흔한 일이었다. 두 인간이 찾아오면 그날은 또다시 여우들이 산 채로 살가죽이 벗겨져 죽어갔다. 그리고 모두가 그 장면을 지켜보며 떨었다.

모든 삶은 죽음을 향해서 간다. 하지만, 죽음의 결론에 어떻게 도달하는지 모르는 건 행운이다. 그런 의미에서 그들은 그런 행운을 빼앗겼다. 쿨롱 역시 살아가는 삶 자체가 자신에게 언제 그런 일이 닥칠지 모른다는 불안감의 연속이었다. 언제가 될까. 내일일까. 그다음 날일까. 아니면 그다음 다음 날. 언제 끌려나가 그런 꼴을 당해 죽고 마는 것일까. 얼마나 아플까. 얼마나 참을 수 없는 고통이 찾아올까. 조용히 죽을 수 있는 방법은 없을까. 깨어있는 순간의 모든 것이 그런 생각으로 가득했고 잠자는 순간에도 그렇게 죽어가는 자신을 쳐다보는 꿈을 꾸었다.

이윽고 쿨롱에게도 그날이 찾아오고 말았다. 어김없이 두 인간이 찾아온 날이었다. 그들은 쿨롱에게 다가와 쿨롱이 지내던 우리의 문을 열었다. 쿨롱은 최대한 구석으로 몸을 숨기며 그들의 손길을 피하려고 했다. 이빨을 드러내며 공격하려고 했다. 그러나 순식간에 인간 손에 들린 쇠집게가 쿨롱의 목을 꽉 조였다. 쿨롱의 작은 저항은 소득 없이 쉽게 끝나버렸다. 그리고 살아가면서 쿨롱의 머릿속에서 떠나지 않았던 그 순간이 그에게도 오

고 말았다. 인간들은 쇠몽둥이로 쿨롱의 머리를 내리쳤다. 쿨롱은 그 순간 눈앞이 새카맣게 변하는 것을 느꼈다. 바닥에 쓰러진 쿨롱의 앞으로 인간들이 왔다 갔다 하는 것이 보였다. 의식이 꺼질 듯 말 듯 몽롱한 가운데 인간이 다가와 자신의 몸을 쿡쿡 쑤시는 것이 느껴졌다. 그 인간은 다시 한 번 쇠몽둥이로 쿨롱의 머리를 내리쳤고, 부족했는지 한 번 더 머리를 휘갈겼다.

쿨롱은 눈을 떴지만 아무것도 보이지 않았다. 코에서 피가 흘러나오는 것이 느껴졌지만 움직일 수 없었다. 그런 쿨롱을 인간들은 나무에 매달았다. 아직 살아있었음에도 인간들은 조금도 개의치 않고 쿨롱의 살가죽을 그대로 벗겨버렸다. 살이 찢어지는 고통을 참을 수 없던 쿨롱은 비명을 지르고 또 질렀다. 그러나 그 소리는 입밖으로 나오지 못하고 어디에도 닿지 못하고 누구에게도 전달되지 못한 채 사라졌다.

쿨롱은 자신의 껍데기가 벗겨지고 피를 뒤집어쓴 자신의 가죽을 두고 인간들이 다투는 모습을 멍하니 보았다. 쿨롱은 자신의 가죽을 차지하려고 인간들이 뺏고 잡아당기며 싸우는 모습을 지켜보았다. 아귀다툼하는 그들을 보며 쿨롱은 인간이 악마이며 인간들의 세상이 지옥이라는 생각을 했다.

"여전히 나의 몸은 어딘가에서 핏물을 뚝뚝 흘리며 멍하니 있

을 것이다. 나는 눈이 잘 보이지 않으니 나를 대신해 나를 찾아
달라."

쿨롱은 흐려진 눈빛을 허공에 둔 채 말했다. 그의 눈은 무언가
덮여있는 것처럼, 뭔가가 빠져나간 것처럼 보였다. 그래서 보지
못했을 것이다. 자신의 몸은 늘 가까이 있다는 사실을 말이다. 쿨
롱의 몸은 장대의 긴 그림자 끝에 걸려 쿨롱의 껍데기가 가는 곳
을 따라다녔다. 껍데기와 몸이 합쳐질 방법을 몰라 껍데기는 맑
지 못한 눈으로 자신의 몸을 찾았고, 몸은 하나가 되는 날만을 기
다렸다. 메테와 내가 껍데기가 벗겨진 몸에 다가가자 쿨롱의 몸
은 피범벅이 된 채 자신의 껍데기를 바라보며 울고 있었다.

메테는 멍하게 허공을 바라보는 쿨롱의 껍데기 속으로 뛰어서
쏙 들어가더니 그대로 쿨롱의 껍데기를 뒤집어쓰고 몸이 있는
쪽으로 달려왔다. 그리고 몸통 주위를 한 바퀴 두 바퀴 돌고 세
바퀴를 돌 때 그 위로 올라가 그대로 껍데기와 함께 몸을 덮어버
렸다. 그 순간, 메테는 튀어나왔고 쿨롱의 껍데기와 몸통은 하나
가 되었다. 드디어 껍데기와 몸이 하나가 된 쿨롱은 잠깐 멈춰있
었다. 잠시 그렇게 있다가 눈에서 생기가 돌기 시작했다. 쿨롱은
본모습의 자신으로 되돌아간 사실을 확인하려는 듯 제자리에서
높이 뛰어올랐다가 지면에 착지했다. 다시 뛰어올랐다 내려앉고
다시 뛰어올랐다 내려앉기를 반복했다. 자유로워 보였다. 쿨롱
은 마지막으로 이렇게 말했다.

"나는 여전히 이해할 수 없다. 남의 가죽을 산 채로 벗겨서라도 갖겠다고 욕심을 부리는 인간의 마음을."

인간은 동물 가죽으로 많은 것을 만들어 사용합니다. 옷도 만들고 신발도 만들고 가방과 지갑도 만들죠. 그런데 그 가죽은 평화롭게 만들어지지 않는다는 데 문제가 있어요. 동물 가죽은 동물이 산 채로 벗겨지거나 몽둥이로 때리거나 전기 충격을 주면서 만들어지는 것이 대부분입니다. 너구리가 그렇고 토끼, 개, 여우, 악어 등이 그렇게 죽어갑니다. 내가 쓰는 가죽은 그렇게 만들지 않았으리라 믿고 싶은 인간들이 있겠지만, 예외는 거의 없습니다. 인간들은 말합니다. 그래야 가죽이 부드럽고 품질이 좋다고 말이죠. 인간의 편의 때문에 동물들의 고통은 무시당하고 있습니다. 그 이유가 '더 좋은 가죽'을 얻고 '더 많은 돈'을 벌기 위한 것이라면 그것을 좋은 것이라 할 수 있을까요? 옛날, 인간들이 행했던 고문 중에는 살아있는 인간의 살갗을 벗기는 방법이 있었다고 합니다. 그렇다면 인간들은 동물을 고문한 물건을 소비하는 셈이 됩니다. 아직도 동물 가죽이 멋지고 좋은가요? 그 안에는 고문 끝에 죽어간 이들의 비명이 있습니다.

동물보호법 제10조(동물학대 등의 금지)

제1항
누구든지 동물을 죽이거나 죽음에 이르게 하는 다음의 행위를 하여서는 아니 된다.
제1호 목을 매다는 등의 잔인한 방법으로 죽음에 이르게 하는 행위
제2호 노상 등 공개된 장소에서 죽이거나 같은 종류의 다른 동물이 보는 앞에서 죽음에 이르게 하는 행위

아무리 해도 얻을 수 없는 것들

인간은 이성이라는 도구를 가지고 있다는 자부심이 있다. 그것을 통해 합리적인 판단을 하고 더 나은 기술을 갖게 됐으며, 다른 종은 엄두도 내지 못할 문명을 이룩해냈으니 그럴만도 하다. 그러나, 인간은 이성과 거리가 먼 엉뚱한 선택을 때때로 한다. 인간의 실수는 결국, 스스로에 대한 과신과 욕심에서 비롯된다. 자신에 대한 과한 신뢰는 욕심을 만들고 그 욕심은 더 많은 것을 갖기 위한 욕망이 되어 스스로에 대한 잘못된 믿음으로 돌아와, 자신을 잘못된 방향으로 이끈다.

내가 저지른 실수도 그런 이유에서 시작되었을 것이다. 나는 정신이 피폐해지고 있었다. 먼 길을 왔지만 끝이 보이지 않았고, 메테 역시 확실한 답을 주지 않았다. 메테는 알고 있는 걸까. 우리

가 어디로 가는지. 그리고 어디쯤 왔는지. 메테는 모르고 있다. 메테도 답을 알지 못한다. 우리는 영원히 빠져나갈 수 없는 뫼비우스의 띠 안에 갇혀 끝없이 도는 여행을 하는지도 모른다. 그런 생각이 머릿속을 채우니, 메테를 따라가는 것이 옳은 일인가 하는 의심이 커졌다. 메테는 나를 이 세계에서 꺼내줄 생각이 없을지 모른다. 메테를 따라가서는 이 지옥을 빠져나갈 수 없다. 그것은 내 생각인지 아니면 누군가 내 머릿속에 심어놓는 생각인지 알 수 없었지만 야금야금 내 마음을 채워나갔다. 그때였다.

시간이 딱 멈춘 것 같았다. 메테는 걷는 동작 그대로 얼어붙기라도 하듯 꼼짝하지 않고 있었다. 어쩌면 '무궁화 꽃이 피었습니다'*놀이를 하는 것 같았다. 나는 메테를 불러보았다. 메테는 앞을 응시한 채 움직이지 않았다. 내 목소리 역시 들리지 않는 것 같았다. 나는 손을 메테의 몸에 살짝 대보았다. 돌덩어리처럼 딱딱했고 얼음이 된 것처럼 차가웠다. 나는 당황했다. 메테에 대한 의심 때문에 일이 틀어지기라도 한 것일까. 아니면 또 다른 저주가 내 앞에 드리워지고 있는 것일까.

그런 생각을 하는 사이, 어디선가 목소리가 들렸다.

"잡기만 하면 더없이 좋은 기회를 준다."

놀이의 일종. 술래가 벽을 보고 이 구호를 외치는데, 구호가 끝나면 뒤돌아서서 술래가 아닌 사람 중 움직인 사람을 잡아내는 놀이.

소리가 들리는 쪽으로 돌아보았더니 작은 체구의 아이 하나가 서있었다. 키는 나의 절반쯤 되었는데, 머리카락이 하나도 없어 얼굴은 조약돌처럼 매끈하고 동그란 모양이었다. 몸은 머리에 비해 더 작아보였는데, 그 작은 몸통에 얇고 긴 팔다리가 붙어있었다. 다리가 여덟 개였다면 거미처럼 보였을 생김새였다. 내가 누구냐고 물었더니 그는 자신을 '도모'라고 말하며 행운을 가져다주는 신이라고 소개했다. 그러면서 나에게 힘든 여정을 한번에 끝낼 수 있는 기회를 주겠다고 말했다. 나는 그 말이 달콤하게 내 귀에 스며드는 것을 느꼈다. 나는 도모의 말을 거부할 이유가 없었다. 나의 괴로움을 끝내주겠다는데 마다할 이유가 있는가. 다만, 도모는 조건이 있다고 했다. 자신이 주는 숙제를 해내야 한다는 것이었다. 그 숙제는 간단했다.

도모의 뒤쪽으로 난 바닥에 여러 구멍이 뚫려있었는데, 거기서 무언가가 나오면 망치로 때려 들어가게 하면 된다는 것이었다. 나는 그것이 곧 '두더지 잡기' 놀이라는 것을 알았다. 이 게임은 두더지 인형이 구멍에서 나오면 머리를 때리고, 맞은 두더지 인형은 소리를 내며 구멍으로 들어가는 놀이다. 그런 것이라면 자신 있던 나는 도모에게 어서 하자고 재촉했다. 도모는 나에게 두꺼운 망치를 건넸다. 망치를 들자 여러 구멍 중 하나에서 뭔가가 쏙 올라오는 것이 보였다. 그것은 동그란 모양을 하고 있었는데, 하얀 털로 덮여있었다. 나는 주저하지 않고 망치로 그것을 내리쳤다. 하지만 망치는 빗나갔고 그것은 구멍으로 다시 들어

360

갔다. 나는 오기가 생겨 다른 구멍에서 나온 것에 망치를 날렸다. 이번에는 망치가 그것을 정확히 맞혔는지 꽥 하는 소리와 함께 모습을 감췄다.

도모는 잘했다며 좀 더 힘을 내면 곧바로 집으로 갈 수 있다고 말했다. 건강하게 돌아가, 훨씬 더 풍족하게 살 거라고 했다. 나는 힘을 내 망치를 휘둘렀다. 구멍에서는 번갈아가며 하얀 털 뭉치가 나왔다가 들어갔다 했다. 나는 놓치지 않고 망치를 내리쳤고 정확히 맞을 때마다 그것은 꽥 하는 소리를 내며 구멍 안으로 사라졌다. 그럴 때마다 도모는 아주 잘했다며 나를 칭찬해주며 더 힘을 내라고 부추겼다. 그 소리를 들은 나는 힘껏 망치질을 해댔다. 얼마나 열심히 했는지 몇몇 구멍에서 나온 그것은 털이 벗겨져 있었고, 그 자리가 빨갛게 변해가는 것도 보였다. 그걸 본 나는 더 열심히 구멍을 향해 망치질했다.

어느 순간, 누군가 내 팔을 잡았고 나는 망치질을 멈췄다. 메테가 내 팔을 잡고 있었다. 정신을 차려보니 내 앞에는 빈 구멍만 있었고 손에는 아무것도 들려있지 않았다. 메테는 나에게 뭐하고 있었는지 물었다. 나는 조금 전 도모와 있었던 이야기를 메테에게 해주었다. 도모의 이름이 나오자 한쪽에서 커다란 웃음소리가 나면서 도모가 모습을 드러냈다. 아까와는 달리 도모는 미루나무처럼 보일 정도로 커져있었는데, 몸통이 거미처럼 볼록해져 있었다. 도모는 나에게 말했다.

"하하하. 잘했다. 잘했어. 덕분에 실컷 먹었구나."

그러더니 긴 다리로 성큼성큼 걸어가 사라졌다. 메테는 내가
도모의 계략에 농락당한 것이라며, 가던 길을 가자고 했다. 나는
메테를 따라가면서도 손에 남아있는 망치질의 느낌과 고난을 끝
내주겠다는 약속에 미련이 남아 발걸음이 잘 떨어지지 않았다.
그것을 눈치챘는지 메테는 '하악질(고양이가 위협할 때 내는 소리와
행동. 상대에 대한 경고의 의미로 이빨을 드러내며 소리를 낸다. 이때 하
악, 소리가 나 하악질이라고 부름)'을 해대며 칼같은 눈으로 나를 째
려보았다. 나는 메테의 경고에 정신을 차리고 서둘러 걸었다.

그러는 사이 메테의 눈이 내가 아닌 다른 곳을 향하고 있음을
알았다. 거기에는 커다란 덩치를 가진 생명체가 웅크리고 있는
것이 보였다. 메테와 내가 다가갈 때까지 그 생명체는 우리의 존
재를 눈치채지 못했는지 웅크리고만 있었다. 그러나 그것은 우
리가 다가가는 것을 몰랐기 때문이 아니었다. 우리에게 신경 쓸
여력이 없었기 때문이다. 그 생명체는 엄마물범이었는데 품에는
숨이 끊어진 새끼물범이 안겨있었다.

하얀 털을 가지고 있는 새끼물범의 머리털과 피부에는 뭔가에
맞아 벗겨져 있었고, 거기서는 피가 흐르고 있었다. 죽은 새끼의
멍한 눈빛은 엄마도 하늘도 아닌 저편 어딘가를 보고 있었다. 엄
마물범은 자신의 새끼를 안은 채 소리 없는 오열을 하고 있었다.
나는 그쪽으로 가까이 다가갔다. 그리고 죽어있는 새끼를 보다

가 문득 깨달았다. 아까 도모의 꾐에 넘어가 내가 망치로 때린 것이 바로 새끼였다는 사실을 말이다. 털을 보니 그것은 더 확실해졌다. 내가 당황하는 사이, 메테는 엄마물범에게 다가가 어떻게 된 일인지 물었다.

엄마물범의 이름은 '바날리'였다. 바날리가 살던 곳은 북극에서 가까운 곳이었다. 그곳에는 얼음이 드넓게 펼쳐져 있어 바날리와 친구들은 얼음 위와 바다를 돌아다니며 살 수 있었다. 다른 물범들이 그렇듯 바날리 역시 새끼를 갖게 되었고 젖을 먹였다. 다른 물범들은 새끼를 낳고 젖을 먹이다가 며칠이 지나면 새끼를 얼음 위에 놔둔 채 떠났다. 그것이 그들의 살아온 방식이며 전통이었다. 그러면 새끼는 스스로 일어나 바다로 가고 그들 세계의 일원이 되었다. 그런데 바날리는 좀 달랐다. 새끼를 두고 떠날 수 없었던 것이다.

바날리가 새끼를 두고 갈 수 없었던 이유는 어떤 소문 때문이었다. 눈과 얼음 위에 인간이 나타나 새끼들을 데려간다는 소문이었다. 바날리는 북극곰을 무서워 했지만 인간을 무서워 해본 적은 없었다. 인간과 싸웠다는 이야기를 어른물범들에게 들은 적도 없고 애초에 인간과 마주칠 일도 없었기 때문이다. 하도 소문이 흉흉하여 무시하기가 힘들었다. 인간들이 얼음 위에 있는

새끼들을 곡괭이로 내리쳐 죽인다는 그 소문은 바날리를 쉽게 떠나지 못하게 했던 것이다.

그렇게 해서 바날리는 새끼 '오디네'를 두고 바다에 나간 후에도 근처를 배회할 수밖에 없었다. 오디네가 눈치챌까봐 가까이 가지 못했지만 멀리서 오디네가 어떤 삶을 찾아가는지 보고 있었다. 오디네는 한참 먹지 못한 상태라 힘이 없어보였다. 바날리는 얼른 가서 젖도 주고 자신이 잡은 생선도 나눠주고 싶었지만 참았다. 얼마 지나지 않아 인간들의 배가 보였다. 바날리는 좋은 징조라고 생각하지 않았다. 불길한 소문이 생각났기 때문이다. 하지만 오디네는 그렇지 않아보였다. 지친 몸을 일으키더니 인간들의 배가 오는 쪽으로 다가갔다. 배고픔에 지쳐 배에게서 먹을 것이라도 얻을 요량으로 보였다. 아니면 무엇이 되었든 지금보다는 나으리라는 기대가 있었을지 모른다.

배에서 내린 인간들의 손에는 장대가 들려있었고, 그 장대 끝에는 뾰족한 갈고리가 달려있었다. 인간들은 그들을 향해 반가운 듯 다가가는 오디네를 향해 망설임 없이 갈고리를 날려 머리를 내리쳤다. 오디네는 그 자리에서 푹 쓰러졌다. 인간들은 재차 오디네의 머리를 내리쳤고 하얀 얼음은 붉은색 피로 물들었다. 인간들은 힘없이 늘어져 죽어가는 오디네를 잡아올려 시간에 쫓기듯 가죽을 벗겼다. 그렇게 한 후 인간들은 오디네의 가죽과 몸을 배에 싣고 떠났다. 일이 일어나는 동안, 바날리는 물속을 들락날락거리며 모든 과정을 지켜보았다.

"인간은 무엇을 위해 사는지 이해할 수 없는 행동을 한다."

바날리는 인간이 오디네를 먹지도 않으면서 죽였다고 생각했다. 인간의 행동은 바날리가 생각한 것보다 훨씬 더 납득하기 힘든 것으로 가득했다. 인간이란 상상하기 힘들 정도로 하찮은 이유로, 상상한 것보다 엄청나게 많은 욕심을 내고 있다는 것을 바날리는 몰랐다. 죽은 오디네가 어디로 갔는지도 말이다.

오디네의 가죽은 바다 건너 있는 나라에서 옷이 되었다. 그리고 오디네의 가죽 밑에 있던 두꺼운 지방층은 약이 되었다. 남은 살은 다른 바다를 건너가고 있었다. 오디네의 남은 살이 도착한 곳에서 인간들은 오디네의 살을 커다란 솥에 넣고 끓였다. 액체만 남은 오디네의 살은 작은 봉지에 담겨 팔렸다. 오디네의 살을 끓인 물을 인간들은 비싼 돈을 주고 사갔다. 오디네의 살을 먹는 인간들은 즐거워 했다. 어떤 인간들은 오디네의 살이 머리를 총명하게 해준다는 말을 했다. 어떤 인간들은 오디네의 살이 공부를 잘하게 만들어 준다고 했다. 건강이 좋아졌다는 말도 했다. 그것이 사실인지는 누구도 알지 못했다. 그들의 말 덕분에 또 다른 오디네들이 얼음 위에서 헤매다 죽어갈 뿐이었다.

나의 손에는 도모가 준 망치로 하얀 털 뭉치를 내리칠 때의 느낌이 남아있었다. 나는 무엇 때문에 주저하지 않고 망치를 휘둘렀을까. 나는 무엇 때문에 근거 없는 말을 믿었을까. 우리는 우리가 타인에게 주는 고통에 비해 얼마나 의미 있는 것을 얻었을까. 바날리의 눈에서 오디네는 아직 떠나지 못하고 있었다.

인간은 지능이 높고 뛰어난 능력을 지녔으며 이성적인 동물입니다. 그럼에도 어떤 행동들은 이해할 수 없을 정도로 어리석고 비이성적일 때가 있습니다. 그런 사례 중 하나로 동물을 먹으면 동물이 가진 능력까지 얻을 수 있다는 착각이 있죠. 고양이를 먹으면 허리가 좋아진다거나 소의 도가니를 먹으면 무릎 연골이 좋아진다고 믿는 것이 그런 것들입니다. 비슷한 풍문 중 하나가 어떤 동물을 먹으면 공부를 잘하게 된다는 주장일 것입니다. 인간들은 그것을 믿고 돈을 씁니다. 하지만 동물을 먹었다고 신체 능력이 갑자기 좋아지거나 머리가 똑똑해질 수는 없습니다. 그것은 동물을 먹어서 얻어지는 것이 아니라 끊임없는 노력을 통해서만 얻을 수 있는 결과일 뿐이니까요. 인간과 같은 고등 생명체가 그런 것을 믿는다는 사실 자체가 신기할 따름입니다. 중요한 것은 근거 없는 믿음 때문에 동물들은 가혹한 고통을 받으며 죽어간다는 사실입니다. 확인되지 않은 소문과 실제로 존재하는 동물의 고통. 우리는 어느 쪽을 믿는 것이 이성적인 걸까요?

수렁에 빠진 까치,
집 짓는 우산 날개

푸드덕. 푸드덕.

처음에는 커다란 새의 날갯짓인줄 알았다. 그것은 커다란 지붕 같기도 했다. 가로등 같기도 했고, 우뚝 서있는 장승 같기도 했다. 그것은 우산이었다. 기다란 다리를 가진 장우산이가 부산하게 움직이는 모양이었다. 메테와 나는 장우산이가 무엇을 하는지 잠시 지켜보았다.

장우산이는 주위에 흩어진 나뭇가지 조각들을 모으고 있었다. 장우산이가 우산살을 펼쳤다 오므렸다 할 때마다 잔가지들은 어떤 모양을 만들며 쌓이고 있었다. 그 모양은 집이었다. 장우산이는 여행가방 크기의 집을 짓고 있었다. 우리는 그쪽으로 다가갔다. 장우산이는 우리의 등장에 잠시 작업을 멈췄다가 별다른 반

응을 보이지 않고 하던 일을 계속했다. 모든 건 예정된 듯 진행되고 있었다. 우리는 장우산이에게 무엇을 하고 있는지 물었다. 장우산이는 대답하지 않고 자신의 일만 묵묵히 했다.

어느새 장우산이의 작업은 끝났고, 우리가 생각했던 대로 집은 모양새를 갖춰 완성되었다. 장우산이는 자신의 임무가 끝난 듯 우리 쪽에는 관심을 두지 않고 멀어져 갔다. 중요한 이야기가 있을 것 같아 나는 장우산이를 따라갔다. 그러나 장우산이는 우산살을 펼치며 날아가듯 빠르게 사라졌고, 와중에 밝은 빛이 번쩍이는 바람에 나는 그를 놓쳤다.

잠시 후 나타난 것이 있었다. 다리 네 개가 달린 사다리였다. 네발 사다리는 뚜벅뚜벅 걸어 장우산이가 지은 집 쪽으로 다가갔다. 우리는 사다리가 무엇을 하는지 지켜보았다. 사다리는 삐걱삐걱 움직이며 장우산이가 만든 집을 한 바퀴 돌았다. 상태를 확인하려는지 집 쪽으로 몸을 기울이는 것처럼 보였다. 갑자기 사다리는 자신의 다리를 들어 집을 부수기 시작했다. 사다리의 발길질에 집은 속절없이 무너졌다. 나는 너무 놀라 사다리가 하려는 것을 막았다. 집을 짓는 장우산이의 모습을 보았기에, 그가 집이 망가지는 걸 원치 않으리라는 사실은 확실했다. 그러나 사다리는 자신을 막는 나를 다리 하나로 뻥 차버렸고, 나는 축구공처럼 날아가 버렸다. 하필 배를 맞는 바람에 나는 숨이 막혀 캑캑댔다. 내가 걱정됐는지 메테가 와서 내 코를 핥아주었고, 그사이 장우산이가 만든 집은 완전히 파괴되어 나뭇가지 조각들의 모습

으로 돌아갔다.

사다리는 모든 작업이 끝나자 어딘가로 뚜벅뚜벅 걸어갔고, 아까처럼 밝은 빛이 번쩍거린 후 사라졌다. 모든 것이 처음의 상황으로 돌아오자 장우산이와 사다리가 연이어 벌인 일이 진짜 일어났는지 어리둥절할 정도로 현실감이 없었다. 시간이 거꾸로 흐른 듯 장우산이가 다시 나타났다. 장우산이는 날개를 퍼덕거리며 아까와 같이 나뭇가지 조각들을 주워 집을 짓기 시작했다. 여지없이 집이 완성된 후 장우산이는 사라졌고, 사다리가 다시 나타나 집을 부숴버렸다.

나는 다시 집을 지으러 나타난 장우산이를 붙잡고 왜 집을 짓는지 물었다. 장우산이는 우두커니 서서 아무 말이 없었다. 눈이 달려있지 않았기에 나를 바라보고 있다는 건 나의 느낌이었지만 그건 확실했다. 장우산이는 입을 열었다(역시 말소리가 들렸다 뿐이지 실제로 입이 보이지는 않았다).

"집이 필요하다. 집이 없어진다. 집이 필요하다."

장우산이는 집이 필요하다는 말을 반복했다. 그러나 그는 집에 머물지 않았기에 왜 집이 필요하냐고 나는 다시 물었다. 그가 겨우 한 말이 "고홍소."였다. 고홍소, 고홍소. 장우산이는 그 말만 반복했다. 그게 장소 이름인지 조직 이름인지 알 수 없었다. 메테가 고홍소가 있는 곳으로 데려다 달라고 부탁했고, 장우산이가

안내하고 나서야 실마리가 보였다. 장우산이는 "응."이라는 말을 두 번 하는 것으로 안내를 시작했고, 우리는 장우산이의 의도를 이해했다.

장우산이가 데려간 곳에는 작은 구덩이 하나가 있었다. 구덩이가 깊지는 않았지만 경사가 심해 멀리서는 안쪽이 잘 보이지 않았다. 가까이 다가가서야 안에 있는 것이 보이기 시작했는데, 안에 있던 존재는 까치였다. 까치 한 마리가 웅크리고 있었다. 그가 바로 장우산이가 말한 '고흥소'였다.

"드디어 왔군요. 날 죽이시오."

고흥소가 나를 보며 했던 첫마디였다. 왜 내가 그를 죽여야 한다는 말인가.

고흥소는 나이 많은 까치였다. 그의 삶은 한마디로 '인간과 하는 숨바꼭질의 연속'이었다. 고흥소가 독립하는 시기에 그의 집이 있는 나무가 잘리는 일이 있었는데, 어떻게 보면 그것이 숨바꼭질의 시작이었다. 까치는 자신의 영역을 소중히 여기는 동물이다. 고흥소 또한 그랬다. 고흥소는 나무를 자르는 인간들이 자

신의 영역으로 오지 못하도록 막는 것에 사력을 다했다. 소리를 지르다 지르다 공격을 해보려는데 엄청나게 큰 손을 가진 쇠차에 타고 있는 인간은 고홍소를 비롯한 까치 친구들의 외침에는 눈썹 하나 까딱하지 않았다. 오히려 인간들은 까치들이 떼 지어 소리를 내면 반겨주는 것이라고 좋아하기까지 했다. 인간은 완전히 거꾸로였다.

집을 잃은 그날, 고홍소는 엉성하게 걸린 헝겊 쪼가리에서 잠을 잤다. 인간들이 나무를 잘라버렸으니 새로 집을 지으려 해도 어디다 지어야 할지 대책이 없었다. 그렇다고 인간들처럼 커다란 나무를 어딘가에서 잘라 올 수도 없었다. 다른 곳으로 떠나야 할까. 그것 또한 쉽지 않았다. 살던 곳을 벗어나는 일은 곧 죽음을 각오해야 할 만큼 위험한 일이었다. 그리고 새로운 곳으로 간다고 모두가 반겨주지 않는다는 걸 잘 알고 있었다. 야생의 세계는 살아있는 모든 시간을 자기 자신을 지키고 자기가 가진 것을 지키고 적을 경계하는 것에 쓰는 것으로 가득 차있다. 다른 나무에는 그 나무의 주인이 있었고 또 다른 나무에는 그 나무만의 질서가 작동하고 있었다.

근심과 걱정으로 괴로웠던 고홍소에게 뜻밖의 행운이 생겼다. 인간들이 자신의 나무를 베어낸 자리에 더 좋은 나무를 심었던 것이다. 그 나무는 전에 있던 나무보다 크고 단단했다. 쇠로 만들어졌기에 나무가 시들거나 죽을 염려도 없어보였다. 긴 줄도 묶여있어 쉬기에도 좋았다. 고홍소는 인간들에 대해 괜한 오해를

했다고 생각했다. 곧바로 쇠로 된 나무에 집을 짓기 시작했다. 고홍소는 자신의 집을 보며 만족했다.

인간들은 이상했다. 좋은 나무를 줄 때는 언제고, 집을 지어놨더니 고홍소의 집을 다 부숴버렸다. 처음에는 고홍소가 밥을 먹으러 간 사이 집이 사라져서 바람이 불어 집이 날아간 줄 알았다. 집 짓는 솜씨가 좋았던 고홍소는 낯선 나무에 지었기에 자신이 실수했다고 생각했다. 그것은 고홍소의 실수가 아니었다. 쇠로 된 나무에 두 번째로 지은 집을 인간들이 부수는 것을 직접 목격하면서 알게 되었다. 그때부터 고홍소의 삶은 바빠졌다. 집을 자주 지어야 해 먹이를 찾아다니는 시간이 부족해졌다. 신선한 벌레를 사냥하는 시간보다 열매를 따먹는 시간이 늘어났다. 다행히도 인간들이 사는 곳에는 열매 가득한 나무가 많았다. 그렇게 고홍소와 인간 사이에서 집을 짓고 부수는 싸움이 이어졌다.

불행히도, 인간은 집을 부수는 것으로 끝내지 않았다. 까치를 죽이기 시작했다. 총을 들고 다니는 인간들이 나타나면서 그렇게 되었다. 총이라는 건 정말 무서운 것이었다. 고홍소는 태어나서 본 것 중 그렇게 이상한 일도 없다 생각했다. 총이라는 것은 손도 안 대고 아주 멀리서 까치를 죽였기 때문이다. 고홍소는 '중산'이라는 까치가 높이 날고 있다가 인간의 총에 맞고 떨어지는 일을 목격한 적이 있었다. 중산은 그 자리에서 즉사했다. 고홍소는 땅에 있는 인간이 그렇게 높이 날아가는 까치를 한번에 죽일 수 있다는 사실에 몹시 놀랐다.

그후로 까치들은 총에 맞아 죽어갔다. 날아가다가도 죽고, 줄 위에 앉아있다가도 죽고, 땅에 있다가도 죽었다. 인간은 멀리서 도 펑펑 총을 쏘니 피할 도리가 없었다. 고홍소는 집을 짓다가 총 에 맞았다. 날아온 총알이 한쪽 날개를 관통했다. 땅바닥에 떨어 진 고홍소는 날개를 접고 두 다리로 뛰어서 도망쳤다. 날 수 없었 던 고홍소는 인간들을 피해 몸을 숨기기 위해 처절한 싸움을 벌 였다. 그사이에도 다른 까치들은 총에 맞아 죽어갔다. 날 수는 없 었지만 땅바닥을 오가며 나무와 풀숲에 숨어 지낸 고홍소는 죽 음을 간신히 면했던 것이다. 그럼에도 언젠가는 인간이 자신을 찾아낼 것이고 자신도 동료들처럼 죽어갈 것이라는 생각을 한시 도 잊은 적이 없었다.

"이제 총으로 날 쏘시오. 인간들이 하고 싶은 것이 그것이라면 그렇게 하시오."

나는 그럴 생각이 없다고 고홍소에게 말했다. 그 말을 들은 고 홍소는 거짓말이라고 했다. 자신이 아는 인간은 먹지도 않으면 서 죽이고 사체를 잔뜩 모아놓는 것을 좋아하는 머저리일 뿐이 라고 했다. 까치들의 옛날이야기엔 인간들이 무섭게 나온 적이 없었는데 어쩌다가 이렇게 되었는지 알 길이 없다고 고홍소는

말했다.

　나는 고홍소에게 해주고 싶은 일이 있었다. 집을 지어주는 일이었다. 장우산이의 도움을 받아 긴 장대를 세우고 그 위에 나뭇가지들을 쌓았다. 고홍소의 집이 예쁘게 모양을 갖추자 장우산이는 날개를 쫙 펼쳐 그늘을 만들어 주었다. 혹시나 사다리가 오더라도 장우산이가 지켜주기로 약속했다. 고홍소는 새로 생긴 집에 누웠다. 이제는 도망갈 일이 없음에도 이 일을 믿을 수 없었는지 고홍소는 다리를 꼿꼿이 세우고 나를 지켜보고 있었다.

인간들은 많은 동물들의 터전을 망쳤습니다. 물론 동물도 인간이 만들어 놓은 것을 망쳤죠. 이런 일이 반복될수록 인간은 동물을 내 쫓으려고 안간힘을 쓰고 동물은 인간을 피해 살아남기 위해 고단한 나날을 보내게 되었습니다. 동물 때문에 인간 또한 많은 피해를 봅니다. 그 때문에 인간은 자신들에게 피해를 끼친 동물을 미워하고 죽이려는 것이 어떤 면에서는 당연합니다. 그런데, 한 번 생각해 볼 지점이 있습니다. 동물을 죽이는 일이 근본적인 문제를 해결할 수 있을까요? 그렇다면 얼마큼 죽여야 해결되는 걸까요? 전체 개체에서 절반 정도를 죽이면 될까요? 멸종이 될 때까지 죽여야 할까요? 까치들은 전기 사고(누전 등)를 일으키는 문제로 인간들에게 현상금이 걸렸습니다. 까치를 죽이면 돈이 된다는 생각에 총을 가진 인간들이 까치를 찾아 죽였고 돈을 벌었습니다. 갈 곳 없어진 까치는 또 다른 곳에서 전기 사고를 일으킬 것이고 총에 맞아 죽을 것입니다. 인간은 언제까지 까치를 총으로 죽여야 문제가 해결되었다고 생각할까요. 문제를 해결하는 일에는 여러 방법이 있을 것입니다. 단순히 복수하는 것이 목적이 아니라면 말입니다.

변신 고양이와
아주 오래된 이야기

하늘에는 검은색 깃털을 가진 새들이 줄지어 날고 있었다. 바오바브나무처럼 보이는 나무들이 길의 양편에서 하늘을 향해 팔을 벌리고 있었고, 그림자들은 긴 행렬을 만들며 움직이고 있었다. 행렬의 맨 앞에는 상자 모양의 상여가 검은 장대 위에 올라앉은 채 앞으로 전진하고 있었다.

어느 고양이의 장례식이었다. 상여 위에 누워있는 고양이는 회색 털을 가지고 있었는데, 눈을 감은 채 꼼짝하지 않았다. 길 끝에는 행렬의 종착지로 보이는 분수대 같은 무언가가 보였는데, 거기에는 물 대신 시뻘건 불꽃이 너불거렸다. 나는 장례식의 주인공이 누구인지 보려고 불꽃 쪽으로 가까이 다가가 자리를 잡았고 행렬을 보고 있었다. 상여 위에 누워있는 고양이가 자세히 보이기 시작했다. 그 고양이는 고양이 치고 덩치가 큰 편이었

다. 회색 털은 얼굴까지 길게 덮여있었고, 눈과 눈 사이부터 배의 중간까지 하얀색 털이 가르며 좌우로 잔가지를 낸 것처럼 펼쳐져 있었다. 눈을 감고 있는 그 고양이는 숨을 거뒀지만 생기 있는 표정을 짓고 있어 느긋한 잠을 즐기는 것처럼 보였다. 특이한 점은 고양이 목에 검은색 스카프 같은 것이 둘려있었다는 것이다. 그외의 모든 것은 엄숙하고 조용했다.

하필이면 그런 분위기에서 나의 실수는 정말이지 분위기에 맞지 않았다. 불꽃 있는 쪽으로 가까이 다가가다가 불꽃 받침대 옆에 있는 틈새로 떨어지고 말았다. 틈새 안쪽은 생각보다 깊었고, 아래쪽은 밖에서 보던 불꽃이 아닌 커다란 불기둥이었다는 사실에 놀랐다. 그대로 있었다면 불기둥 속으로 빨려 들어가 한 줌의 재가 돼버릴 판이었다. 그때, 나를 구해준 이가 나타났다. 고양이였다. 메테가 아닌 다른 고양이였다. 고양이는 마치 새끼고양이를 다루듯 나의 목을 물고 앞발로는 나를 안은 채 날아올랐다.

나를 구해준 고양이는 얼굴부터 발끝까지 털이 하나도 없었고 온통 시커먼 칠이 되어있었다. 얼굴에는 눈, 코, 입이 있었지만 구멍만 뚫린 것처럼 보였다. 이상한 점은 그 고양이도 목에 검은색 스카프를 걸고 있었다는 것이다. 그 모습을 이곳 고양이들의 유행으로 생각할 수 있겠지만, 그렇게 생각하기에는 조금 전에 회색 털을 가진 그 고양이의 것과 스카프의 모양이 너무나 똑같았다. 아니나 다를까, 스쳐 지나간 낌새는 상상만은 아니었다. 나를 구해준 고양이는 불꽃 옆에 나를 내려놓고 다시 상여 위로 올

라갔는데, 처음 보던 모습으로 변하는 것을 보았기 때문이다. 그림자처럼 까맣게 덮여있던 모습은 조명을 받은 듯 아까와 같은 긴 회색 털에 배의 가운데까지 하얀색 털을 가진 고양이로 변신했다.

그 고양이는 메테를 확인하고는 가까이 와서 인사했다. 메테 역시 인사를 했는데 그 모습이 무척 예의를 갖추는 것처럼 보였다. 메테는 그 고양이를 '이오 프사이 고로 꺄꺄'라고 소개하며, 고양이 세계에서 존경받는 위대한 정신적 지도자라고 말했다. 프사이는 내게도 품위 있는 모습으로 인사를 건넸고, 나 역시 예의를 갖춰 인사했다. 메테는 우리가 본 것이 무엇인지에 대해 물었고 프사이는 그것에 대해 설명했다.

얼마 전 프사이는 내가 살던 세상에서의 삶을 마치고 고양이 세계로 돌아가게 되었다. 그래서 이전 세상의 인연을 정리하는 의식을 행하고 있었다. 와중에 내가 바보 같은 실수를 했고, 프사이는 순간적으로 이전 세상에서 했던 모습이 나타났다고 말했다. 그 말을 들은 나는 지금은 그렇지 않은데 왜 그렇게 새카만 모습으로 변했는지에 대해 물었다. 프사이는 여유로운 미소를 지으며 이야기를 시작했다.

프사이는 길고양이로 살았다. 정확히 이야기하면, 어떤 집에

서 반려묘로 살다가 발정기에 집을 나와 짝을 찾다가 살던 집을 잃어버렸고 길고양이의 삶을 시작했던 것이다. 인간이 살던 집에서 보호자가 주는 사료를 먹으며 살던 프사이에게 길거리 생활은 다른 차원의 세계였다. 먹을 것은 눈에 띄지 않았고 따뜻한 잠자리도 찾기 어려웠으며 이미 영역을 차지하던 고양이들과의 싸움도 피할 수 없었다. 하루하루의 삶은 고단하고 배고팠다.

한번은 도망가는 쥐를 잡았는데 먹을 수 없었다. 본능적으로 사냥은 했으나 먹어본 적이 없어서 음식으로 보이지 않았기 때문이다. 그런 식으로 사냥한 적은 몇 번 있으나, 프사이는 사냥감을 먹어본 적은 없었다. 그러던 어느 날, 상가 건물 인근에서 먹을 것을 찾던 프사이는 다른 고양이와 싸움이 붙었다가 등에 삼지창 모양의 상처를 입고 도망치는 신세가 되었다. 그러다 어느 공원의 키 작은 나무가 우거진 곳까지 가게 되었는데, 인간이나 다른 고양이들이 보이지 않아 프사이는 그곳에서 밤을 보내기로 했다.

프사이에게 행운이 찾아온 건 아침 해가 뜰 무렵 눈을 떴을 때였다. 고소한 냄새가 콧구멍 속으로 솔솔 들어와 주위를 살펴보니 가까운 곳에 작은 그릇이 놓여있었고 거기에는 인간의 집에서 살았을 때 먹던 것과 비슷한 사료가 담겨있었다. 프사이는 허겁지겁 그릇에 있는 사료를 먹었다. 옆에는 물도 있었기에 목도 축일 수 있었다. 프사이는 오랜만에 배를 채우고 느긋한 휴식을 가졌다. 그날, 프사이는 하늘을 날아다니는 꿈을 꾸었다. 날아가

는 참새와 나비 뒤를 따라 날아다니며 골목을 보고 인간을 보고 나무를 보았다.

다음날, 동네 구경을 다니다 키 작은 나무가 있던 곳으로 돌아 갔을 때 프사이는 커다란 상자로 된 집이 있는 것을 발견했다. 전 날처럼 사료와 물도 채워져 있었다. 누군가가 베푼 친절 덕분에 프사이는 집을 나와서 처음으로 아무 걱정 없이 먹고 잠을 잤다. 그 시절이 프사이에게는 가장 행복한 시기였고 어쩌면 유일하게 행복한 시기이기도 했다. 그도 그럴 것이 프사이의 아기고양이 들이 태어난 것도 그때였기 때문이다. 새끼를 낳으면서 두 마리 가 죽었지만 세 마리는 살아남았다. 프사이는 죽은 두 마리를 생 각하면 마음이 아팠지만 살아있는 새끼들에게 젖을 물리고 생각 했다. 세 마리라도 잘 키우리라. 건강하게 세상으로 나갈 수 있도 록 내가 책임지리라. 다행히 음식과 집을 주는 친절한 인간이 있 어 프사이는 안도했고 자신도 있었다.

아기고양이들은 금방 자랐다. 태어난 지 얼마 되지 않았지만 호기심 많은 녀석들은 상자로 된 집 밖이 궁금했다. 뛰어오르지 는 못했지만 아기고양이들도 고양이답게 잽싸게 돌아다니기 시 작했다. 걱정이 된 프사이는 아기고양이들에게 몇 번이고 말하 고 또 말했다. 다른 고양이들을 조심해야 한다고. 인간들을 피해 야 한다고. 입이 닳도록 말했다. 하지만 단 한 명, 프사이에게 음 식을 주고 집을 준 인간에게는 고마움을 표현하고 싶었다. 그 인 간은 프사이가 집을 나갔을 때 몰래 다녀갔다. 멀리서 본 적이 한

번 있었지만 어떻게 생겼는지 자세히 보지는 못했다. 아기고양이들을 낳은 후에는 집에 가까이 오지 않고 조금 떨어진 곳에 사료와 물을 놓고 갔기에 만난 적은 없었다. 그랬기에 다른 사람은 몰라도 그만은 꼭 만나서 감사를 표현하고 싶은 마음이 있었다.

그 마음이 너무 컸던 것일까. 어느 날, 아기고양이들에게 젖을 주고 재운 후 프사이는 사료와 물이 있는 자리 근처에서 서성이는 인간을 보았다. 프사이는 드디어 감사를 표할 시간이 왔다고 생각해 그쪽으로 가까이 다가갔다. 그 인간은 프사이를 보자 앉은 자세를 하고 손가락을 내밀었다. 프사이는 손가락 냄새를 맡았다. 정확하지 않았지만 따뜻하고 포근한 냄새였다. 프사이는 자연스럽게 손가락에 자신의 얼굴을 대고 비볐다. 그랬더니 그 인간은 프사이의 얼굴을 쓰다듬었다. 프사이는 그의 눈을 보았다. 그렇게 눈을 마주 보며 그에게 말했다.

"감사해요. 도와주셔서 감사해요."

그도 프사이의 말을 알아들었는지 프사이의 눈을 바라보며 고개를 끄덕였다. 프사이는 행복한 마음에 눈을 감았다. 좋은 향기가 콧구멍 속으로 들어오는 듯했다. 그 짧은 순간이 영원처럼 길었다. 그때, 프사이는 숨이 턱 막히는 느낌을 받았다. 이어서 목이 졸려왔다. 그 인간이 프사이 목에 비닐봉지의 손잡이 부분을 걸고는 꽉 조여버렸던 것이다. 프사이는 발버둥 쳤지만 목에 걸

린 비닐봉지는 더욱더 팽팽하게 죄어올 뿐이었다. 프사이는 눈앞이 새빨갛게 변한 후 더 이상 숨을 쉴 수 없었다. 그 인간은 프사이를 잡고 돌바닥에 내리쳤다. 프사이는 뼈가 부러지는 고통을 받으며 눈앞이 새카맣게 변하는 것을 느꼈다. 그 인간은 프사이의 목을 감은 비닐봉지를 바투 잡고 축 늘어진 프사이의 몸을 한 번 더 돌바닥에 내리쳤다. 프사이는 더 이상 움직일 수 없었다. 그리고는 검게 변해가는 눈으로 멍하니 바라보았다. 그 인간이 집에서 자고 있는 아기고양이들을 밟아 죽이는 모습을 말이다. 프사이는 소리 하나 내지 못하고 새끼들이 죽어가는 모습을 지켜볼 수밖에 없었다.

아기고양이들을 죽인 그 인간은 아직 눈을 뜨고 있는 프사이에게 다가와 뜨거운 불을 내뿜는 막대기를 프사이의 얼굴과 몸에 댔다. 프사이의 몸은 까맣게 타들어 가기 시작했다. 프사이는 새끼를 잃은 고통과 몸이 불타는 고통을 동시에 느끼며 죽어갔다.

나는 프사이의 이야기를 들으며 손가락 하나 꼼짝할 수 없었다. 어떤 반응을 보여야 프사이에게 위로가 될지 몰랐기 때문이다. 프사이의 말에 의하면, 자신과 자신의 아기고양이들을 죽인 인간은 길고양이가 시끄럽고 더럽기에 없어져야 한다는 말을 했다고 한다. 나는 생각했다. 그에게 고양이는 무엇이었을까. 잔인

하게 죽여야 직성이 풀릴 정도로 그를 분노하게 만든 것은 무엇일까. 그리고 그는 그런 방법으로 자신의 문제를 해결했을까.

그런 생각을 하고 있을 때, 프사이는 내게 이야기 하나를 더 해주겠다며 자신의 앞에 나를 앉혔다. 그리고 프사이는 이야기를 시작했다.

아주 오래된 이야기

오랜 옛날, 대홍수가 나기도 전에 세상은 끝없이 평평한 땅에 산보다도 더 높고 거대한 나무들로 가득했다. 많은 동물들과 식물들은 나무 아래에서 살았고 고양이들은 나무 위에서 살았다. 고양이는 세상의 주인이었고 모든 동물은 고양이를 따랐다.

어느 날, 하늘 저편에서 거대한 전쟁이 벌어졌고 세상은 대홍수에 휩싸였다. 세상에 살고 있던 모든 동물이 천지가 뒤집히는 대혼란 속에서 죽을 위기에 처하고 말았다. 고양이들은 세상의 지배자로서 모든 동물들을 대홍수로부터 살리기 위해 모두 나무 위에 오르도록 허락했다. 그러나 문제가 생겼다. 인간이라는 종족이 나무 위에 오르지 못했다. 다른 동물들은 스스로 나무에 올라 목숨을 건질 수 있었지만 인간만큼은 높고 높은 나무에 오를 능력이 없었다. 고양이들은 인간을 포기하기로 결정했다. 인간 스스로

나무에 오를 수 없다면, 이후에도 살아남기는 어려울 것이라 판단했기 때문이다. 그때, 하늘에서 세 명의 신이 나타났고 신들은 고양이들에게 인간을 지켜달라고 부탁했다. 고양이들은 다른 동물들과 상의 끝에 인간을 돕기로 결정했다. 힘 좋은 소들이 인간을 끌어올렸고 돼지들이 인간들에게 젖을 주었고 양들이 옷을 만들어 주었다. 개들은 인간을 대변하여 다른 동물들에게 인간의 입장을 전달했다. 그렇게 인간도 대홍수를 피할 수 있었고 다른 동물들과 함께 살게 되었으며 세상에는 평화가 찾아왔다.

그러나 인간은 신들이 고양이에게 했던 부탁을 신의 계시로 해석했고, 자신들을 신과 가까운 존재로 착각했다. 자신들이 받았던 호의를 자신들의 능력이라고 생각했다. 결국, 인간은 세상에 사는 동물들의 언어를 버리고 신들의 언어를 쓰기 시작했다. 자신들을 신으로 여기기 시작한 인간들은 더 이상 동물들과 말이 통하지 않게 되었다.

세상은 이전으로 돌아가지 못했다. 지구가 가지고 있던 모든 질서를 인간이 무시했기 때문이다. 하늘의 색이 변해갔고 땅의 냄새도 달라졌다. 바다도 이전 같지 않았다. 그 사실을 동물들은 알고 있었다. 인간만 모르고 있었다. 그러나 인간은 바뀌지 않았다. 모두가 사는 땅에서 자신들이 유일한 지성체라는 오판과 오만 속에서 헤어나오지 못했다. 자신들 외에 다른 것을 무시하는 그들의 문명 덕택에 인간의 숫자는 늘고 다른 동물들의 숫자는 줄었다. 보다 못한 신들이 인간에게 경고했다. 거대한 돌에 경고

를 새겨 세상에 사는 인간들이 볼 수 있는 곳에 세워놓았다. 그러나 인간들은 더 이상 신들이 하는 이야기에 관심 없었다. 그리고 자신들이 만들어 낸 이야기를 신들이 말한 것으로 둔갑시키고 그것을 금과옥조金科玉條로 삼았다. 신들은 인간을 포기하고 하늘로 돌아갔다.

신들이 떠나자 인간들은 거짓말처럼 그들이 가진 지혜를 잃어갔다. 마법이 풀린 초능력자와도 같았다. 인간의 실수는 계속되었고, 인간은 싸우는 것에만 모든 힘을 쏟았다. 인간의 싸움은 커져갔고 급기야 세상 전체를 위기로 몰아갔다. 인간들은 왜 싸우는지 모르면서 싸우기만 했다. 결국, 세상의 모든 동물이 모였다. 결단을 내릴 시기가 왔던 것이다. 인간의 폭주를 멈출 것인가, 그대로 둘 것인가. 동물들은 인간 역시 그 자리에 초대했으나 인간은 그 의미를 이해하지 못했다. 맨 앞에 나선 고양이가 동물들의 의견을 모아 선언을 했다.

프사이는 이야기를 마쳤다. 도대체 무슨 이야기인지 알 수 없어 나는 프사이에게 그 의미를 물었다. 프사이는 내 질문에 기이한 미소를 지으며 이렇게 말했다.

"자, 이제 세상은 어떻게 될까?"

프사이는 어두운 그림자들에게 지시를 내린 후 상여 위로 올라가 처음 본 것처럼 누웠다. 그림자 둘이 내게로 다가와 따라오라는 신호를 보냈다. 나는 그림자를 따라갔고, 메테는 뒤에서 나를 따라오고 있었다. 그림자가 안내한 곳에 나무로 된 작은 문이 보였다. 그림자 하나가 문을 열어주었고 다른 그림자가 문밖으로 나가라는 듯 정중한 손짓을 했다. 메테는 아무 표정 없이 나를 바라보고 있었다. 아무래도 메테는 문 바깥으로 나와 같이 나가지 않는 것 같았다. 혹시 몰라 나는 잠시 기다려 봤지만, 메테는 인사도 남기지 않은 채 뒤돌아서 보이지 않는 저편으로 멀어져 갔다. 서운한 마음이 들었지만 하는 수 없이 나는 문밖으로 나갔고, 뒤돌아서서 그림자가 문을 닫는 모습을 보았다. 그와 동시에 문은 사라졌다.

나는 동물 장례식장에 돌아와 있었다.

인간은 외로운 존재입니다. 지구는 수없이 많은 생명들이 태어나고 자라며 생을 보내는 모두의 고향입니다. 인간 문명이 많은 것을 좌우하고 있지만, 그 사실은 변하지 않죠. 그럼에도 인간은 외롭습니다. 인간 문명이 다른 동물들과 조화를 이루기 어렵기 때문입니다. 그래서 인간은 동물을 두려워 합니다. 자신들이 통제할 수 없는 동물은 위험이 된다고 생각합니다. 그러니 인간 사회는 동물들이 사는 곳과 단절되어 있습니다. 인간 사회에 발을 들인 동물은 죽을 수 있습니다. 죽지 않으려면 말을 잘 들어야 하죠. 이러한 현실이 때때로 인간을 오해하게 만듭니다. 인간이 동물을 마음대로 해도 된다고 말이죠. 그런 생각은 인간을 잔혹하게 만들기도 합니다. 동물을 괴롭히고 죽이는 것을 권리로 생각하게 된 것입니다. 인간 문명과 권리가 동물의 생존보다 더 높은 가치를 가졌다고 생각하는 것이죠. 하지만 인간을 괴롭히기 위해 태어난 생명은 없습니다. 자신의 삶을 유지하기 위해 살아갈 뿐이죠. 인간 역시 거대한 구조 속에서 자신의 능력을 발휘해 스스로의 삶을 살아가야 합니다. 인간에게 피해를 준다고 혹은 무섭다고 혹은 기분 나쁘다고 동물을 죽이는 방법으로는 어떤 문제도 해결할 수 없습니다. 혐오의 감정만 더 깊게 만들 뿐입니다. 인간은 동물과 함께 살아가야 할까요? 인간만 살아가도 상관없는 걸까요? 답은 간단하고 아주 쉽습니다. 하지만 실천은 어렵습니다. 인간이 누리는 많은 것을 포기해야 할 수도 있으니까요. 하지만 바꿔 생각해 보아요. 그 모든 것이 원래 인간의 것이었는지 말이죠. 그리고 지금의 삶을 지속할 수 있는 방법은 무엇인지 말이죠. 역시 해답은 명확하고 모두가 알고 있습니다. 그것을 어려운 문제로 생각하면 해결하지 못합니다. 그러니까 동물을 위해서 자신의 것을 포기하는 것이 아니라 모두의 삶을 위해서 동물의 것을 '덜' 빼앗아야 한다고 생각해야 합니다. 인간 문명이 모두와 계속될 수 있도록 동물들이 살아가는 이야기에 귀를 기울여야 합니다.

새로운 세계에 관한 기록

동물 장례식장에 돌아온 나는 고양이 '반도'에 대해 생각했다. 이쪽 세계에 돌아오니, '메테'라는 이름보다 반도라는 이름이 익숙하게 느껴졌다. 반도의 사진은 남아있지 않았다. 다른 세계로 여행을 다녀오는 동안 장례식은 끝나있었다.

나는 문을 열고 밖으로 나갔다. 아무도 없는 복도를 따라 걸었다. 조용하다 못해 적막한 기운이 감돌았다. 반도의 죽음과 메테와의 갑작스러운 만남, 오랜 여행 끝에 또다시 맞이한 이별. 모든 것이 꿈처럼 느껴졌다. 이제는 반도를 만날 수 없다고 생각하니 슬픔의 감정이 가슴을 무겁게 눌렀다.

복도 끝에는 커다란 탁자가 있었고, 그곳이 장례식장의 접수처로 보였다. 나는 장례 비용을 치르기 위해 거기에 섰다. 탁자는 생각보다 커서 내 얼굴이 간신히 탁자 위로 올라갈 정도였다. 원

래 커다란 탁자를 비치해 놓은 것인지 내 키가 줄어든 것인지 알수 없었다. 직원이 없었기에 나는 잠시 기다렸다. 그사이 주위를 둘러보았는데, 동그란 소파가 몇 개 놓여있는 것이 보였다. 그것들 역시 내가 사용하기에는 크다는 생각이 들었다. 몸이 지친 나는 그런 것들은 무시하고 직원을 불렀다.

"저기요."

내가 직원을 부르는 목소리는 허공에서 외로이 울렸다. 다행히 접수처 탁자 위로 직원이 얼굴을 내미는 것이 보였다. 반가운 마음에 미소를 보이며 직원의 얼굴을 보았다. 하지만 나의 얼굴을 채웠던 미소는 사라지고 그 자리에 경직된 피부 껍질만 남았다. 나를 보는 직원은 인간이 아니었다.

나를 쳐다보고 있던 건 거대한 고양이 얼굴이었다. 덩치는 내가 아는 곰처럼 컸다. 키도 내 키에 두 배도 넘어보였다. 순간 호랑이가 아닐까 하는 생각도 했지만 분명 고양이 얼굴이었다. 고양이 얼굴을 한 직원 역시 놀란 얼굴을 하고 있었다. 동그란 눈에는 까만 동공이 가득 차있었고 자신도 모르는 사이 혀까지 내밀고 있었다. 그런 자세로 꼼짝 않은 채 우리 둘은 잠시 동안 마주보았다. 고양이는 인간 세계에서 '고등어'라고 불리는 무늬를 가지고 있었다. 털의 무늬가 바다에 사는 고등어와 비슷했기에 그렇게 불렀다. 그러나 고등어 무늬는 얼굴에만 보일 뿐 옷을 입고

있어 몸에는 어떤 털을 가지고 있는지 알기는 어려웠다. 그 옷은 매끈한 재질로 되어있었고 반짝반짝 빛나기도 했다.

"마우 마우, 마우 야우."

놀란 얼굴로 나를 쳐다보던 고양이는 손을 자신의 입에 대고 중얼거렸다. 그것이 놀랐음을 의미하는 언어인지 입에서 나오는 대로 내뱉는 소리인지 알 수 없었다. 나야말로 어찌할 바를 몰라 멍하니 서있었다. 잠시 후, 정문이 열리더니 고양이 두 마리가 들어왔다. 그 고양이들은 턱시도 무늬를 하고 있었다. 배 부분을 제외한 나머지 부분은 다리까지 길게 이어진 옷을 입고 있었다. 그들 역시 덩치는 호랑이보다 커보였는데, 그중 한 마리가 커다란 상자를 한쪽 손에 들고 있었다. 직원 고양이가 말을 했지만, 나는 그것을 알아들을 수 없었다. 그것은 그들의 언어인 것 같았다. 나 역시 가만히 있을 수 없어 한마디 했다.

"나는 인간입니다. 나의 고양이 반도의 장례식장에 왔다가 동물들의 지옥으로 가게 되어 긴 여행을 했습니다. 나는 집으로 돌아가고 싶습니다."

내가 그 말을 하자, 턱시도 고양이 중 한 마리가 다가오더니 내머리를 쓰다듬었다. 동시에 다른 턱시도 고양이가 내 몸통을 잡

고 반짝 들어 나를 상자에 집어넣었다. 내가 상자에 넣어진 것과 동시에 상자의 문은 닫혔다.

고양이들이 나를 데려간 곳은 커다란 철문이 이층으로 줄지어 있는 곳이었다. 철문마다 방이 하나씩 있었는데, 거의 비어있었다. 비어있지 않은 몇몇 방에는 개가 보였다. 모든 개는 나만큼 컸으며 늑대와 같은 모습을 하고 있었지만 어딘가 다친 것인지 몸이 불편해 보였다. 그런 방들이 일렬로 늘어서 있고 방들 앞을 지나는 복도가 있었다. 복도를 따라 걸으면 그 안에 있는 동물들을 볼 수 있는 구조였다. 이층으로 가는 계단을 올라가면 거기에도 같은 구조의 철문과 복도가 이어져 있었는데, 거기에서는 새가 우는 소리도 들렸다. 복도를 기준으로 철문이 있는 방의 반대쪽은 유리로 되어있었고 유리벽 너머로 풀과 나무가 있는 정원이 있었다.

고양이들은 나를 어떤 방에 넣고 문을 닫았다. 방은 밖에서도 안이 보였고 안에서도 밖이 보였다. 그들은 방 안으로 먹을 것과 물을 넣어주었다. 먹을 것은 일종의 사료였다.

나는 방에 혼자 앉아있었다. 의자나 침대 같은 가구는 없었기에 바닥에 앉아있었다. 나는 고양이들과 말이 통하지 않는다는 것을 확인했다. 아니, 내 말을 알아듣고 내가 있던 세계로 데려다주기 위해 이곳으로 데리고 온 것일까. 반도가 메테로 다가와 나를 안내했던 것처럼, 내가 사는 세계로 돌려보내려고 계획하고

있을지 모른다. 그러나 그건 나의 바람일 뿐 가능성은 없어보였다. 내가 고양이의 말을 이해하지 못하기 때문에 확신할 수 없었지만 그런 생각은 더 커졌다.

그사이 다른 고양이들이 문밖에 나타나 나를 구경했다. 근사한 코트를 입은 고양이는 특유의 미소를 지으며 나를 보았고, 옆에 하얀 옷을 입은 고양이가 뭔가를 이야기하고 있었다. 하얀 옷을 입은 고양이는 치즈색 털을 가지고 있었다. 근사한 코트를 입은 고양이가 가고 난 후, 별 모양 리본을 단 고양이가 나를 보고 있었다. 역시 옆에는 하얀 옷을 입은 고양이가 뭔가를 이야기하고 있었다. 별 모양 리본을 단 고양이는 나에게 말을 거는 것 같았지만 나는 그 말을 알아듣지 못했다.

나는 이곳이 '동물 보호소'라는 결론을 내렸다. 나는 고양이 세계에 유기 동물이 되어 여기로 왔던 것이다. 그리고, 고양이들이 동물을 입양하기 위해 방문했다가 나를 구경하는 것이라는 생각이 들었다. 나는 나의 세계로 가지 못하고 고양이 세계에 떨어지고 만 것일까. 아니면 인간 세계는 끝나고 다른 세계가 시작된 것일까.

결국, 나는 보호소 같은 이곳을 탈출하기로 마음먹었다. 상상만 하면서 시간을 보낼 수는 없었다. 내가 어떤 세계에 불시착한 것인지는 내 눈으로 보고 판단하리라. 나는 하얀 옷을 입은 고양이가 밥을 주러 올 때 죽은척하기로 했다. 그렇게 하면 나의 상태

를 살피기 위해 문을 열고 나를 진료실 같은 곳으로 데리고 갈 것이었다. 운이 좋으면 외부에 있는 병원으로 가게 될지 몰랐다. 그러는 사이 도망치려는 작전을 세웠다. 나는 계획이 머리에 떠오른 즉시 바닥에 누워 죽은척했다. 언제 고양이들이 나타날지 몰랐기 때문이다.

지루한 시간이 지났다. 고양이들의 기척이 느껴졌다. 고양이들은 문앞에서 뭔가 이야기하는 것 같았다. 약간 당황한 것 같았다. 그렇겠지. 보호하는 동물이 쓰러져 있는데 태연할 수 없겠지. 나는 너무도 궁금해 실눈을 뜨며 고양이들이 이야기하는 쪽을 보았다. 예상대로 하얀 옷을 입은 고양이가 당황스러운 듯 옆에 있는 고양이에게 뭔가 말하며 구슬 같은 것을 손바닥에서 이리 저리 굴리고 있었다. 그런데 하얀 옷을 입은 고양이의 이야기를 들으며 나를 바라보는 고양이를 보자 나는 놀라고 말았다. 그것은 반도, 메테였다.

메테는 까만 동공을 동그랗게 키우며 나를 뚫어져라 보고 있었다. 나는 죽은척하던 연기를 멈추고 용수철처럼 튕겨 일어나 문 쪽으로 다가갔다. 그리고 외쳤다.

"미요 메테 갸르노 파쏘 메롱!"

나는 다시 외쳤다.

"미요 메테 갸르노 파쏘 메롱! 미요 메테 갸르노 파쏘 메롱! 미요 메테 갸르노 파쏘 메롱!"

그가 나의 말을 알아들은 것인지 문이 열리고 메테가 다가왔다. 메테는 나의 머리를 쓰다듬었다. 그리고 나를 안았다. 나는 메테에게 안겨 그의 집으로 갔다. 또다시 메테와 긴 여행이 시작될 것 같은 느낌이 들었다.

동물신곡

인간의 손으로 만든 동물의 지옥

초판 1쇄 발행 2024년 3월 13일

지은이 채희경
펴낸이 김영신

미디어사업팀장 이수정
편집 강경선 이소현 조민선
디자인 말리북 스튜디오 @mallybook

펴낸곳 (주)동그람이
주소 서울특별시 마포구 성미산로 183, 1층
출판등록 2018년 12월 10일 제2018-000144호

ISBN 979-11-93267-04-2 03810

홈페이지 blog.naver.com/animalandhuman
페이스북 facebook.com/animalandhuman
이메일 dgri_concon@naver.com
인스타그램 @dbooks_official
X(구 트위터) twitter.com/DbooksOfficial

Published by Animal and Human Story Inc. Printed in Korea
Copyright © 2024 채희경 & Animal and Human Story Inc.

차례

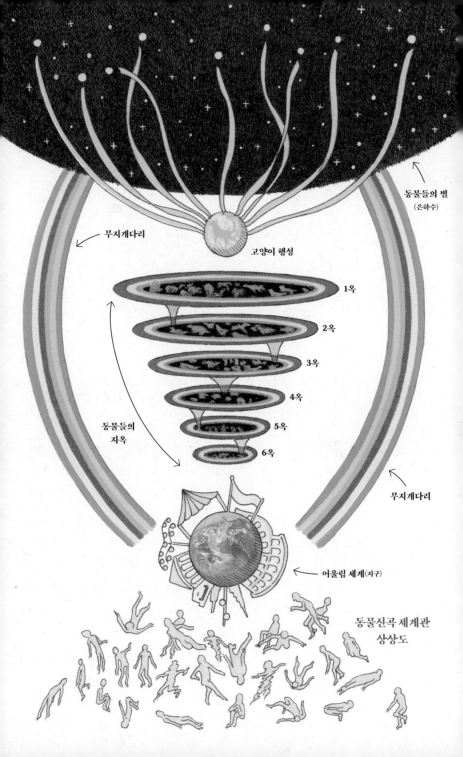

동물들의 별
(은하수)

무지개다리

고양이 행성

1옥

2옥

3옥

동물들의
지옥

4옥

5옥

6옥

무지개다리

어울림 세계(지구)

동물신곡 세계관
상상도

일러두기

— 이 책의 내지(본문)는 친환경 종이를 사용했습니다.
우리의 제로웨이스트가 지구와 모든 생명체에게 조금이나마 도움이 되길
바랍니다.

— 이 책에서 언급한 실제 사례들은 공익적인 목적에 따라 소개된 것으로써
관련 기업, 지역, 사건, 작품 등에 대한 비방, 사회적 평가 저하의 목적이 없
음을 알립니다.

— 이 책에서 언급한 다른 책들은 『 』, 영화 및 노래 제목 등은 〈 〉로 표기했습
니다.

— 이 책은 국립국어원의 한국어 어문 규정과 표준국어대사전의 표기법을 따
랐으나, 이름 등의 고유명사는 지은이의 의도를 충분히 반영하여 표기했습
니다.

인간의 손으로 만든
동물의 지옥

채희경 지음

동물신곡

동그람이